MARIA DRIES

DER
KOMMISSAR
UND DER TOD AUF
COTENTIN

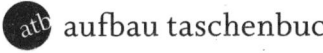 aufbau taschenbuch

MARIA DRIES wurde in Erlangen geboren. Seit sie mit siebzehn Jahren das erste Mal an der Côte d'Azur war, damals noch mit einem alten Käfer Cabrio, kehrt sie immer wieder nach Frankreich zurück. Jedes Jahr verbringt sie dort längere Zeit, um für ihre Kriminalromane zu recherchieren, die französische Küche auszukosten und das unvergleichliche Lebensgefühl zu genießen. Sie lebt mit ihrer Familie in der Fränkischen Schweiz.

An einem wolkenverhangenen Apriltag erhängt sich die vierunddreißigjährige Charline Lebreton in ihrer Zelle in der Haftanstalt von Cherbourg. Ein halbes Jahr später wird auf Kommissar Ludovic Cleroc an der Steilküste von Cap Lévi ein Anschlag verübt, der ihn beinahe das Leben kostet. Er bittet seinen Freund, Kommissar Philippe Lagarde, um Hilfe bei der Suche nach dem Täter, doch ihre Ermittlungen geraten ins Stocken. Als weitere Verbrechen geschehen, beginnt ein Wettlauf gegen die Zeit.
Etwa zur gleichen Zeit bezieht ein Mann den alten Leuchtturm von Gatteville, der sich als alter Freund von Philippe Lagardes Verlobter entpuppt – und den ein dunkles Geheimnis umgibt.

MARIA DRIES

DER KOMMISSAR UND DER TOD AUF COTENTIN

PHILIPPE LAGARDE
ERMITTELT

KRIMINALROMAN

aufbau taschenbuch

Zitatnachweis
S. 11: »Die Finsternisse«
In: Charles Baudelaire, Die Blumen des Bösen,
übersetzt von Therese Robinson, Abi Melzer, Dreieich 1981.
S. 20: »Je vais t'aimer«, Michel Sardou, 1976.

MIX
Papier | Fördert
gute Waldnutzung
FSC
www.fsc.org FSC® C083411

ISBN 978-3-7466-3884-3

Aufbau Taschenbuch ist eine Marke
der Aufbau Verlage GmbH & Co. KG

2. Auflage 2024
© Aufbau Verlage GmbH & Co. KG, Berlin 2024
www.aufbau-verlage.de
10969 Berlin, Prinzenstraße 85
© Maria Dries, 2024
Umschlaggestaltung U1berlin, Patrizia Di Stefano
unter Verwendung von Motiven von
© LoudRedCreative/Getty Images und
© Serge Mouraret/Alamy Stock Foto
Satz Greiner & Reichel, Köln
Druck und Binden CPI books GmbH, Leck, Germany

Printed in Germany

Für Herbert B.

*Eine Geschichte,
niedergeschrieben
in einer magischen Zeit*

DIE FINSTERNISSE

In Höhlen unerforschter Traurigkeit,
Wohin mich die Geschicke feindlich stiessen,
Wo niemals rosige Strahlen sich ergießen,
Wo nur die mürrische Nacht mir Freundschaft leiht,

Nur manchmal strahlt und wächst aus tiefer Nacht
Ein Wesen, das aus Glanz und Duft gedichtet;
Wenn in des Ostens träumerischer Pracht

Es sich zu ganzer Höhe aufgerichtet,
Hab' ich das holde Rätsel schnell enthüllt:
Sie ist es! Dunkel, und doch glanzerfüllt.

Charles Baudelaire
»Die Blumen des Bösen«
(»Les Fleurs du Mal«)

Die Haftanstalt von Cherbourg lag etwas außerhalb
der Stadt auf einem Hügel. Von dort aus hatte man
einen schönen Blick auf die äußere Reede mit den
halbkreisförmigen Molen, die den Hafen vor den tü-
ckischen Stürmen des Ärmelkanals schützte. Über den
Himmel zogen Wolkengebirge, die der Wind vor sich
hertrieb. Der Ozean war aufgewühlt. Meterhohe Wellen mit weißen Schaumkronen brachen donnernd an
den Klippen der Steilküste. Darüber erhob sich kreischend ein Schwarm Sturmmöwen und flog gen Norden auf das Meer hinaus. Die Luft war erfüllt von dem
Geruch nach Fisch und Tang. In einer kleinen Marina
lagen Fischerboote, Motoryachten und Segler, deren
Masten sich im Wind wiegten wie silbrige Ähren auf
einem bleiernen Feld. Dahinter erhoben sich nebelverhangene Pappeln, deren Blätter von Böen zerzaust
wurden.

Das in die Jahre gekommene, dreistöckige Gebäude
war aus roten Backsteinen gebaut, auf dem Dach erhoben sich graue Kamine. Die Fenster, die wie dunkle

trostlose Augen wirkten, verfügten über graue Laibungen, deren Farbe abblätterte.

Charline Lebreton stand auf Zehenspitzen an dem winzigen quadratischen Fenster ihrer Zelle im ersten Stock, die Hände umklammerten kalte rostige Gitterstäbe. Ihr Sichtfeld war durch einen doppelten Zaun, auf dem aufgerollter Stacheldraht entlangkroch, und eine hohe Mauer, die das Gefängnis umgrenzte, sehr eingeschränkt. Sie konnte einen der vier Wachtürme sehen, der düster in den Himmel ragte. Schemenhaft waren die Wachen darin zu erkennen, die auf jeden schießen würden, der versuchte, aus diesem Vorhof der Hölle zu fliehen. Der Blick durch die vergitterte Scheibe war das einzige bisschen Freiheit, das der jungen Frau noch geblieben war.

Sie war schlank und hatte ein ovales Gesicht mit einer zarten Nase und sinnlichen Lippen, das von großen braunen Augen mit einem dichten schwarzen Wimpernkranz dominiert wurde. Die blonden Haare hatte sie zu einem Pferdeschwanz gebunden. Sie trug einen blauen Trainingsanzug und Sportschuhe mit Klettverschluss. Schmuck und Kosmetika waren verboten.

Schließlich wandte sie den Blick ab und setzte sich auf das Bett, über das eine kratzige karierte Wolldecke gebreitet war. Seit vier Jahren war diese drei mal vier Meter kleine Zelle ihr Aufenthaltsort. Es gab einen

Tisch mit zwei Stühlen, ein Kreuz aus Holz und ein Regal, auf dem sich einige Bücher reihten, die sie aus der Gefängnisbücherei ausgeliehen hatte und bei deren Lektüre es ihr hin und wieder gelang, für kurze Zeit ihr Schicksal zu verdrängen. In einer gekachelten Ecke befanden sich die Toilette und das Waschbecken. An der Decke war an einem Haken eine Glühbirne befestigt. Morgens um sieben Uhr, kurz vor dem kargen Frühstück, wurde sie eingeschaltet, um zweiundzwanzig Uhr erlosch sie erbarmungslos auf die Sekunde genau. In der Zelle roch es nach Schweiß, Schimmel und Angst, und es war immer kalt.

Plötzlich öffnete sich die Klappe in der Stahltür und ein Tablett wurde hereingereicht. Es war achtzehn Uhr. »Abendessen«, ertönte eine tiefe Stimme. Sie gehörte einem der freundlicheren Wärter. »Sie müssen etwas essen, Madame, damit Sie bei Kräften bleiben.«

Wozu?, dachte Charline. Sie stand auf, nahm es entgegen, murmelte ein »Merci« und stellte es achtlos auf dem Tisch ab: zwei Käsebrote mit Gurke, ein Apfel, eine Tasse Pfefferminztee. Sie verspürte keinen Hunger. Seit sie hier eingesperrt war, hatte sie einige Kilo abgenommen. Das merkte sie am Gummizug der Trainingshose. Wenn sie im Duschraum einen kurzen Blick in den Spiegel werfen konnte, erschrak sie jedes Mal. Ihr einst leicht gebräuntes lebensfrohes Gesicht war bleich geworden, die Wangen eingefallen, die Augen, die ihren Glanz verloren hatten, waren geschwollen vom vielen Weinen. Was sie besonders beunruhigte, war ihr Gesichtsausdruck. Sie hatte das Lächeln verlernt und sah angespannt aus, nein, viel schlimmer, regelrecht versteinert. Als hätte sich die Hoffnungslosigkeit wie ein stetiger Tropfen in ihr Antlitz gegraben.

Charline versuchte, aus dem Gefühl der Trostlosigkeit und der Verzweiflung aufzutauchen, und dachte an den Nachmittag zurück. Johnny war sie besuchen gekommen. Er kam regelmäßig einmal im Monat, meistens am letzten Wochenende, musste jedes Mal vorher eine schriftliche Erlaubnis beantragen und durfte, nachdem er einen Metalldetektor passiert hatte und von einem Justizvollzugsbeamten abgetastet worden war, zehn Minuten mit ihr sprechen. Dabei trennte sie eine Panzerglasscheibe, da sie als gemeingefährlich galt. Während der Gespräche legten sie immer die Handflächen, getrennt durch das kühle Glas, aufeinander und sahen sich in die Augen. Er hatte sich nach ihrem Befinden erkundigt und von seinem Alltag erzählt, dann war die Besuchszeit auch schon wieder vorbei. Ein Aufseher hatte ihn mit barscher Stimme aufgefordert, zu gehen. Johnny hatte ihr ein letztes Lächeln geschenkt und war durch die schwere Stahltür verschwunden, ohne sich noch einmal umzudrehen. Der Wärter holte sie ab und führte sie in die Zelle zurück. Bevor er die Tür versperrte, überreichte er ihr die Geschenke von Johnny. Er hatte ihr aus dem Automaten im Besucherraum zwei Flaschen Orangina und eine Tafel Schokolade gezogen. Mehr war nicht erlaubt.

Sie sank auf die Matratze und rieb sich aufgewühlt die Wangen. So sehr bedauerte sie es, dass es ihr heute Morgen nicht gelungen war, das Messer, das sie während ihres Küchendienstes unter einem Schrank entdeckt hatte, schnell in ihrer Schürzentasche zu verstecken. Die Küchenchefin hatte sie beobachtet und ihr das Messer sofort abgenommen. Die Frau hatte Charlines Beteuerungen, dass sie den Fund selbstverständlich korrekt abgeben wollte, keine Beachtung geschenkt und ihr für eine Woche den täglichen einstündigen Freigang im Gefängnishof gestrichen. Die einzige Beschäftigung, die ihr ein wenig Freude bereitete, konnte sie doch den Geruch des Meeres einatmen und die Frische des Windes auf ihren Wangen spüren.

Sie begann, das fadenscheinige Bettlaken zu untersuchen, und entdeckte eine ausgefranste Stelle. Entschlossen riss sie eine Stoffbahn ab. Sie war etwa zwei Meter lang und fünfundzwanzig Zentimeter breit. Danach stellte sie den Stuhl unter die Glühbirne, erhöhte die Sitzfläche, indem sie Bücher darauf stapelte, stieg hinauf und knotete den improvisierten Strick zunächst am Haken fest, dann schlang sie ihn eng um ihren Hals. »Adieu, Johnny«, flüsterte sie mit heiserer Stimme und stieß mit den Füßen die Bücher vom Stuhl.

NOVEMBER 2021
JE VAIS T'AIMER

Etwa ein halbes Jahr später, an einem kalten stürmischen Novemberabend, saß ein Mann in einem Sessel und betrachtete durch ein Panoramafenster die tosende See. Auf dem nachtschwarzen Himmel zeichnete sich das riesige Sternbild des Pegasus ab, das Herbstviereck mit einem glitzernden Stern in jeder Ecke. Gemächlich zog ein Schlepper vorbei, ein grünes und ein rotes Positionslicht leuchteten. In der Ferne ertönte ein Nebelhorn.

Im Salon prasselte ein Feuer im Kamin, das Holz knackte, die Flammen loderten schwefelgelb. Nachdenklich zog er an seiner Zigarette und trank einen Schluck Calvados aus einem bauchigen Kristallglas. Aus den Lautsprechern der Stereoanlage erklang die unvergleichliche Stimme des Chansonniers Michel Sardou, der mit der wunderschönen Lara Fabian das von ihm komponierte Lied »Je vais t'aimer« interpretierte, indem sie sich mit dem Text abwechselten.

Je vais t'aimer comme on ne t'a jamais aimée

Je vais t'aimer plus loin que tes rêves ont imaginé

Je vais t'aimer, je vais t'aimer

Je vais t'aimer comme personne n'a osé t'aimer

Je vais t'aimer comme j'aurai tellement aimé être aimé

Je vais t'aimer, je vais t'aimer

Ich werde dich lieben, wie dich noch nie jemand geliebt hat

Ich werde dich mehr lieben, als deine Träume es sich jemals vorgestellt haben

Ich werde dich lieben, ich werde dich lieben

Ich werde dich lieben, wie niemand es gewagt hat, dich zu lieben

Ich werde dich lieben, wie ich so sehr gerne geliebt worden wäre

Ich werde dich lieben, ich werde dich lieben

Als das Lied verklungen war, hatte der Mann einen Entschluss gefasst. Er trank aus, erhob sich aus dem Sessel, stocherte in der Glut des Kaminfeuers und ging zu Bett. Lange Zeit konnte er nicht einschlafen und wälzte sich unruhig hin und her. Als ihm endlich die Augen zufielen, wurde er von feuerspeienden Dämonen gejagt.

ERSTER TAG

LE PHARE, DER LEUCHTTURM

Im Norden der normannischen Halbinsel Cotentin mit seinen schroffen Steilküsten konnte man den direkten Einfluss des Meeres und des Windes spüren. Das Cotentin war geprägt von fruchtbaren Marschlandschaften, ausgedehnten Sandstränden und malerischen Ortschaften.

Das kleine Fischerdorf Barfleur lag an der Nordostspitze und galt als einer der schönsten Orte Frankreichs. Nahe der Hafenausfahrt wachte die Kirche Saint-Nicolas mit ihrem zinnengekrönten Vierungsturm über das Dorf. An der Promenade reihten sich mehrstöckige Granitsteinhäuser, auf deren Schieferdächern rote und steingraue Kamine saßen. Die weißen Sprossenfenster, Dachluken und Türen gaben den Häusern, die Restaurants, Cafés und Souvenirläden beherbergten, einen freundlichen und einladenden Anstrich.

Am Pointe de Barfleur erhob sich der fünfundsiebzig Meter emporragende Leuchtturm von Gatteville, der zweithöchste Frankreichs. Von seiner Aussichtsplattform aus hatte man einen großartigen Blick über die Îles Saint-Marcouf und die Baie des Veys. Das erheblich kleinere alte Leuchtfeuer stand direkt daneben. Muschelbänke mit den berühmten goldenen Muscheln von Barfleur sowie Austerngärten zogen sich die Küste entlang, so weit das Auge reichte.

Der ehemalige Elitepolizist Commissaire Philippe Lagarde wohnte ein Stück außerhalb von Barfleur in einem alten Granitsteinhaus, das ihm seine Großmutter vererbt hatte. Das einstöckige Haus befand sich auf einem Dünenkamm, die Fensterlaibungen waren aus roten und grauen Backsteinen gemauert und die Fensterläden hellblau lackiert. Über die Fassade rankten sich auf Spalieren Rosen, die nun im Herbst verblüht waren. Die Terrasse bot einen atemberaubenden Ausblick auf den Küstensaum und den Ärmelkanal. Ein schmaler gewundener Pfad, der durch ein Seekiefernwäldchen führte, verband den Garten mit einer kleinen henkelförmigen Bucht, die von schroffen Felsen umgeben war. Seevögel, insbesondere Basstölpel, benutzten die Felsnasen gerne als Rastplatz.

Philippe Lagarde, ein mittelgroßer kräftiger Mann mit breiten Schultern, saß in seinem Büro am Schreibtisch und arbeitete am Laptop. Ab und zu nahm er einen Schluck von seinem Milchkaffee und fuhr sich nachdenklich durch die kurz geschnittenen dunklen Haare. Nachdem ihm bei einem Polizeieinsatz in die linke Schulter geschossen worden war, und er dabei schwer verletzt wurde, hatte er sich schweren Herzens entschlossen, in den Ruhestand zu gehen. Da er jedoch seinen Beruf liebte, verbrachte er einen Teil seiner Freizeit damit, Anwärter an der Polizeiakademie von Rennes zu unterrichten. Die Arbeit mit den jungen, engagierten Studenten bereitete ihm viel Freude. Seine Spezialgebiete waren Deeskalationstechniken, Personenschutz bei politischen Großveranstaltungen und die Koordination der Einsätze bei Geiselnahmen. Aus diesem Grund wurde er sowohl in Frankreich als auch in der Europäischen Union auf Fachtagungen eingeladen, um Vorträge zu halten und mit den Teilnehmern zu diskutieren. Momentan arbeitete er an einem Konzept für ein Seminar in Lyon zum Thema »Sprengstoffanschläge auf Flughäfen und andere Großobjekte«, das nächsten Monat stattfinden sollte. Hin und wieder wurde er als Berater bei Ermittlungen hinzugezogen, bei denen die Aufklärung der Verbrechen von großem öffentlichem Interesse war, und die Politik sowie die Medien zunehmenden Druck ausübten. Als vor einiger Zeit ein Bogenschütze an der Loire sein Unwesen getrieben und mehrere Menschen getötet hatte, war er um Mithilfe bei der Aufklärung gebeten worden.

In seiner Freizeit trieb er viel Sport und war aufgrund der kaputten Schulter vom Rudern auf das Rennradfahren umgestiegen. Er mochte es, lange Touren durch das hügelige Marschland und entlang der Küste zu unternehmen. Am liebsten jedoch fuhr er mit seinem Motorboot auf das Meer hinaus, um sich den Wind um die Nase wehen zu lassen, zu angeln und weit draußen die Stille und die Freiheit zu genießen. Wenn seine Verlobte Odette Lust und Zeit hatte, ihn zu begleiten, war er sehr glücklich darüber. Außerdem kochte er gerne und bewunderte die Poesie von Charles Baudelaire.

Lagarde beendete das Manuskript für die Veranstaltung in Lyon, speicherte es und fuhr den Computer herunter. Er war bis auf einige Hintergrundrecherchen fertig und mit dem Ergebnis recht zufrieden. Rasch warf er einen Blick auf seine Armbanduhr und stellte fest, dass ihm bis zu seinem Besuch bei Odette nicht mehr viel Zeit blieb. Nach einer heißen Dusche entschied er sich für einen anthrazitgrauen Anzug, ein weißes Hemd, eine weinrot-silber gestreifte Krawatte und schwarze Lederschuhe. Als er sich auf den Weg machte, dämmerte es bereits.

Das Restaurant von Odette, das *Mirabelle*, lag einige Kilometer landeinwärts nordwestlich von Barfleur. Es war ein weit über den Ort hinaus bekanntes und beliebtes Feinschmeckerrestaurant, das mit einer Kochhaube von Gault Millau ausgezeichnet worden war. Nun strebte Odette mit Leidenschaft und kulinarischer Raffinesse die zweite Haube an.

Als Lagarde auf den Parkplatz des *Mirabelle* einbog,

stand dort nur der Mercedes von Odette. Heute war Ruhetag. Ein gepflasterter Weg, der mit schneeweiß und azurblau leuchtenden Glaskugeln geschmückt war, führte zwischen Blumenbeeten an einem lang gestreckten Gebäude vorbei. Gegenüber befand sich das ockerfarbene Haupthaus, an das sich ein runder Turm mit einer roten Kappe schmiegte. Dort wohnte Odette. Im Haus waren vier von ihr individuell gestaltete Gästezimmer untergebracht. Das Restaurant befand sich in einem runden, aus flachen Granitsteinen geschichteten Bau mit einem kegelförmigen Dach, der früher Schafe beherbergt hatte. Gegenüber, auf der Terrasse, über die der Westwind Kastanienblätter trieb, waren die Möbel bereits weggeräumt worden. Hinter dem Anwesen erstreckte sich ein weitläufiger Apfelgarten.

Lagarde klingelte an der Haustür, und kurz darauf öffnete Odette und strahlte ihn an, wobei ihre großen braunen Augen vor Freude funkelten. Sie trug die langen dunklen Haare offen, so wie er es am liebsten mochte. Die sinnlichen vollen Lippen hatte sie brombeerrot geschminkt. An ihren Ohren glitzerten Brillantstecker, die er ihr zu ihrem letzten Geburtstag geschenkt hatte. »Bonsoir, Philippe.«

»Bonsoir, ma Chérie.«

Sie umarmten und küssten sich liebevoll auf den Mund. »Du siehst toll aus«, sagte er. Sie trug ein olivgrünes Strickkleid mit einem schwarzen Gürtel, das ihre schlanke, wohl geformte Figur betonte, elegante Stiefel und eine Lederjacke. »Merci bien, mon Cher.«

Zärtlich drückte er sie an sich. Für ihn war sie die schönste begehrenswerteste Frau auf der ganzen Welt, und er war glücklich, mit ihr zusammen zu sein. »Lass uns gehen«, forderte sie ihn auf. »Ich habe schrecklichen Hunger.«

»Wohin gehen wir zum Dîner?«, erkundigte er sich.

»In ein neu eröffnetes Restaurant im Cour Sainte-Catherine in Barfleur. Es heißt *Le Phare* und soll eine vorzügliche Küche haben.«

Er legte den Arm um sie. »Na, dann los. Ich habe auch großen Hunger.«

Als sie zu seinem Wagen gingen, hängte sie sich bei ihm ein. »Ich habe den ganzen Nachmittag an der Buchhaltung gesessen, grässlich. Jetzt freue ich mich auf einen schönen Abend mit dir.«

Er gab ihr einen Kuss auf die Wange. »Ich freue mich auch.«

Das Restaurant *Le Phare* befand sich in einem vanillegelben Haus mit lavendelfarbenen Klappfensterläden direkt neben einem fast vollständig erhaltenen Gebäude aus dem Mittelalter, das über eine bogenförmige Durchfahrt, ein massives Eichenportal mit einem Messingklopfer in Form einer Auster und eine mit Ornamenten versehene Außentreppe verfügte. Odette hatte telefonisch reserviert, nun wurden sie von einem Kellner in weißem Hemd, schwarzer Fliege und purpurroter Weste an ihren Tisch geführt, der an einem Fenster stand und festlich eingedeckt war. Von ihrem Platz aus konnten sie auf den kopfsteingepflasterten, von Laternen in sanftes gelbes Licht getauchten Hof blicken. In dieser mittelalterlichen Kulisse würde sich niemand wundern, wenn plötzlich aus dem Nebel eine Pferdekutsche auftauchte, aus der elegante Damen in Reifröcken und distinguierte Herren mit Zylindern ausstiegen.

Der Kellner brachte die Speisekarten und erkundigte sich, ob sie einen Aperitif wünschten. Sie bestellten Pastis und eine Karaffe Eiswasser, dann vertieften sie sich in das Studium der Karte. Schließlich entschieden sich beide für das gleiche Menü:

*

Muschelsuppe mit Weißwein und Schalotten

*

Seezunge an Mandeln und Pistazien

*

Crêpe mit Vanillecreme und Erdbeeren

*

Dazu wählten sie einen Muscadet aus einer Lage in der Nähe von Nantes. Während sie auf die Vorspeise warteten und den Petit Jaune genossen, unterhielten sie sich über das Ambiente des Lokals. Odette interessierte sich immer brennend für die Ausstattung und die Küche der Konkurrenz. »Das ist eine schlichte saubere Bistro-Atmosphäre«, sagte sie.

Lagarde nickte. »Dein Restaurant hat Charakter, eine eigene Note zum Wohlfühlen.«

Sie nickte zufrieden. »Genau, du sagst es.«

»Aber sieh mal, die Kunst an der Wand. Es sind alte Stiche, die das harte Leben der Fischer von Barfleur in früheren Zeiten darstellen. Das ist sehr passend.«

Sie sah sich um. »Ja, es ist hübsch hier. Du hast schon recht.«

Während sie die Suppe aßen, die Odette als beinahe gelungen, aber ein wenig zu salzig einstufte, erkundigte sich ihr Verlobter nach der weiteren Gestaltung des Abends. »Nach dem Dîner besuchen wir eine Lesung?«

»Ja, ich habe Karten für uns zurücklegen lassen.«

»Das ist eine tolle Idee, ich war schon ewig bei keiner Lesung mehr. Wer liest denn?«

Sie lächelte. »Ein ganz berühmter Autor. Er heißt Sébastien Gautier und liest aus seinem zuletzt erschienenen Roman ›Les Adieux‹, Abschied.«

»Worum geht es in dem Buch?«

»Das weiß ich nicht genau, lassen wir uns überraschen. Ich weiß nur, dass er für dieses Werk den Literaturpreis der Bretagne verliehen bekommen hat.«

»Er hat einen Preis bekommen?«

»Ja, eine Auszeichnung.«

»Ich bin beeindruckt.«

Sie probierten den Fisch, der durchaus delikat schmeckte – das musste auch Odette zugeben. »Es fehlt nur ein Hauch Limettensaft«, stellte sie fest. »Vielleicht auch ein wenig fein gehackter Koriander.«

Lagarde grinste. »Das wollte ich auch gerade kritisieren.«

Sie legte den Kopf schief und musterte ihn. »Willst du dich über mich lustig machen?«

»Im Leben nicht, meine Liebste.« Er hob sein Glas, und sie stießen an. »Trinken wir auf unseren schönen gemeinsamen Abend.«

Odette sah ihn nachdenklich an.

»Worüber machst du dir Gedanken?«, wollte er wissen.

»Ich möchte dir etwas erzählen.«

»Ja?«

»Ich kenne Sébastien Gautier von früher.«

»Tatsächlich? So einen berühmten Autor?«

»Ja.«

»Woher kennst du ihn?«

»Ich habe damals als Sous-Chefin im *Café de France*

im angesagten Viertel Montparnasse in Paris gearbeitet. Mein Chef de Cuisine war der berühmte Patrice Burnel, der bereits mit zwei Michelin-Sternen ausgezeichnet worden war. Er war ein Kochkünstler, ein Genie in der Küche. Ich als seine rechte Hand habe viel von ihm gelernt und ihn sehr bewundert.«

»Ich kann mich erinnern, dass du manchmal von dieser Zeit erzählt hast.«

»Das stimmt, aber von Sébastien habe ich nichts gesagt.«

»Nicht, dass ich wüsste.«

»Er kam manchmal zum Essen in das Restaurant, so haben wir uns kennengelernt. Denn eine meiner Aufgaben war es, den Gästen die Menüs zu erklären und einen dazu passenden Wein zu empfehlen. Pierre hielt sich lieber in der Küche auf, er war nicht besonders kommunikativ.«

»Ich verstehe.«

»Eines Abends nach Dienstschluss, es war schon beinahe Mitternacht, hat Sébastien vor dem *Café de France* auf mich gewartet. Er hat mir eine Rose geschenkt und gefragt, ob er mich auf ein Glas Wein einladen dürfe. Ich willigte ein. Er war ein sehr sympathischer gut aussehender Mann, er gefiel mir. Also gingen wir in eine Bar und tranken etwas. Wir haben uns gut unterhalten und viel gelacht. Es war ein toller Abend.«

Lagarde schenkte Wein nach und sah sie interessiert an. »Wie ging es weiter?«

»Als wir uns verabschiedeten, erkundigte er sich, ob ich Lust hätte, an meinem freien Tag einen Spaziergang mit ihm im Jardin du Luxembourg zu machen.«

»Und dann?«

»Nun, wir trafen uns und gingen spazieren. Wir haben uns an den Händen gehalten und uns geküsst. Die Anziehungskraft zwischen uns war gewaltig, wie bei zwei extrem starken Magneten.« Sie schwieg für einen Moment und schien mit den Gedanken ganz woanders zu sein. Mit leiser Stimme fuhr sie fort. »Beim Abschied fragte ich ihn, wann wir uns wiedersehen würden. Daraufhin berichtete er, dass er für die nächsten vier Wochen auf Geschäftsreise sei. Danach würde er mich gerne zu Hause besuchen.«

»Wo hast du damals gewohnt?«

»In der Nähe des Friedhofs von Montparnasse.«

Er nickte. »Das Grab von Charles Baudelaire befindet sich dort.« Dann kam er auf ihr Gespräch zurück. »Hat er dich besucht?«

»Oh, ja. Nach vier Wochen, so wie er es angekündigt hatte, stand er vor meiner Wohnungstür. Er war sehr leidenschaftlich und hat mich verführt. Es war wie ein Feuerwerk. An diesem Abend habe ich mich in ihn verliebt.« Sie lächelte wehmütig. Er nahm ihre Hand und streichelte sie. »Was ist?«

Odette trank einen Schluck Wein. »Er kam etwa alle drei, vier Wochen, wir liebten uns, dann verschwand er wieder. Schließlich sprach ich ihn darauf an und sagte ihm, dass ich sehr gerne mehr Zeit mit ihm verbringen möchte. So wie es Paare tun, die eine Beziehung aufbauen wollen. Ich dachte an einen Kinobesuch, eine Vernissage, einen Ausflug mit Picknick am Wochenende, solche Unternehmungen eben. Nichts Besonderes.«

»Wie hat er reagiert?«

»Er stimmte zu.«

»Das wundert mich nicht, bei einer so schönen anziehenden Frau wie dir.«

»Warte ab, Philippe. Er hat sein Versprechen nicht gehalten, wir haben nie etwas zusammen unternommen. Nur die Rendezvous bei mir haben regelmäßig stattgefunden.«

Ihr Verlobter nickte verstehend. »Er wollte eine Affäre, keine Beziehung.«

»Der Gedanke kam mir auch irgendwann. Daraufhin machte ich den Vorschlag, eine gemeinsame Reise zu unternehmen.«

»Lass mich raten, sie hat nicht stattgefunden?«

»Nein. Aber einmal, als er bei mir war, hat er erzählt, dass er mit Freunden einen Segeltörn entlang der korsischen Küste unternommen habe. Das hat mich sehr verletzt.«

»Das kann ich mir vorstellen. War er verheiratet?«

»Er sagte nein.«

»Wie ging es weiter mit euch?«

»Ich habe seinetwegen meine Familie und meinen Freundeskreis vernachlässigt. Immer wenn er sich kurzfristig ankündigte, habe ich Verabredungen abgesagt. Manche guten Freunde haben sich zurückgezogen. Als ich nach etwa einem Jahr an Weihnachten alleine zu Hause saß und mir die Augen ausweinte, habe ich beschlossen, beim nächsten Treffen Schluss zu machen. Das habe ich dann auch getan. Er hat meine Entscheidung widerspruchslos akzeptiert. Das hat richtig wehgetan. Danach hat er sich nicht mehr bei mir gemeldet. Die Amour fou war vorbei.« Sie schüttelte ungläubig den Kopf. »Wir sind nicht ein einziges Mal zum Dîner ausgegangen. Nicht einmal das.«

»Du hast nie mehr von ihm gehört?«

»Doch, ich habe gehört, dass er geheiratet hat. Ab und zu stand etwas über ihn in der Zeitung. Immer dann, wenn ein neues Buch von ihm erschienen war. Es fanden keine persönlichen Treffen mehr statt. Weißt du, Philippe, für mich war es die große Liebe, für ihn nur ein Verhältnis.«

»Ich dachte immer, ich sei deine große Liebe.«

Sie strahlte ihn an. »Das bist du auch, mein Liebster. Meine zweite große Liebe.«

»Warum hast du nie von ihm erzählt?«

»Es ist schon so lange her, über zwanzig Jahre.«

»Das ist eine traurige Geschichte. Es tut mir sehr leid für dich.«

Sie winkte ab. »Das muss es nicht, es ist Schnee von gestern.«

»Jetzt bin ich aber gespannt auf diesen Schriftsteller.«

»Ich auch.«

Inzwischen waren sie beim Dessert angelangt. Odette fand nichts daran auszusetzen und merkte nur an, dass man die Erdbeeren mit ein paar Blättchen marokkanischer Minze hätte verfeinern können. Während sie den Mokka tranken, warf sie einen Blick auf ihre Armbanduhr. »Wir sollten uns auf den Weg machen.«

Lagarde bat um die Rechnung.

Die Lesung von Sébastien Gautier fand im alten Kino von Barfleur statt, das sich am Place du Général De Gaulle befand. Dort hatte bereits 1987 die Premiere der erotischen Komödie *Le Diable rose*, Die teuflische Rose, stattgefunden. Viele Literaturliebhaber wollten den Autor hören und standen geduldig an der Kasse an. Als sie an der Reihe waren, bezahlte Lagarde die Karten, und sie betraten den Saal. Die meisten Plätze waren bereits besetzt, und sie setzen sich in die vorletzte Reihe. Odette sah sich um und ließ die Atmosphäre auf sich wirken. An den unverputzten rauen Wänden waren Kandelaber angebracht, in denen weiße Kerzen steckten, die im ganzen Raum ein gedämpftes weiches Licht verströmten und bizarre Schatten warfen. Die Bühne wurde von zwei steinernen Bögen flankiert und von Lichtspots angestrahlt. In der Mitte auf einem Podium gab es einen Tisch mit einem Mikrofon, einer Flasche Wasser, einem Glas und einer Vase mit einem Strauß bunter Löwenmäulchen sowie einen Stuhl. Der schwere geschlossene Stoffvorhang dahinter glänzte kobaltblau. Linker Hand befand sich die lang gezogene Theke der Bar. Vor der indirekt beleuchteten verspiegelten Fläche reihten sich auf Regalbrettern Spirituosen. Einige Barhocker waren besetzt. Auf einem saß Sébastien Gautier, der Starautor. Odettes Herz schlug schneller, und ihr Atem beschleunigte sich für einige Sekunden, als ihr tausend Bilder dieser Affäre durch den Kopf schossen und dort wild herumwirbelten. Er hatte sich kaum verändert. Lässig saß er auf dem Stuhl, breitbeinig, die Füße auf den Streben. Sein blondes Haar war modisch kurz geschnitten und ein bisschen verstrubbelt. Er trug ein weißes, am Kragen offenes Hemd und eine Jeans. Vor ihm stand ein Glas Rotwein. Er unterhielt sich angeregt mit einer Frau, die auf dem Hocker neben ihm saß und ihn regelrecht anhimmelte. Dann sah sie auf ihre Uhr, legte die Hand auf seine Schulter und sagte etwas zu ihm. Schließlich stand sie auf, stieg über zwei Stufen hinauf auf die Bühne und wandte sich dem Publikum zu. Sie verbeugte sich und stellte sich den Zuhörern als Julie Abel vor. »Ich leite seit vielen Jahren den Literaturkreis von Barfleur, und es ist uns eine große Ehre, den berühmten Autor Sébastien Gautier bei uns im alten Kino begrüßen zu dürfen. Darüber freuen wir uns sehr und sind stolz darauf, dass er es trotz seines vollen Terminkalenders geschafft hat, zu uns zu kommen, um uns sein neues Buch vorzustellen. Ein Buch, das vor einigen Tagen mit dem Literaturpreis der Bretagne ausgezeichnet wurde.« Sie wandte ihren Blick zur Theke und streckte einen Arm einladend aus. »Lieber Sébastien, bitte kommen Sie zu mir auf die Bühne.«

Der Schriftsteller stand auf und ging mit einem Buch in der Hand zu ihr auf das Podest. Dabei erklang tosender Applaus, der nicht enden wollte. Als er neben Madame Abel stand, verbeugte er sich mit einem charmanten Lächeln. »Merci beaucoup, Mesdames et Messieurs! Herzlichen Dank für die Einladung! Ich freue mich sehr, bei Ihnen sein zu dürfen.«

Nachdem die Leiterin des Literaturkreises die Bühne verlassen hatte, setzte er sich an den Tisch, schaltete das Mikro ein und schlug das Buch auf. Dann wandte er sich an das Publikum, das ihn wohlwollend musterte. Einige lächelten ihn erwartungsvoll an. Im

Licht der Steinwerfer strahlten seine dunklen Augen in dem attraktiven Gesicht mit dem schön geformten Mund und dem kantigen Kinn.

Als er begann, mit seiner weichen melodischen und ein wenig rauen Stimme zu lesen, hätte man im Saal eine Stecknadel fallen hören können. Die Aufmerksamkeit seiner Zuhörer lag ganz bei ihm. Auf irgendeine schwer zu beschreibende Weise ging eine Faszination von ihm aus, der man sich kaum entziehen konnte.

Nach seiner Lesung bedankte er sich bei seinen Zuhörern. Langsam, als müsste sich das Publikum aus seinem Bann lösen, setzte verhaltener Beifall ein, der sich steigerte und gar nicht enden wollte. Vereinzelt ertönten anerkennende Pfiffe. Die meisten applaudierten im Stehen. Auch der Künstler erhob sich und verbeugte sich dankend vor dem Publikum. Madame Abel überreichte ihm einen Präsentkorb mit regionalen Spezialitäten als kleine Anerkennung. Sein Lesehonorar hatte er für die Kindertagesstätte von Barfleur gespendet. Eine Fotografin der örtlichen Presse schoss ein Bild nach dem anderen.

»Wie hat dir die Lesung gefallen?«, fragte Odette.

»Eine Urlaubslektüre ist das nicht gerade.«

»Nein, aber es war großartig. Wie er den unermesslichen Schmerz dieser Frau beschrieben hat, war ergreifend.«

Inzwischen hatte der Austausch mit den Zuhörern begonnen. Sébastien Gautier beantwortete alle Fragen geduldig, auch die am häufigsten gestellte, woher er seine Ideen nehme. Allerdings weigerte er sich, zu verraten, ob Liliane diesen Roadtrip überlebte. Anschließend standen die Leute Schlange, um sich ihr Exemplar von »Les Adieux« signieren zu lassen. Als Odette an der Reihe war, sah er sie völlig überrascht an. Ein freudiges Lächeln erschien auf seinem Gesicht. »Odette, was machst du denn hier? Das ist ja unglaublich!«

»Ich wohne in der Nähe und habe aus der Zeitung von deiner Lesung erfahren. Da bin ich neugierig geworden. Die Geschichte ist wunderbar, sie gefällt mir sehr.«

»Merci bien. Ich bin gleich fertig mit dem Signieren. Wollen wir etwas zusammen trinken? Was hältst du davon?«

»Das ist eine wunderbare Idee. Dort drüben ist ein freier Tisch, treffen wir uns in ein paar Minuten.«

»Einverstanden!«

Als er das letzte Buch signiert und der Fotografin ein kurzes Interview gegeben hatte, kam er an den Tisch, an dem Odette und Lagarde saßen. Sie lud ihn mit einer auffordernden Geste ein, sich zu ihnen zu setzen. Dann stellte sie die Männer einander vor. »Sébastien, das ist mein Verlobter Philippe Lagarde.

Philippe, das ist ein alter Freund von mir, Sébastien Gautier.«

Die Männer schüttelten sich die Hände. »Ich freue mich, Sie kennenzulernen, Monsieur Gautier«, sagte Lagarde. »Das war eine sehr eindrucksvolle Lesung.«

»Danke, wollen wir uns nicht duzen?«

»Gerne.«

Der Schriftsteller winkte nach der Bedienung, die sofort eifrig heraneilte. »Was trinken wir?«, fragte er. »Ich habe mit Rotwein angefangen.«

»Dann lasst uns ein Glas Rotwein zusammen trinken«, schlug Odette vor und bestellte, als die Männer nickten, einen Bordeaux aus dem Médoc.

Nachdem der Wein und eine Schale mit Pistazien serviert worden waren, stießen sie an. Odette sah Sébastien neugierig an. »Wie kommt es, dass ein so berühmter Autor im kleinen Fischerdorf Barfleur am Ende der Welt liest?«

»Ich wohne hier.«

»Was?«

»Erst seit ein paar Wochen. Ich habe den alten Leuchtturm von Gatteville gekauft.«

»Du warst das«, stellte Lagarde verblüfft fest. »Im Dorf ist viel darüber geredet worden, wer wohl der neue Besitzer sein würde? Aber genau wusste niemand Bescheid.«

»Ja, ich war das. Mein Rechtsanwalt hat in meinem

Auftrag ein Angebot abgegeben, und ich habe den Zuschlag bekommen. Der Gemeinderat hatte mit Einwilligung der Denkmalschutzbehörde beschlossen, das maritime Bauwerk zu verkaufen, bevor es irgendwann verfallen würde. Solche Kleinode müssen erhalten bleiben. Das historische Leuchtfeuer war gar nicht so teuer. Es ist stark renovierungsbedürftig, und es steht, wie gesagt, unter Denkmalschutz. Das heißt, es dürfen äußerlich kaum Veränderungen vorgenommen werden. Im Innenbereich schon. Es ist viel Arbeit, und ich bin noch lange nicht fertig. Wisst ihr, die handwerklichen Tätigkeiten sind ein toller Ausgleich zum Schreiben. Dabei schalte ich ab und komme auf neue Ideen. Es wird sehr schön. Ihr müsst mich mal besuchen kommen und es euch anschauen.«

Lagarde prostete ihm zu. »Unbedingt, das interessiert mich sehr. Heute Morgen habe ich von meinem Boot aus die erleuchtete Glaskuppel bemerkt und mich gefragt, was da los ist.«

Sébastien lachte. »Sie wird in Zukunft oft leuchten.«

»Herzlich willkommen in dieser rauen Ecke der Normandie.«

»Danke!«

»Darf ich fragen, was dich bewogen hat, hierher zu ziehen?«, erkundigte sich Odette. »Ich meine, wie findet sich jemand, der in Paris gelebt hat und diesen ganzen Trubel gewohnt ist, hier zurecht?«

»Du darfst mich alles fragen. Ich habe gar nicht so lange in Paris gewohnt. Kurz nachdem wir uns aus den Augen verloren hatten, lernte ich meine zukünftige Frau Sylvie kennen. Sie wollte unbedingt am Meer wohnen, und so verkaufte ich meine Eigentumswohnung in Paris und erwarb ein Haus in Cabourg. Leider war die Ehe nicht besonders glücklich. Sylvie verliebte sich nach drei Jahren in einen norwegischen Touristen und zog zu ihm nach Oslo. Unser gemeinsamer Sohn David blieb bei mir. Meine Frau wollte für ihre neue Liebe frei sein.«

»Das tut mir leid«, sagte Odette und versuchte einfühlsam das Thema zu wechseln. »Du hast die Trauer deiner Romanfigur Liliane so authentisch beschrieben, wie hast du das nur hinbekommen?«

Ein Schatten huschte über sein Gesicht, die Augen verdunkelten sich. Odette erschrak. »Habe ich etwas Falsches gesagt? Entschuldige bitte!«

Er legte ihr beschwichtigend die Hand auf den Arm. »Es ist schon gut! Du weißt es nicht, Odette. Der Roman ist deshalb so authentisch und überzeugend, weil es meine Geschichte ist, die ich geschrieben und verschlüsselt habe.«

»Das verstehe ich nicht.«

Er lächelte sie an. »Das kannst du auch nicht. Ich erzähle euch, was passiert ist. Mein Sohn David ist vor einem Jahr ertrunken. Er hat mit seinen Freunden in einer einsamen Bucht in der Nähe von Cabourg eine Party anlässlich seines achtzehnten Geburtstages gefeiert. Irgendwann in der Nacht war er verschwunden. Alle suchten ihn, seine Freunde, ich, die Polizei und die Seenotrettung. In dieser Nacht haben wir ihn nicht gefunden. Zwei Tage lang habe ich gehofft, dass er betrunken irgendwo seinen Rausch ausschläft und dann wieder nach Hause kommt, bis ihn ein Fischer auf einer Sandbank fand. Deshalb habe ich mein Haus in Cabourg verkauft. Ohne David konnte ich es nicht mehr ertragen, dort zu leben. Die Erinnerungen an ihn hätten mich zerstört.«

»Es tut mir so leid für dich«, flüsterte sie. »Niemand sollte sein Kind verlieren.«

Lagarde nickte. »Was für ein entsetzlicher Schicksalsschlag.«

»Ja, da hast du recht«, meinte Sébastien, der das Thema beenden wollte. »Aber nun zu dir. Was treibt eine Pariser Starköchin in die letzte windumtoste normannische Ecke?«

Sie lachte. »Ich führe hier mein eigenes Restaurant.«

»Ein sehr beliebtes Feinschmeckerrestaurant«, ergänzte ihr Verlobter stolz.

Der Autor freute sich. »Natürlich, wie könnte es anders sein? Es war klar, dass du keine Sous-Chefin bleiben würdest. Du hast dich selbst verwirklicht. Das finde ich großartig.«

»Ich werde dich zum Essen einladen und dir alles zeigen.«

»Darauf freue ich mich jetzt schon.«

Als sie bemerkten, dass sie die letzten Gäste waren, bezahlte Lagarde, und sie verließen das Kino. Bevor sie sich herzlich voneinander verabschiedeten, tauschten sie ihre Telefonnummern aus.

Als Odette und Philippe über den Parkplatz des *Mirabelle* zum Haus gingen, mussten sie sich gegen den starken Wind stemmen, der an den Fensterläden rüttelte und die Bäume zum Ächzen brachte.

Sie zogen sich mit einer Flasche Veuve Clicquot in das Schlafzimmer zurück. Das große, halbmondförmige Fenster gab den Blick frei auf schwarze Wolkengebilde, die über den nachtblauen Himmel jagten. Hin und wieder blitzte ein Stern auf. Die Äste der alten Zeder kratzen an der Glasscheibe. Lagarde schenkte ein, und sie stießen an. »Das war ein richtig schöner Abend«, meinte Odette.

»Das finde ich auch. Die Lesung war ein Erlebnis. Wie war es für dich, Sébastien nach so vielen Jahren wiederzusehen?«

»Ich habe mich richtig gefreut.«

»Es gibt keinen alten Groll mehr?«

»Aber nein. Man sollte versuchen, sich an die schönen Dinge zu erinnern.«

»Da stimme ich dir voll und ganz zu.« Er zog sie an sich und küsste sie leidenschaftlich auf den Mund. Dabei schob er den Träger des Spitzenbodys über ihre Schulter.

ZWEITER TAG
CAP LÉVI

Bretteville war ein kleiner Ort, der etwa sechs Kilometer östlich von Cherbourg am Ärmelkanal lag. Einen Steinwurf von der Kirche entfernt lag das Haus von Suzette und Ludovic Cleroc, umgeben von einem Garten mit altem Baumbestand. Es war aus Granitsteinen erbaut, bestand aus zwei versetzten Gebäudeteilen, hatte ein rotes Ziegeldach und flaschengrüne Fensterläden. Vor der Fassade blühten rote und orange Herbstdahlien.

Das Ehepaar saß am Frühstückstisch, die dreijährigen Zwillinge Mélissa und Jean-Antoine thronten auf ihren Hochstühlen. Das bezaubernde Pärchen mit den hellen Locken, den Pausbäckchen und den großen dunklen Augen löffelte zufrieden Schokoknuspermüsli aus Schalen, auf denen bunte Bärchenmotive prangten. Ludovic Cleroc arbeitete als Hauptkommissar auf der Polizeiwache von Cherbourg. Er war um die fünfzig Jahre alt, von großer hagerer Gestalt, hatte die Haare wie fast immer zu einem gepflegten Pferdeschwanz gebunden und trug Sportkleidung. Er hatte heute einen freien Tag. Im Dienst trug er immer einen Anzug, ein Hemd, eine Krawatte und Lederschuhe. Seine Frau Suzette, eine attraktive Blondine mit einem schmalen blassen Gesicht, hatte sich für ihren Tag im Büro zurechtgemacht. Mit ihrem dunkelblauen Business-Kostüm, der weißen Bluse und dem dezenten Make-up wirkte sie sehr elegant und kompetent. Sie trank rasch eine Tasse Kaffee, telefonierte dabei mit ihrer Sekretärin und ging den Terminkalender für den heutigen Tag mit ihr durch. »Der Termin um 10 Uhr muss nach hinten verschoben werden. Ich muss jetzt zu einer Gerichtsverhandlung. Sagen wir 11.30 Uhr, das müsste gehen. Danke, Yvonne.« Sie beendete das Gespräch. Madame Cleroc war Rechtsanwältin. Vor einiger Zeit hatte sie sich selbstständig gemacht und eine Kanzlei in Cherbourg eröffnet. Inzwischen vertrat sie eine stattliche Anzahl von Mandanten und hatte sich einen guten Ruf erarbeitet. Sie stand auf, trank die Tasse leer und sah auf ihre Armbanduhr. Dabei runzelte sie die Stirn. »Ich muss los«, erklärte sie. »Sonst komme ich noch zu spät. Richter Jondeau hasst Verzögerungen.« Sie küsste ihren Mann auf den Mund, die Zwillinge auf die Pausbäckchen und griff nach ihrer Tasche. »Au revoir, ihr Lieben, bis heute Abend.« Dann eilte sie zur Haustür. Mélissa und Jean-Antoine winkten ihr nach. »Au revoir, Maman.«

Cleroc lächelte die beiden an und zwinkerte ihnen zu. »Ihr zwei Hübschen trinkt jetzt den Kakao aus, und dann geht es los in den Kindergarten. Alles klar?«

Sie nickten. »Wir spielen im Sandkasten«, erklärte Jean-Antoine. »Kuchen backen«, ergänzte Mélissa.

»Super!«

Nachdem die Kinder ihr Frühstück beendet hatten, packte er sie in sein Auto. Unterwegs sangen sie zusammen ein Kinderlied: »Sur le pont d'Avignon, on y danse, on y danse.« Dabei klatschten die Kinder begeistert in die Hände. Ihr Vater amüsierte sich. Er liebte seine Kleinen über alles. Bald erreichten sie den Kindergarten von Bretteville, einen großzügigen Flachbau mit Märchenbildern an den Glasscheiben, der in einem weitläufigen Garten lag. Zusammen gingen sie in den Flur. Er half ihnen aus den Jacken und hängte sie zusammen mit den Rucksäcken an die Garderobe. Ein junger Erzieher mit lustigen Augen und einem Nasenpiercing begrüßte ihn und die Kleinen. »Ich wünsche einen wunderschönen Guten Morgen«, sagte er.

»Bonjour, Eric«, erwiderte Cleroc. »Ich hole die Kinder gegen 16 Uhr ab.«

»Alles klar, bis heute Nachmittag, Monsieur Cleroc.«

Grinsend wandte er sich den Kindern zu. »Jetzt schnappe ich euch«, knurrte er, verdrehte die Augen und formte seine Hände zu Krallen. Kreischend versuchten sie zu flüchten, als er sie packte, unter seine Arme klemmte und mit seiner Beute im Spielzimmer verschwand. Die Zwillinge quietschten vor Vergnügen. Cleroc sah ihnen nach. Dann verließ er den Kindergarten.

Von Bretteville zum Parkplatz von Cap Lévi waren es etwa fünf Kilometer. Dort stellte er sein Fahrzeug ab und begann diszipliniert mit den Dehnübungen. Vor einigen Wochen hatte er beschlossen, wieder regelmäßig zu joggen, so wie früher. Er war bequem geworden. Jetzt versuchte er zweimal in der Woche zu laufen. Wenn seine Zeit es ihm erlaubte, drehte er seine Runde am Cap Lévi, seiner Lieblingsstrecke. Ansonsten lief er an der Bucht von Bretteville entlang und durch einen Buchenwald zurück. Es gab zwei Auslöser für diese guten Vorsätze. Erstens wäre ihm ein flüchtiger Ganove um ein Haar entwischt, weil ihm die Puste ausging. Zweitens war es ein Blick seiner Frau von der Seite auf seinen Bauch gewesen, den er als abschätzend empfunden hatte. Sie war fünfzehn Jahre jünger als er, und er wollte unbedingt, dass sie ihn weiterhin attraktiv und anziehend fand. Suzette war seine zweite Frau. Die erste Ehe war nach zermürbenden Streitereien in einem erbarmungslosen Rosenkrieg eskaliert und schließlich fulminant gescheitert. Er wünschte sich nichts mehr, als dass dieses Ehebündnis besser funktionierte, ja mehr als das. Er wollte, dass sie glücklich waren. Nach einer schlimmen Ehekrise, die er mit seinem Wunsch nach einem dritten Kind ausgelöst hatte, waren seine geliebte Frau und er sich wieder nähergekommen. Er hatte nachgegeben und ihren Wunsch respektiert, sich eine Karriere als selbstständige Anwältin aufzubauen. Ein drittes Baby war zurzeit kein Thema mehr, genauer gesagt, es war tabu.

Er nahm einen Schluck aus seiner Wasserflasche und trabte los. Es war ein milder Morgen für November, deshalb verzichtete er auf sein Stirnband. Der nächtliche Sturm hatte sich verzogen, der Himmel war wieder klar, und ab und zu blitzte die Sonne hinter Wolken hervor. Der von ihm ausgewählte Rundweg über etwa acht Kilometer führte zunächst auf geschotterten Wegen zwischen Wiesen und Büschen hindurch landeinwärts. Bald erreichte er das Sémaphore, die Wetterstation, am Cap Lévi. Weiter ging es auf einem Pfad, der sich durch einen dichten Pflanzenteppich aus Wacholder, Ginster, wildem Fenchel und Mittagsblumen schlängelte, zum sandfarbenen Leuchtfeuer, das auf der dreißig Meter hohen Steilküste gen Himmel strebte. Als er es passiert hatte, folgte er dem Küstenwanderweg. Linker Hand erstreckte sich eine Hochebene, die von störrischem Gras, zartrosa blühendem Feldthymian und blauem Wiesensalbei überwuchert war. Dazwischen lagen Gesteinsbrocken. Rechts von ihm dehnte sich der Ärmelkanal taubenblau, kobaltfarben, dann ultramarin bis zum dunstigen Horizont, an dem ein Segelschiff kreuzte. Am Strand saßen junge Leute um ein Treibholzfeuer. Kitesurfer nutzten den Wind, um auf ihren Boards, gezogen von farbenfrohen Segeln, durch die Brandung zu rasen, um sich schließlich in die Lüfte zu erheben, Kapriolen zu schlagen und wieder elegant auf der Wasseroberfläche zu landen. Cleroc erfreute sich an dem Anblick, während er konzentriert und regelmäßig atmend weiterlief und feststellte, dass das Fort Napoléonien nur noch einige Hundert Meter entfernt war.

Er hatte einen Zustand der Entspannung erreicht, und sein Kopf wurde frei, als sich ein düsterer Gedanke in sein Gehirn drängte und sich dort breitmachte. Suzette hatte vor einigen Wochen wegen Arbeitsüberlastung einen jungen Mann eingestellt, der in ihrer Kanzlei ein zweijähriges Rechtsreferendariat absolvieren wollte. Einmal war er ihm begegnet, als er seine Frau von der Arbeit abholte. Er hieß Pierre und war unbestreitbar sehr attraktiv und durchtrainiert. Am letzten Dienstag, als er auf der Promenade von Cherbourg in seinem Lieblingsbistro Mittagspause machen wollte, hatte er die beiden in einem Café gesehen. Sie hatten sich gut unterhalten und gelacht. Die Erinnerung versetzte ihm einen Stich ins Herz. Bildete er es sich nur ein, oder war Suzette kühler im gegenüber geworden? Distanzierter? Er versuchte, sich mit der Erklärung zu beruhigen, dass es ein Arbeitsessen gewesen war, weiter nichts. Sollte er vielleicht nach dem Training seinen Freund Philippe besuchen, mit ihm einen Kaffee trinken und über seine Befürchtungen reden? Er war so vertieft in seine Gedanken, dass er den schwarz gekleideten Mann, der auf ihn zu joggte, erst bemerkte, als dieser nur noch einige Meter von ihm entfernt war. Cleroc wunderte sich noch, dass er bei diesem angenehmen Wetter eine Skimaske trug, als ihn ein Stoß traf und er in die Tiefe stürzte. »Fahr zur Hölle« klang in seinen Ohren, während der Geröllstrand auf ihn zuraste, und vermischte sich mit seinem eigenen Entsetzensschrei. Nach wenigen Metern krachte er auf eine kleine, von Zwergseekiefern und Flechten überwachsene Plattform. Als er nach Halt suchte und panisch eine Wurzel umklammerte, schoss ein stechender Schmerz durch sein Handgelenk. Dann löste sich die Wurzel aus dem Erdreich, und er rutschte bäuchlings auf den Abbruch zu. In letzter Sekunde, als seine Beine bereits den Bodenkontakt verloren hatten und in der Luft hingen, bekam er den Ast eines Bäumchens zu fassen und klammerte sich daran fest. Durch den bohrenden Stich im Gelenk wurde ihm übel. Er versuchte, tief durchzuatmen, griff mit der anderen Hand ebenfalls nach dem Ast und begann, sich Zentimeter um Zentimeter hochzuziehen. Als seine Füße die Plattform berührten, schob er sich weiter hinauf, bis er erschöpft auf dem Plateau lag und nach Luft rang. Sein Herz raste. Er hörte seinen eigenen Atem, das Rauschen der Brandung und das Geschrei der Möwen. Für einen Augenblick hatte er das Gefühl, er sei alleine auf der Welt. Er hob den Blick und suchte mit unruhigen Augen die Felskante ab. Der Mann war nicht zu sehen. Vielleicht wartete er auf dem Pfad auf ihn. Dennoch, er musste das Risiko eingehen und versuchen, auf die Hochebene zurückzugelangen, hier konnte er nicht bleiben. Er spürte, wie seine Kräfte schwanden, und es war ihm klar, dass er sich nicht mehr lange festhalten konnte. Um Hilfe zu rufen, erschien ihm sinnlos, er hatte außer dem Mann mit der Skimaske weit und breit keinen Menschen gesehen, außer den Leuten am Strand, aber die waren zu weit weg. Mühsam rappelte er sich auf und begann, die geschätzten fünf Meter nach oben zu klettern. Mit den Fingern hielt er sich an Felsspalten fest, mit den Füßen suchte er Halt auf Steinvorsprüngen. Plötzlich löste sich unter seinem Fuß ein Gesteinsbrocken und polterte in die Tiefe. Er rutschte ab. Dann fand er eine schmale Felsnase und kam erneut ein Stück voran. Den Blick in den Abgrund mied er. Er wusste, dass er auf keinen Fall hinuntersehen durfte. Schließlich hatte er es geschafft. Er überwand die Abbruchkante und sank erschöpft auf den Weg. Sein pochendes Gelenk drückte er an die Brust. Vorsichtig, vor Erschöpfung zitternd, sah er sich um, aber der schwarz gekleidete Mann war verschwunden. Cleroc gelang es, seine letzten Kräfte zu mobilisieren. Er stand auf und humpelte zu seinem Auto. Am Knie war der Stoff seiner Trainingshose aufgerissen, er blutete. Nach kurzer Überlegung beschloss er, in die Notaufnahme des Krankenhauses von Cherbourg zu fahren. Es war nicht einfach, das Fahrzeug mit einem Arm zu steuern. Wenn er schalten musste, hielt er das Lenkrad mit dem linken Oberschenkel ruhig und drückte mit dem rechten Fuß die Kupplung durch. Im ersten Kreisverkehr von Cherbourg kam er nicht gleich mit dem Steuer zurecht und wäre fast in ein anderes Fahrzeug gekracht, dessen Fahrerin ein empörtes Hupkonzert veranstaltete. Als ihm endlich die entschuldigende Geste gelang, war sie bereits über alle Berge.

Philippe Lagarde stand gerade in der Küche und wollte sich einen Milchkaffee zubereiten, als sein Smartphone klingelte. Er nahm das Gespräch entgegen. Am anderen Ende war eine Krankenschwester des Klinikums von Cherbourg. »Bonjour, Monsieur Lagarde. Gut, dass ich Sie erreiche. Monsieur Ludovic Cleroc befindet sich in der Notaufnahme und hat mich gebeten, seine Frau Suzette und Sie anzurufen. Seine Frau konnte ich bisher jedoch nicht erreichen.«

Lagarde erschrak. »Was ist mit ihm passiert?«

»Das kann ich Ihnen nicht sagen, er wird gerade

ärztlich behandelt. Ich weiß nur, dass er sich selbst eingewiesen hat.«

»Ich komme.« Er beendete das Gespräch, sprang in seinen Renault Express und fuhr, ohne groß auf Geschwindigkeitsbeschränkungen zu achten, so schnell er konnte in die Hafenmetropole des Cotentin. In rekordverdächtigen fünfundzwanzig Minuten erreichte er das Krankenhaus, ein lang gestrecktes sechsstöckiges Gebäude, das von einem kleinen Park umgeben war, in dessen Mitte ein Springbrunnen plätscherte. Er parkte im Halteverbot und ging eilig in die Notaufnahme. Gerade als er auf den Empfangstresen zulief, wurde Ludovic auf einer Trage aus einem Behandlungszimmer geschoben, die ein Sanitäter vor einem Fenster abstellte. »Ich bin gleich wieder bei Ihnen«, versicherte er und eilte davon. Lagarde trat an das Bett und blickte besorgt auf seinen Freund. Er sah blass und angespannt aus, sein linkes Handgelenk war verbunden. »Bonjour, Kumpel.« Er legte ihm vorsichtig die Hand auf die Schulter. »Was machst du denn für Sachen?«

Ludovic erwiderte seinen Blick und versuchte ein Lächeln. »Bonjour, Philippe. Bitte mache dir keine Sorgen. Es ist halb so wild. Mein Handgelenk ist angebrochen, mein Knie ist aufgeschürft, ich habe einige Prellungen und eine leichte Gehirnerschütterung, weiter nichts.«

»Warum stellt man dich einfach hier ab?«

»In der Notaufnahme geht es drunter und drüber.«

»Was ist passiert?«

»Ich war am Cap Lévi joggen, als plötzlich ein Mann auf mich zu rannte und mich den Abgrund hinunterstieß.« In seinen Augen flackerte Entsetzen auf.

»Was? Er hat dich gestoßen?«

»Ja.«

»Er hat dich nicht aus Versehen angerempelt, weil er zum Beispiel gestolpert ist?«

»Nein, es war definitiv ein gezielter Stoß.«

»Also Absicht.«

»Exakt.« Er erzählte seinem Freund die ganze Geschichte und schilderte ihm, wie er es geschafft hatte, auf die Hochebene zurückzuklettern.

Lagarde schüttelte erschrocken den Kopf. Das war knapp gewesen. Wenn Ludovic nicht auf das kleine Plateau gefallen wäre, läge er jetzt tot auf dem Geröllstrand. Die Steilküste am Cap Lévi war mindestens dreißig Meter hoch. »Wie hat er ausgesehen? Kannst du ihn beschreiben?«

»Er hatte eine Skimaske über den Kopf gezogen.«

»Welche Kleidung trug er?«

»Es ging alles so schnell. Ich denke, er hatte eine schwarze Hose und ein dunkles Sweatshirt an. Es kann sein, dass er Laufschuhe trug.«

»Hast du Haare erkennen können?«

»Nein.«

»Wie waren seine Augen?«

»Keine Ahnung.«

»Kannst du seine Statur beschreiben?«

»Er war ungefähr so groß wie ich, schätze ich, vielleicht ein bisschen kleiner, schlank, aber nicht dünn. Es kann sein, dass er breite Schultern hat.«

Lagarde dachte, dass diese Beschreibung ungefähr auf die Hälfte aller französischen Männer zutraf. »Hat er etwas gesagt?«

»Ja, jetzt, wo du mich fragst, erinnere ich mich wieder. Er sagte: »›Fahr zur Hölle‹.«

Sein Freund war entsetzt. »Das bestätigt die These, dass der Stoß vorsätzlich ausgeführt wurde. Kannst du die Stimme beschreiben?«

»Sie war ... unauffällig, nicht so dunkel, nicht so hell.«

»Wie hat er den Satz gesagt? Klang er ruhig? Wütend? Aggressiv?«

Ludovic überlegte. »Hasserfüllt.«

»Hatte er einen Dialekt, einen Akzent? War es ein Franzose oder ein Ausländer?«

»Ich bin mir sicher, dass es ein Franzose war, und er hatte einen leichten Dialekt.«

»Welchen?«

»Ich kann es nicht sagen, aber ich habe ihn schon irgendwo gehört.«

»Ist dir sonst noch etwas aufgefallen?«

»Nein, er tauchte ganz plötzlich auf, wie ein schwarzes Phantom.«

»Du hast ihn nicht mehr gesehen?«

»Nein.«

»Als du dein Auto abgestellt hast, waren da noch andere Fahrzeuge auf dem Parkplatz?«

»Nein, ich war alleine. Aber warte mal, als ich loslief, fuhr ein Wagen auf das Areal. Das habe ich aus den Augenwinkeln wahrgenommen.«

»Was für ein Wagen?«

»Ein Kleinwagen, dunkelgrün, ich bin mir ziemlich sicher, dass es sich dabei um einen Peugeot handelte.«

»Hast du dir das Kennzeichen gemerkt?«

»Keine Chance.«

»War der grüne Peugeot noch da, als du zurückkamst?«

»Nein.« Er stöhnte leise.

»Hast du Schmerzen?«, erkundigte Philippe sich besorgt. »Es tut mir leid. Ich bombardiere dich mit Fragen, dabei geht es dir schlecht. Wir werden das Gespräch zu einem späteren Zeitpunkt fortsetzen.«

»Nein, schon gut. Ich will darüber reden. Um ein Haar wäre ich tot gewesen. Was kümmern mich da Kopfschmerzen.«

»Gut, aber du musst dich trotzdem erst mal ausruhen.« Nachdenklich rieb er sich das Kinn.

»Was denkst du?«, wollte Ludovic wissen.

»Die entscheidende Frage ist doch, ob du ein Zufallsopfer warst, vielleicht weil das Phantom wütend war oder einen Hass auf jemanden hatte, dem du ähnlich siehst. Oder hat er dich gemeint? Hatte er es auf dich abgesehen?«

Sein Freund nickte nachdenklich. »Du hast recht. Daran habe ich noch gar nicht gedacht.«

»Du stehst wahrscheinlich unter Schock. Hattest du in letzter Zeit Stress mit jemandem? Hast du jemanden festgenommen, der sich an dir rächen will?«

»Nicht, dass ich wüsste. Es war ziemlich ruhig.«

»Wenn ich mir die Fakten ansehe, deutet vieles darauf hin, dass ein Mann einen gezielten Mordanschlag auf dich verübt hat. Das bereitet mir große Sorgen.«

»Wie hätte er mich finden können? Ich laufe dort nicht regelmäßig.«

»Er muss dir gefolgt sein.«

»Das ist die einzig logische Schlussfolgerung.«

»Vermutlich wird er bald herausfinden, dass der Anschlag gescheitert ist. Du weißt, was das heißt?«

Ludovic brachte mühsam ein Nicken zustande. »Er wird womöglich einen zweiten Versuch unternehmen.«

»So sieht es aus, mein Freund. Verdammt noch mal, das gefällt mir alles überhaupt nicht.« Ein beunruhigender Gedanke schoss ihm durch den Kopf. »Ich frage mich, ob du hier im Krankenhaus sicher bist?«

»Philippe, ich bitte dich. Du übertreibst. Lass die Kirche im Dorf. Was soll mir hier schon passieren bei den vielen Leuten überall?«

Plötzlich stand ein Pfleger neben Lagarde. »Was machen Sie hier? Der Patient braucht Ruhe, er steht unter Schock und hat eine Gehirnerschütterung.«

»Entschuldigen Sie bitte. Ich bin ein guter Freund von Monsieur Cleroc und wollte nur ganz kurz sehen, wie es ihm geht.«

»Schon gut, aber jetzt gehen Sie besser. Ich werde den Patienten auf sein Zimmer bringen. Vielleicht machen wir später noch eine MRT. Er soll die Nacht über zur Beobachtung hierbleiben.« Schon schob er die Trage davon. Lagarde winkte Ludovic zum Abschied nach. »Bis sehr bald, mein Freund. Gute Besserung!«

»Merci bien.«

Am Ausgang stieß Lagarde beinahe mit Suzette zusammen, die in heller Aufregung war. »Was ist mit Ludovic? Sag schon!«

»Beruhige dich, Suzette, er ist nur leicht verletzt und wird bald wieder gesund sein. Gerade wird er auf sein Zimmer gebracht.«

»Mon Dieu, was ist denn passiert?«

»Er wird es dir selbst erzählen. Sicherlich wartet er schon auf dich.«

Sie tauschten Wangenküsschen, dann machte Suzette sich auf den Weg zu ihrem Mann.

Auf dem Heimweg versuchte Lagarde zu ermessen, welche Konsequenzen dieser Mordanschlag auf seinen Freund haben mochte. Konzentriert dachte er über Möglichkeiten ihres weiteren Vorgehens nach.

Am späten Nachmittag bekam er einen Anruf von Frank Lanoux, dem Polizeipräsidenten der Normandie. »Bonjour, Philippe, hast du einen Moment für mich?«

»Selbstverständlich, Frank.«

»Suzette Cleroc hat mich angerufen und mir erzählt, was passiert ist. Sie ist außer sich vor Angst und fordert Polizeischutz für ihren Mann.«

»Ja, das kann ich mir vorstellen. Ich habe sie im Krankenhaus getroffen, sie war völlig durcheinander.«

»Ich war dienstlich in Valognes und habe anschließend Ludovic besucht. Es geht ihm den Umständen entsprechend. Nach seiner Schilderung der Ereignisse müssen wir von einem vorsätzlichen versuchten Tötungsdelikt ausgehen.«

»Das sehe ich genauso.«

»Ich mache mich jetzt auf den Nachhauseweg. Wollen wir uns im Au-Vent-des-Îles auf ein Bier treffen und uns beratschlagen? Sagen wir in einer Stunde?«

»Das ist eine gute Idee. Bis gleich, Frank.«

»Bis gleich.«

Lagarde fand sich pünktlich zur verabredeten Zeit

in seinem Lieblingsbistro ein. Der Wirt Gaston, der hinter der Theke Gläser polierte, freute sich, ihn zu sehen. »Bonjour, Philippe. Magst du am Tresen Platz nehmen und einen Pastis mit mir trinken? Wie du siehst, ist im Moment nicht viel los.«

»Gerne, Gaston.« Er setzte sich auf einen Barhocker. »Ich habe Zeit, bis Frank Lanoux eintrifft. Wir sind verabredet.«

»Du hast mit dem Polizeipräsidenten der Normandie eine Verabredung?«

»Ja. Er müsste gleich kommen.«

Gaston füllte die Gläser bis zur Hälfte und goss Eiswasser aus einer Karaffe dazu. Dann griff er nach seinem Glas. »À ta santé!«

»À ta santé!«

»Du wirkst besorgt. Ist etwas passiert?«

Gaston war ein guter Freund, also berichtete Lagarde ihm von den dramatischen Ereignissen am Cap Lévi. Die Polizei würde ohnehin in Kürze einen Presseaufruf starten und damit die Jagd auf das Phantom eröffnen.

Der Wirt war entsetzt. »Ich fasse es nicht.«

»Ich auch nicht.«

Als der Polizeipräsident eintraf, begrüßten sich die Männer und setzten sich an einen ruhigen Tisch am Fenster, um ungestört reden zu können. Lanoux, ein mittelgroßer kräftiger Mann mit einem leichten

Bauchansatz und raspelkurz geschnittenen grau me-
lierten Haaren, sah etwas erschöpft aus. Er trug einen
teuren Anzug, Hemd und Krawatte. Seit Lagarde vor
einiger Zeit unter extrem dramatischen Umständen
die Tochter des Polizeipräsidenten, Cécilie, aus der
Gewalt eines zu allem bereiten Psychopathen befreit
hatte, waren die Polizisten befreundet und zum »Du«
übergegangen. »Wie geht es Cécilie?«, erkundigte sich
Lagarde.

Ein Lächeln huschte über Lanoux' Gesicht. »Es
geht ihr prima. Sie studiert Mathematik und Physik
in Paris. Seit einiger Zeit hat sie einen Freund und ist
über beide Ohren in ihn verliebt. Ich hoffe, er auch in
sie.«

»Das ist schön. Deine Tochter ist eine großartige
junge Frau.«

»Ja, ich bin sehr stolz auf sie.«

Sie warteten, bis Gaston das bestellte Bier serviert
hatte und sich anderen Gästen zuwandte. Beide Männer nahmen einen Schluck.

»Was machen wir jetzt?«, fragte Lanoux.

»Die Beschreibung des Täters ist äußerst dürftig.
Das könnte praktisch jeder sein. Es waren nur am
Strand und auf dem Meer Menschen unterwegs. Also
sieht es mit möglichen Zeugen nicht gut aus.«

»Was ist das für eine Sache mit diesem möglichen
Akzent? Ein Franzose mit einem Dialekt?«

Lagarde zuckte mit den Schultern. »Ich bin mir nicht sicher, ob dieser vage Hinweis als Spur taugt.«

Plötzlich stand Gaston neben ihnen. »Ich habe gerade beim Vorbeigehen einige Worte über einen Franzosen mit Dialekt aufgeschnappt. Vielleicht kann ich einige erhellende Informationen beitragen. Ich als Korse kenne mich da aus.«

Lanoux musterte ihn skeptisch. Lagarde nickte ihm zu. »Sag schon.«

»In Frankreich werden viele regionale Dialekte gesprochen. Diese Sprachen werden zum Teil jedoch nicht als eigene, selbstständige Sprachen verstanden, sondern lediglich als Dialekte des Französischen. Nehmt zum Beispiel die Bretonen. Sie haben tatsächlich einen Akzent, weil sie von den Kelten abstammen. Weitere Regionalsprachen sind unter anderem Okzitanisch, Baskisch, Elsässisch und Korsisch.« Er tippte sich mit dem Finger stolz auf die Brust. »Ich bin Korse, ein Nachfolger der verwegensten Piraten auf der ganzen Welt. Unser Akzent ist der schönste überhaupt, und es werden große Anstrengungen unternommen, um diese alte Sprache zu erhalten.« Sein Vortrag wurde vom Eintreffen einer Gästegruppe unterbrochen. »Entschuldigt mich.«

Die Männer sahen sich an. »Das ist ein weites Feld«, meinte Lagarde. »Stellen wir es hinten an und warten den Presseaufruf ab.«

»Einverstanden. Was den Polizeischutz betrifft, den Suzette Cleroc fordert, weiß ich nicht, wie ich das bewerkstelligen soll. Uns fehlen das Personal und die Mittel. Es ist unmöglich. Ich kann ihn freistellen und mehrmals am Tag eine Polizeistreife vor seinem Haus patrouillieren lassen. Aber was soll das bringen?«

»Ludovic wird sich nicht freistellen lassen, er will das Phantom finden.«

»Ich bin deiner Meinung. Er könnte dennoch eine Weile mit seiner Familie untertauchen. Ein Haus zu organisieren, wäre kein Problem. Aber wie lange soll das dauern, was ist mit den Kindern und der Kanzlei von Madame Cleroc?«

Lagarde schüttelte den Kopf. »Eben, der zeitliche Aspekt ist nicht einschätzbar. Wir kennen das Motiv nicht. Wir wissen nicht, ob der Täter den Anschlag wiederholen wird. Oder sucht er sich ein neues Opfer?«

Lanoux seufzte. »Kannst du nicht ein Auge auf ihn haben?«

»Frank, Ludovic wird, so wie ich ihn einschätze, weiterarbeiten, wie soll ich da rund um die Uhr vierundzwanzig Stunden lang auf ihn aufpassen? Das ist unmöglich. Er muss selbst sehr vorsichtig sein und Vorkehrungen treffen. Schließlich ist er Polizist, er kann auf sich achtgeben.«

»Okay. Meinst du, seine Familie ist auch in Gefahr?«

»Nein, das glaube ich nicht. Er ist das Zielobjekt.«

»Ich denke, du hast recht.«

»Du hast nicht vor, ihn gegen seinen Willen freizustellen?«

»Nein, er soll selbst entscheiden.«

»Gut.«

»Danke, Philippe, dass du dich mit mir besprochen hast. Das ist in der Tat eine sehr komplizierte heikle Angelegenheit.«

»Da sagst du was.«

»Ich werde mich auf den Weg machen, es war ein langer Tag, und er ist noch nicht zu Ende. Wir bleiben in Kontakt. Au revoir, Philippe.«

»Au revoir, Frank. Komme gut nach Hause.« Als sich der Polizeipräsident zum Ausgang wandte, sagte Lagarde: »Mir ist noch etwas eingefallen.«

Lanoux drehte sich um. »Was denn?«

»Frank, mir wäre wohler, wenn heute Nacht ein Polizist vor Ludovics Krankenzimmer sitzen würde.«

Der Mann runzelte die Stirn. »Hältst du diese Maßnahme wirklich für erforderlich?«

»Mein Gefühl sagt Ja.«

Lanoux zog sein Handy aus der Hemdtasche und tätigte ein kurzes Telefonat, bei dem er knappe Anweisungen gab. Als er das Gespräch beendet hatte, nickte er Lagarde zu. »Alles klar!«

»Danke!«

Nachdem Lanoux aus der Tür war, bestellte Lagarde noch ein Bier. Er musste zugeben, dass er sich ziemlich hilflos fühlte, was die Sicherheit von Ludovic betraf. Sie mussten das Phantom so rasch wie möglich finden, und dabei würde er ihn tatkräftig unterstützen. Schließlich bat er Gaston um die Rechnung. Als der Wirt sie ihm brachte, fragte er: »Haben euch meine Informationen über französische Dialekte weitergeholfen?«

»Das ist im Moment schwer zu sagen. Selbst wenn es sich zum Beispiel um einen bretonischen Akzent handeln würde. Wie viele Bretonen gibt es, die kein Hochfranzösisch sprechen? Zweihunderttausend? Vierhunderttausend? Für eine Täterbeschreibung ist das sehr unspezifisch.«

»Schade, ich wollte nur helfen.«

»Das hast du auch. Wer weiß, ob dieser Hinweis uns nicht doch noch weiterbringt.«

Der Wirt freute sich. »Das hoffe ich für euch.«

Lagarde verabschiedete sich von ihm und verließ das Bistro. Sein Auto hatte er am Ende einer Seitenstraße abgestellt. Als er den Gehsteig entlangging, begann die Dämmerung, sich über das Cotentin herabzusenken. Zufällig fiel sein Blick durch ein Fenster in das Innere eines Cafés, das von gelben Lampen sanft erleuchtet wurde, und er stutzte. In der hintersten Ecke saß an einem Bistrotisch Brigitte, die jüngste Tochter seines Freundes Roselin Dumas, dem

Chefgendarmen von Barfleur. Sie hatte im Frühjahr ihr Abitur gemacht, anschließend einige Monate als Aupairmädchen in Berlin gearbeitet und kürzlich in Cherbourg ein Studium begonnen. Ihr ursprüngliches Ziel, Veterinärmedizin zu studieren, hatte sie verworfen und sich für das Lehramt am Lycée in den Fächern Deutsch und Englisch entschieden. Ihr Vater finanzierte ihr ein kleines Appartement in der Nähe der Universität. Lagarde wunderte sich, warum sie nicht in Cherbourg war und Vorlesungen besuchte. Vielleicht hatte sie sich entschlossen, ihrem Vater einen Besuch abzustatten. Die hübsche junge Frau war ihrer früh verstorbenen Mutter Christine wie aus dem Gesicht geschnitten. Sie hatte die gleichen hellbraunen Haare, die graugrünen Augen und das herzförmige Gesicht. Dicht bei ihr saß ein junger Mann mit einem dunklen Lockenkopf, der einen Kapuzenpulli trug und in ihrem Alter war. Lagarde kannte ihn nicht. Er hatte den Arm besitzergreifend um sie gelegt, sah sie eindringlich an und redete beharrlich auf sie ein. Dann gab er ihr einen zarten Kuss auf den Mund und strich ihr eine seidige Haarsträhne aus der Stirn. Dabei redete er weiter. Brigittes Gesicht verdunkelte sich, sie schob seine Hand von ihrer Schulter und rückte ein Stück von ihm ab. Sofort umarmte er sie wieder und hob ihr Kinn an, damit sie ihn ansah. Dabei sprach er erneut entschlossen auf sie ein. Schließlich nickte sie zögerlich, und sie küssten sich leidenschaftlich. Lagarde wandte den Blick ab und ging weiter. Offenbar hatten die beiden Turteltäubchen Streit gehabt und sich wieder versöhnt. Roselin hatte gar nicht erzählt, dass seine Tochter einen neuen Freund hatte.

Der junge Polizist Charles-Yves Nesme stand in Jogginghose und einem alten ausgeleierten T-Shirt auf einer Leiter und strich eine Wand des Salons pfefferminzgrün. Er hatte das in die Jahre gekommene Fachwerkhäuschen in Tourlaville unweit von Cherbourg von seiner Großtante Lisette geerbt, mit der er sich immer gut verstanden hatte. Am liebsten waren sie zusammen angeln gegangen und hatten dabei viel Spaß gehabt. Er war traurig, sie verloren zu haben. Doch im Moment freute er sich darüber, dass er einen freien Tag hatte und endlich mit den Renovierungsarbeiten beginnen konnte. Für jeden Raum im Haus hatte er sich eine passende Farbe überlegt. Aus den Lautsprechern der Stereoanlage erklang in voller Lautstärke das Chanson *Hôtel Normandy* von Patricia Kaas, und er sang inbrünstig mit und bewegte die Hüften im Rhythmus der Musik. Plötzlich klingelte sein Handy. Suchend sah er sich um und entdeckte es auf der Kommode neben der Teekanne. Er kletterte von der Leiter und nahm das Gespräch entgegen. Es war Gérald, genannt Gerry, von der Polizeiwache Cherbourg. »Es tut mir leid, dass ich dich an deinem freien Tag stören muss, aber du hast einen Spezialeinsatz.«

»Ach, nee.«

»Doch.«

»Worum geht es?«

»Das ist eine heiße Sache. Auf Hauptkommissar Cleroc ist ein Mordanschlag verübt worden.«

»Was?«

»Ja. Er liegt im Klinikum Cherbourg, und du sollst ihn heute Nacht bewachen. Man befürchtet, dass der Täter erneut versuchen könnte, ihm etwas anzutun.«

»Wahnsinn!«

»Das kann man wohl sagen. Einsatzbeginn ist zwanzig Uhr. Ich finde, du kannst stolz darauf sein, dass sie dich dafür ausgesucht haben. Das ist eine heikle Aufgabe.«

»Ja, das stimmt. Ich weiß Bescheid und mache mich rechtzeitig auf den Weg.«

»Viel Glück!«

»Merci bien.«

Pünktlich um zwanzig Uhr nahm Charles-Yves seinen Dienst auf. Nachdem er sich am Empfangstresen gemeldet und sich mit dem Personal der Security, das sich als Jacqueline und Marcel vorstellte, abgesprochen hatte, lief er über die Treppe in den dritten Stock, wo Hauptkommissar Cleroc in Zimmer Nummer 10-3 lag. Er klopfte leise an der Tür und steckte den Kopf durch den Spalt. Der Kommissar schlief anscheinend tief und fest und schnarchte leise. Charles-Yves dachte, dass er ohne seinen schicken Anzug verletzlicher wirkte, und schwor sich, gut auf ihn aufzupassen. Er holte sich einen Stuhl und setzte sich neben die Zimmertür. Aufmerksam nahm er die Szenerie wahr, die sich ihm bot. An den sterilen weißen Wänden hingen farbenfrohe Bilder, die wohl die Tristesse eines Krankenhauses vertreiben sollten. Das Linoleum war mausgrau. Neben dem Fahrstuhl stand ein Automat mit Getränken und Süßigkeiten. Es roch nach Desinfektionsmittel und Kaffee. Die Patienten hatten ihr Abendessen bereits eingenommen und hielten sich in ihren Zimmern auf. Die Besuchszeit war zu Ende. Es war still auf der Station, nur ab und zu liefen ein Arzt oder ein Pfleger vorbei. Die Nachtschicht hatte begonnen. Aus dem Zimmer gegenüber erklangen leise Stimmen, dann zerriss ein Schuss die Stille. Offenbar sah sich der Patient einen Krimi an. Um 21.10 Uhr schaute die Nachtschwester Clotilde bei ihm vorbei. Sie stammten beide aus Bretteville und kannten sich schon seit dem Kindergarten. »Bonsoir, Charles-Yves. Ist alles in Ordnung?«

»Bonsoir, Clotilde. Ja, es ist alles ruhig.«

»Gut.« Sie reichte ihm einen Becher. »Ich habe dir Kaffee mitgebracht. Aus der Stationsküche, nicht aus dem Automaten. Er ist heiß, schwarz und stark.«

Er lächelte sie an. »Danke, das ist lieb von dir. Ich kann einen Koffeinstoß gut gebrauchen. Nicht, dass ich hier noch einschlafe.«

»Du schläfst nicht ein. Ich bin fest davon überzeugt, dass du ein pflichtbewusster Polizist bist.«

»Ich bemühe mich.« Er sah sie an und stellte fest, dass aus dem wilden rothaarigen Teenager eine schöne Frau mit einer tollen Figur geworden war. »Hast du eigentlich einen Freund, Clotilde?«, erkundigte er sich.

»Seit zwei Monaten bin ich wieder Single. Das war vielleicht ein Idiot. Wie sieht es bei dir aus?«

»Claire hat mich wegen eines anderen Typen verlassen. Ich war ihr zu ruhig und vernünftig. Introvertiert! Sie hat das Wort ausgesprochen, als sei es ein Schimpfwort.«

Clotilde lachte. »Da habe ich ganz andere Erinnerungen. Weißt du noch, als wir nachts im Mondschein im alten Weiher nackt gebadet haben? Nur wir zwei? Dabei kommen mir die Worte ruhig und vernünftig überhaupt nicht in den Sinn.«

Er lächelte und schöne Bilder tauchten in seinem Kopf auf. »Natürlich weiß ich das noch.« Aus einer Eingebung heraus fasste er sich ein Herz. »Darf ich dich zum Abendessen einladen?«

»Ich dachte schon, du fragst nie. Rufe mich die Tage an.«

»Großartig. Ich freue mich.«

»Ich freue mich auch.« Sie warf einen Blick auf ihre Armbanduhr. »Ich muss weiter. Vorher sehe ich noch nach unserem Patienten.« Leise verschwand sie im Zimmer und kam bald darauf zurück. »Er schläft wie ein Murmeltier. Es ist alles okay.«

»Das ist gut.«

»Bist du nervös?«

»Ein bisschen.«

»Rechnest du damit, dass ein Anschlag stattfinden wird?«

»Als Polizist muss ich immer mit allem rechnen.«

Lächelnd nickte sie ihm zu. »Wir sehen uns.«

Er blickte ihr nach, dann holte er die regionale Tageszeitung *ouest france* aus seiner Tasche und las den Sportteil. Hin und wieder ließ er den Blick durch den Korridor schweifen.

Um 22.25 Uhr tauchten Jacqueline und Marcel auf, die einen Rundgang durch das Gebäude machten. »Ist alles in Ordnung bei Ihnen?«, fragte Jacqueline.

»Ja, alles okay.«

»Auf unserer Tour ist uns nichts Besonderes aufgefallen. Es ist ruhig.«

»Überprüfen wir noch einmal die Frequenz unserer Funkgeräte«, schlug Marcel vor. Die Verbindung stand. »Wir schauen später noch einmal bei Ihnen vorbei«, versicherte er Charles-Yves. »Melden Sie sich, wenn Ihnen etwas sonderbar vorkommt. Besser ein falscher Alarm, als keiner, sage ich immer.«

»Das werde ich tun.«

Die beiden Security-Leute setzten ihren Rundgang fort und waren gleich darauf um die nächste Ecke verschwunden. Der Polizist nahm seine Zeitungslektüre wieder auf und unterdrückte ein Gähnen.

Um 23.10 Uhr sah Clotilde im dritten Stock nach einer Patientin, die den Alarmknopf gedrückt hatte und über Schmerzen klagte.

Um 23.14 Uhr versuchte Jacqueline im Eingangsbereich einen betrunkenen Mann, der randalierte und lautstark nach Schnaps verlangte, zu beruhigen und vor die Tür zu begleiten.

Um 23.17 Uhr rannte Marcel im sechsten Stock in das Zimmer eines Mädchens, das sich zitternd und weinend im Badezimmer verbarrikadiert hatte und behauptete, ein schwarz gekleideter Mann habe versucht, durch das geöffnete Fenster in ihr Zimmer einzudringen.

Um 23.19 Uhr kam ein Arzt in einem weißen Kittel, einem Mundschutz und einer OP-Kappe durch den Korridor an den Aufzügen vorbei auf den Polizisten zugelaufen. Um seinen Hals baumelte ein Stethoskop. Er grüßte knapp und sagte, er müsse noch einmal kurz nach dem Patienten Cleroc sehen. Die Aufnahmen der MRT gäben Anlass zur Besorgnis. Bevor Charles-

Yves antworten konnte, war er bereits im Zimmer verschwunden. Er überlegte, ob er ihm vorsichtshalber folgen sollte, als Clotilde bei ihm auftauchte. »Ist alles ruhig?«, fragte sie.

»Gerade ist ein Arzt in Clerocs Zimmer gegangen. Es ist etwas mit der MRT.«

Sie runzelte die Stirn. »Davon weiß ich nichts. Wie heißt er?«

»Auf seinem Schild am Revers stand Docteur Maryol.«

»Hier gibt es keinen Docteur Maryol.« Gleichzeitig stürzten sie in das Krankenzimmer. Der falsche Arzt war gerade dabei, ein Kissen auf das Gesicht des Kommissars zu drücken, offensichtlich mit der Absicht, ihn zu ersticken. Cleroc war durch die Attacke aufgewacht und versuchte, den Angreifer abzuwehren, indem er mit den Fäusten auf seinen Kopf zielte. Als der Eindringling das Rumpeln hörte, warf er einen gehetzten Blick über die Schulter. Charles-Yves warf sich auf ihn und zerrte ihn von Cleroc weg. Der Mann wand sich aus seinem Griff, versetzte ihm einen Kinnhaken und rannte auf die Tür zu. Nachtschwester Clotilde stellte sich ihm in den Weg. Er stieß sie zur Seite, so dass sie mit dem Kopf gegen die Wand knallte, und hastete aus dem Zimmer. Charles-Yves rappelte sich hoch und nahm die Verfolgung auf. Dabei brüllte er in sein Funkgerät und schilderte in knappen Worten die

Situation. Jacqueline und Marcel bestätigten mit »Roger«. Cleroc hatte sich hustend und nach Atem ringend in seinem Bett aufgesetzt, stand auf und wollte hinterher. Ein bohrender Schmerz fuhr durch seine Kniescheibe. Er sackte zusammen und landete unsanft auf dem Boden. Clotilde stützte sich am Schrank ab, hielt sich den Kopf und stöhnte.

Charles-Yves sah, wie der Mann am Aufzug vorbeirannte und die Treppe nach unten nahm. Er folgte ihm, immer zwei Stufen auf einmal nehmend.

Marcel fuhr mit dem Fahrstuhl vom sechsten Stock in das Erdgeschoss und trommelte ungeduldig mit den Fingern gegen das kalte Metall. Die Fahrt verlief gefühlt wie im Schneckentempo.

Jacqueline stand mit entsicherter gezogener Waffe breitbeinig im Eingangsbereich, um den Flüchtigen in Empfang zu nehmen. Den Aufzug und die Treppe behielt sie fest im Blick.

Kurz darauf trafen sie vor der Treppe im Foyer aufeinander und sahen sich ratlos an. Keine Spur von dem flüchtigen Mann. Sie hatten ihn verloren.

Der falsche Arzt war im ersten Stock durch die Flügeltüren auf die Kardiologie-Station gerannt, die verwaist im Licht der Neonlampen lag, und dem Flur bis zur gewundenen Hintertreppe gefolgt. Über die steilen Stufen eilte er in den Keller, wo sich die Pathologie befand. Die Tür zu einem der Obduktionssäle stand offen. Ein Schatten auf einem der Seziertische ließ ihn zusammenfahren und zurückschrecken. Lag da etwa eine Leiche? Aber es war nur eine aufgeworfene sterile Decke, die jemand nicht weggeräumt hatte. Geschickt sprang er auf eine Kommode, die unter dem Oberlicht stand, öffnete das Fenster und kletterte hinaus. Dabei ließ er die Augen wachsam durch den Park schweifen. Niemand war zu sehen. Es war still bis auf das leise Rauschen der Blätter und den gellenden Schrei eines Nachtvogels. Mühelos gelangte er auf die Wiese, benutzte den Stamm einer Tanne als Deckung und verschwand schließlich in der Dunkelheit.

DRITTER TAG
DAS VIADUKT VON FERMANVILLE

Die Ortschaft Fermanville lag südlich von Cap Lévi und war bekannt für ihre schönen Strände, das kristallklare Meerwasser, die Gestüte und ein Herrenhaus aus dem 12. Jahrhundert mit einem außergewöhnlichen oktogonalen Treppenturm. Die Farbe des Himmels über einem Pappelwäldchen wechselte von Nachtschwarz zu Anthrazitgrau, dann tauchte die Morgenröte die Bäume in ein zartes Licht. Der Wind, der vom Ärmelkanal her wehte und den Geruch von Tang mitbrachte, ließ ihre silbrigen Blätter erzittern.

Das Granitsteinhaus von Édith und Armand Darrousin lag in der Nähe des Viadukts, über das soeben ein Zug ratterte, so dass man sein eigenes Wort nicht mehr verstehen konnte. Das Gebäude war lang gezogen, einstöckig, hatte ein altes Schieferdach, in das rechteckige Gauben eingelassen waren, und rubinrote Türen und Fensterläden. Hinter dem Haus gab es einen von Madame Darrousin mit viel Liebe angelegten Blumengarten.

Die resolute Frau war bis zu ihrem siebenundsechzigsten Geburtstag als Richterin am Strafgerichtshof von Cherbourg tätig gewesen. Seit drei Monaten war sie in Pension, aber wie seit Jahrzehnten klingelte ihr Wecker pünktlich um sechs Uhr, sie stand auf, duschte und kleidete sich sorgfältig an. Heute Morgen wählte sie ein melonengelbes Kleid mit einem Kragen und dazu passende Pumps. Dann legte sie sich ein goldenes Kettchen um den Hals, dessen Schimmer wunderbar mit ihrem dunkelblonden Haar harmonierte, das ihr Gesicht mit den groben Zügen, kleinen Augen und vollen Wangen umrahmte. Sie ging in die Küche und bereitete das Frühstück für sich und ihren Ehemann zu. Sein Ei kochte sie extra weich, so wie er es gerne mochte. Als sie fertig war, trug sie das Tablett in den ersten Stock, wo sie in einem Erker, von dem aus man einen schönen Ausblick auf den Garten genießen konnte, eine gemütliche Essecke eingerichtet hatte. Begleitet wurde sie von der weißschwarz gefleckten Französischen Bulldogge Dalida, die auf einen Leckerbissen hoffte. Armand saß bereits in seinem Rollstuhl, elegant gekleidet mit dunklen Hosen, einem Hemd, einer Krawatte und einem Jackett. Durch seine Krebserkrankung hatte er stark abgenommen, und die schicke Jacke war ihm viel zu groß. Seine Pflegerin hatte ihn auch gewaschen, rasiert und seine spärlichen dunkelgrauen Haare akkurat auf die Seite gekämmt. Die große unförmige Nase dominierte sein hageres faltiges Gesicht mit den wässrigen blauen Augen. Die Pflegerin war anscheinend schon gegangen, davor hatte sie wie jeden Morgen seine Medikamente bereitgestellt.

»Bonjour, Armand.« Sie deckte den Tisch und schob den Rollstuhl bis zur Tischkante. Ihr zweiundsiebzigjähriger Ehemann litt unter fortschreitender Demenz. Wenn er ihren Morgengruß nicht erwiderte, wusste er nicht, wer sie war. Dann war er unberechenbar. Wenn er einen guten Tag hatte, was immer seltener vorkam, konnte er aus dem Rollstuhl aufstehen, mit zwei Stöcken zum Treppenaufzug gehen und damit das Erdgeschoss erreichen. Sie halbierte ein Stück Baguette, bestrich es mit Butter und Himbeermarmelade und legte es auf seinen Teller. Dann goss sie ihm Kaffee in seine Tasse. Sie machte sich auch ein Brot und aß es langsam. Dazu trank sie aus einem Bol Milchkaffee. Dabei warf sie Armand immer wieder einen Blick zu. Sie versuchte, seine momentane geistige Verfassung einzuschätzen, doch das wurde immer schwieriger. Bevor ein Facharzt festgestellt hatte, dass sich sein Gehirn erbarmungslos selbst zerstörte, war er liebenswürdig und an vielen Themen interessiert gewesen und hatte oft und gerne gelacht, aber das war jetzt vorbei. Er trank einen Schluck Kaffee, empfand ihn wohl als zu heiß und schleuderte die Tasse mit lautem Gebrüll und überraschender Kraft gegen die

Wand. Sie zerbarst in viele kleine Scherben, und die Flüssigkeit hinterließ hässliche Schlieren auf der altrosafarbenen Stofftapete. Dann rollte er mit seinem Stuhl neben einen Beistelltisch, griff nach der Fernbedienung und schaltete den Fernseher ein. Gerade lief eine animierte Kindersendung in grellen Farben und unerträglicher Lautstärke. Dalida machte vor Schreck einen Satz und winselte. Genervt stand Édith auf, nahm ihm das Gerät aus der Hand und stellte den Ton leiser. Er zeigte keinerlei Reaktion. Mit einer Serviette versuchte sie, die Kaffeeflecken von der Tapete zu entfernen. Dabei machte sie den Schaden nur noch schlimmer. Schließlich deckte sie den Tisch ab und ging mit dem Tablett zurück in das Erdgeschoss. In der Küche trank sie am Fenster stehend in Ruhe eine Tasse Kaffee und dachte zum hundertsten Mal darüber nach, ob sie ihren Mann in einem Pflegeheim unterbringen sollte. Sie fragte sich, wie schon so oft, wie lange sie diese Belastung noch ertragen könne. Um sich abzulenken, beschloss sie, in den Garten zu gehen, in der Hoffnung, dass der Anblick ihrer Rosen sie beruhigen und erfreuen werde. Entschlossen öffnete sie die Hintertür und betrat mit Dalida den Blumengarten. Die Bauernwiese fühlte sich weich an unter ihren Füßen, die Luft war lau und duftete nach marokkanischer Minze, die sie im Kräutergarten gepflanzt hatte, und die sich üppig vermehrte. Während die

Hündin mit ihrem Ball spielte, sank Madame Darrousin auf die Bank, die vor der Hausfassade stand. Über ein Spalier rankten sich Rosen. Sie legte das Gesicht in ihre Hände und versuchte gleichmäßig zu atmen. Ihr Herz stolperte. Was sollte sie nur tun? So ging es nicht mehr weiter. Sie schaffte es zum ersten Mal, sich einzugestehen, dass sie ihr Leben seit der Pensionierung und Armands Erkrankung nicht mehr genießen konnte.

Plötzlich vernahm sie eine tiefe Stimme. »Bonjour, Édith.« Sie blickte auf und sah ihren Nachbarn Didier, einen verwitweten Lokführer im Ruhestand, hinter dem Gartenzaun zwischen den Stachelbeersträuchern stehen. Der große beleibte Mann mit den grauen Haaren und den freundlichen Augen winkte ihr fröhlich zu. Sie stand auf und ging zu ihm. »Bonjour, Didier.«

Er musterte sie aufmerksam. »Du siehst blass aus. Ist alles in Ordnung mit dir?«

Sie versuchte ein Lächeln. »Aber sicher.«

»Macht Armand wieder Probleme?«

Sie winkte ab. »Nicht mehr als sonst.« Sie sah seinem Gesicht an, dass er ihr nicht glaubte.

»Weißt du was?«, sagte er. »Lass uns doch heute Abend ein oder zwei Partien Schach spielen. Die Rentner in der Bar-Tabac sind für mich keine wirkliche Herausforderung. Ich habe sie auch im Verdacht, dass sie schummeln. Du bist eine würdige Gegnerin, eine richtig harte Nuss! Dabei trinken wir ein schönes Glas Rotwein zusammen. Ich habe einen wunderbaren Beaujolais in meinem Weinkeller.«

»Ich weiß nicht. Ich kann Armand nicht so lange alleine lassen.«

»Ach was. Er sitzt eh den ganzen Tag vor dem Fernseher. Außerdem hat er doch für Notfälle dieses Hausnotrufgerät am Handgelenk.«

Édith lächelte. Eigentlich war es eine schöne Idee. Ein wenig Abwechslung würde ihr guttun. »Einverstanden.«

Didier strahlte über das ganze Gesicht. »Abgemacht! Bei mir um zwanzig Uhr.«

»Bis heute Abend.« Sie sah ihm nach, wie er sich entfernte. »Reiß dich zusammen«, sagte sie energisch zu sich selbst. Sie tauschte die unbequemen Pumps gegen ihre Gummistiefel und begann, den Plattenweg zu fegen. Dabei entfernte sie den wuchernden Löwenzahn und in die Höhe geschossene Grashalme. Schließlich zupfte sie das Unkraut aus dem Kräuterbeet und schnitt einige wilde Rosentriebe ab. Als sie mit der Arbeit fertig war, entsorgte sie die Gartenabfälle auf dem Komposthaufen und legte die Rosenschere zurück in den Korb unter dem Schuppendach. Daraufhin holte sie sich eine weitere Tasse Kaffee und setzte sich wieder auf die Bank. Die Beschäftigung an der frischen Luft hatte ihr gutgetan. Sie gestand sich ein, dass sie ihre Arbeit bei Gericht schmerzlich vermisste. Wenn Armand nicht so schwer erkrankt wäre, hätte sie sicher noch ein, zwei Jahre weitergearbeitet. Das aufgeregte Kläffen der Hündin riss sie aus ihren Gedanken. Unvermittelt rannte das Tier um die Ecke, dorthin, wo der Schuppen stand, während das Gebell in Knurren überging. Was hatte sie nur, wahrscheinlich jagte sie eine Maus. Als aus dem Bellen ein klägliches Winseln wurde, erhob Édith sich alarmiert. Dann wurde es still. »Dalida«, rief sie mit Furcht in der Stimme.

Mit energischen Schritten lief sie um die Ecke und sah das Tier reglos auf dem Boden liegen. Das Fell war rot verfärbt. Sie war so erschrocken, dass sie den Mann nicht gleich bemerkte, der neben dem Hund stand und sie anstarrte. Er war dunkel gekleidet, trug eine Sonnenbrille und hatte eine Baseballkappe tief in die Stirn gezogen. Jedes Detail brannte sich in ihr Hirn: basaltgraue Jogginghose, schwarzer Pullover mit V-Ausschnitt, Sportuhr, Kettchen am Handgelenk, Handschuhe, Schal über Mund und Nase gezogen. Er sagte keinen Ton. Langsam kam er auf sie zu. Jetzt erst bemerkte sie die Rosenschere in seiner Hand, von der Blut tropfte. Wie angewurzelt blieb sie stehen und konnte sich nicht vom Fleck rühren. Als der Fluchtinstinkt endlich einsetzte, war es zu spät. Der Mann stand vor ihr und stieß ihr die Schere in die Brust. Ihr

Schrei wurde von den Rädern des Zuges übertönt, der gerade über das Viadukt donnerte.

Lagarde hatte eine unruhige Nacht hinter sich. Während der Fahrt nach Cherbourg ließ er die Ereignisse Revue passieren. Nach dem Mordversuch an Ludovic durch eine unbekannte Person hatte Charles-Yves den ermittelnden Polizisten Bericht erstattet. Daraufhin wurde der Patient in ein anderes Zimmer im fünften Stock verlegt. Als weitere Siherheitsmaßnahme wurde ein zweiter Polizist angewiesen, Charles-Yves bei der Bewachung zu unterstützen. Ein Streifenwagen wurde zum Haus von Ludovic geschickt, um Suzette und das Zwillingspärchen zu schützen. Die Informationen hatte Lagarde von Cleroc bekommen, der ihn mitten in der Nacht angerufen und informiert hatte. Außerdem berichtete sein Freund über eine heftige Auseinandersetzung mit der zuständigen Stationsärztin. Er hatte sich selbst entlassen wollen, um auf seine Familie aufzupassen. Allerdings war er bei dem nächtlichen Überfall erneut auf das verletzte Knie gefallen und hatte Probleme beim Laufen. Deshalb gab er nach und entschied sich, bis zum Morgen zu warten. Außerdem war das Argument der Ärztin nicht von der Hand zu weisen, dass seine Frau einen riesigen Schrecken bekommen würde, wenn er humpelnd mitten in der Nacht bei ihr vor der Tür stehen würde. Lagarde und er hatten verabredet, dass sein Freund ihn abholen würde.

Es war kurz nach acht Uhr, als der Kommissar seinen Renault Express vor dem Klinikum parkte und das Eingangsfoyer betrat. Dort wartete Ludovic bereits auf ihn. Als er ihn sah, stand er mühsam auf, griff nach zwei Krücken und humpelte auf seinen Freund zu. »Bonjour, Philippe. Danke, dass du mich abholst.«

»De rien.«

»Ich habe gerade mit Suzette telefoniert und ihr mitgeteilt, dass wir gleich kommen werden. Über die Vorfälle heute Nacht hat sie sich entsetzlich aufgeregt. Wir müssen uns beraten.«

»Unbedingt.«

Als sie das Haus der Familie Cleroc in Bretteville erreichten, stand Suzette bereits vor der Haustür und unterhielt sich mit den beiden Streifenbeamten, die sie und ihre Kinder in der Nacht beschützt hatten. Zum Glück war der Einsatz ruhig verlaufen. Die Kommissare begrüßten Suzette und die Nachtwache. Cleroc bedankte sich bei den Kollegen, die sich auf den Weg machten. Suzette fiel ihrem Mann um den Hals. »Ich bin so froh, dass dir nichts passiert ist. Zwei Mordversuche an einem Tag, das ist Wahnsinn.« Mit Besorgnis betrachtete sie die Krücken. »Was genau ist eigentlich passiert? Du wolltest den Angreifer verfolgen und bist gestürzt?«

»Ja, dummerweise. Wenn wir zu viert gewesen wären, hätten wir ihn womöglich erwischt.«

»Was ist mit deinem Knie?«

»Es ist geprellt, weiter nichts. Dann habe ich mir durch das verdrehte Bein beim Sturz noch einen Muskelfaserriss zugezogen. Keine Sorge, morgen brauche ich keine Krücken mehr. Dann bin ich wieder fit.«

»Oder tot.« Sie nickte ihnen zu. »Kommt rein. Ich habe Frühstück gemacht. Wir müssen reden.«

Sie gingen in die Küche und setzten sich an den gedeckten Tisch. »Wo sind unsere Kinder?«, wollte Ludovic wissen.

»Sie sind im Wohnzimmer und dürfen ausnahmsweise einen Film ansehen«, erklärte ihm seine Frau. »Sie sitzen mit leuchtenden Augen auf dem Sofa und verfolgen gebannt eine Folge der Serie *Le petit Nicolas*.«

Sie schenkte Kaffee ein und wandte sich mit fragendem Gesichtsausdruck an die Männer. »Was machen wir jetzt?«

»Ich habe einen Vorschlag«, sagte Lagarde.

Sie runzelte die Stirn. »Lass hören.«

»Du und die Kleinen müssen aus der Schusslinie. Deshalb schlage ich vor, dass du mit den Kindern zu deinen Eltern nach Deauville fährst.«

Empört schüttelte sie den Kopf. »Was wird aus meiner Kanzlei? Soll ich alles aufgeben, was ich mir aufgebaut habe?«

»Nein, natürlich nicht. Ich dachte an einen begrenzten Zeitraum, sagen wir zwei Wochen. Du hast doch diesen Referendar? Er könnte als Ansprechpartner dienen und sich um das Alltagsgeschäft kümmern. Bei schwierigen Fragen und Sachverhalten könnt ihr telefonieren oder eine Videokonferenz durchführen. Auch zusammen mit Mandanten, wenn es sein muss. Sie wissen ja nicht, wo du dich aufhältst.«

»Aber der Täter hat es auf Ludovic abgesehen.«

Ihr Mann nahm ihre Hand. »Genau das wissen wir nicht, ma Chérie. Deshalb müssen wir auf Nummer sicher gehen. Ich finde die Idee von Philippe gut. Zwei Wochen sind schnell vorbei. Wer weiß, vielleicht finden wir den Mann in dieser Zeit, und die Sache hat sich erledigt. Was meinst du?«

Suzette dachte an ihre Kinder, und dass sie im Leben nicht mehr froh sein würde, wenn ihnen etwas zustieße. Sie musste Prioritäten setzen, zweifellos. »Also gut, zwei Wochen und keinen Tag länger. Zum Glück stehen keine Gerichtsverhandlungen an. Pierre soll die Stellung halten, wir telefonieren jeden Tag, das wird er schon schaffen.«

Ludovic war unendlich erleichtert, als sie so schnell nachgab. Damit hatte er nicht gerechnet. »Sehr gut. So machen wir das.«

»Ich werde in Deauville vor Sorge um dich umkommen. Du kannst hier nicht alleine im Haus bleiben, das ist dir doch klar? Da kannst du dich gleich als Zielscheibe vor die Tür stellen.«

Lagarde lächelte in die Runde. »Das wird er natürlich nicht. Dein Mann wird zwei Wochen lang bei mir unterkommen.«

Ludovic grinste. »Gute Idee! Einverstanden.«

Nachdem Suzette und die Kinder mit dem Ziel Deauville abgereist waren, fuhren Lagarde und Cleroc zum Kommissariat von Cherbourg. Im Eingangsbereich warteten bereits Charles-Yves Nesme und die Security-Leute Jacqueline und Marcel auf sie. Nachtschwester Clotilde musste eine Doppelschicht machen und ließ sich entschuldigen. Sie begrüßten sich und gingen gemeinsam in den ersten Stock, wo sich Clerocs Büro befand. Dort setzten sie sich um den Besprechungstisch. »Darf ich Ihnen einen Kaffee oder eine Erfrischung anbieten?«, erkundigte sich der Hauptkommissar.

Die drei lehnten dankend ab. Der Polizist und Marcel sahen bleich und übernächtigt aus. Jacqueline machte einen frischen Eindruck. Der geflochtene Zopf, der ihr über den Rücken fiel, war makellos, und sie hatte ihr Make-up erneuert. »Wie geht es Ihnen?«, wandte sie sich an Cleroc und streifte die Krücken, die am Schreibtisch lehnten, mit einem kurzen Blick.

»Danke, es ist alles in Ordnung, ich bin nur durch den Sturz im Krankenzimmer etwas lädiert. Das ist keine große Sache.«

Charles-Yves Nesme sah ihn bestürzt an. »Es tut mir leid, Monsieur le Commissaire, ich hätte den Täter gar nicht in ihr Zimmer lassen dürfen. Das war ein schwerer Fehler.«

Cleroc winkte ab. »Der Mann hat Sie getäuscht, das ist nun mal passiert. Sie haben mir durch ihr schnelles Eingreifen das Leben gerettet. Er war mit seinem ganzen Gewicht über mir, ich hatte keine Möglichkeit, ihn abzuwehren. Ich danke Ihnen.«

»Aber er ist uns entwischt«, beharrte Jacqueline. »Das war nicht professionell. Ich vermute, die Kündigung wartet schon auf Marcel und mich.«

Lagarde ergriff das Wort. »Machen Sie sich keine Sorgen um ihren Arbeitsplatz. Wir kümmern uns darum, das verspreche ich Ihnen.« Ernst sah er in die Runde. »Sie waren nur zu dritt und hatten keine Chance alle Ausgänge zu überwachen. Ihre Strategie, wie Sie unter Zeitdruck und Stress gehandelt haben, ist absolut nachvollziehbar.«

Die junge Frau nickte erleichtert.

»Haben Sie noch irgendwelche Informationen für uns?«, erkundigte sich Cleroc.

Marcel nickte. »Während Charles-Yves Sie mit einem Kollegen nach dem Vorfall weiter bewacht hat, haben Jacqueline und ich den ganzen Park abgesucht. Leider ohne Erfolg.«

»Der Putzkolonne ist in der Pathologie ein geöffnetes Oberlicht aufgefallen«, fuhr die Security-Frau fort. »Möglicherweise ist der Täter durch dieses Fenster entkommen.«

»Oder er ist über die Hintertreppe in die oberen Stockwerke gelangt und hat sich dort eine Zeit lang versteckt«, überlegte der Polizist. »Als alles ruhiger geworden war, hat er das Krankenhaus verlassen. Es gibt mehrere Ausgänge und Brandschutztüren.«

»Wie auch immer«, stellte Cleroc zusammenfassend fest. »Er ist weg.« Er wandte sich an Charles-Yves. »Können Sie ihn beschreiben? Ich habe ihn nur von hinten gesehen.«

»Nun, er ging schnell an mir vorbei und betrat sofort das Krankenzimmer. Er war mittelgroß und schlank. Unter dem Arztkittel trug er ein gestreiftes Hemd und eine blaue Jeans. An die Schuhe kann ich mich nicht mehr erinnern.«

»Haben Sie seine Haare erkennen können?«

»Unter der OP-Haube lugten einige kurze Strähnen hervor. Ich bin mir sicher, dass er blond ist.«

»Und das Gesicht?«

»Die Maske gab nur die Augen frei. Sie waren hell und kalt wie Gletschereis.«

»War die Farbe Blau?«

»Ich bin mir nicht hundertprozentig sicher, aber ich würde sagen, ja.«

»Er hat Sie angesprochen?«

»Ja.«

»Ist Ihnen an der Stimme etwas aufgefallen?«

»Der Mann hatte einen bretonischen Akzent.«

»Sind Sie sicher?«

»Absolut. Ein Kollege von mir stammt aus der Bretagne, aus dem Fischerort Paimpol, er redet genauso.«

Cleroc schwieg verblüfft.

Lagarde ergriff das Wort. »Ist Nachtschwester Clotilde etwas aufgefallen?«

Er schüttelte den Kopf. »Dieser sogenannte Docteur Maryol hat sie bei der Flucht gegen die Wand gestoßen, so dass sie eine Beule am Kopf hat. Sie kann sich an nichts erinnern.«

»Okay«, sagte er nachdenklich. »Die entscheidende Frage ist, ob es sich bei dem Täter am Cap Lévi und dem im Krankenhaus um dieselbe Person handelt?«

»Die Statur stimmt überein«, antwortete Cleroc. »Ob es ein bretonischer Akzent war, kann ich nicht beurteilen. Aber es ist absolut unwahrscheinlich, dass zwei Männer am gleichen Tag einen Anschlag auf mich verüben. Das Phantom muss ein und dieselbe Person sein.«

Lagarde war der gleichen Ansicht. Anders konnte es nicht sein.

Didier stand in seiner Küche und rollte auf der mit Mehl bestäubten Arbeitsfläche den Teig für eine Quiche Lorraine aus. Dann drückte er ihn behutsam in eine gebutterte Auflaufform und füllte die Masse aus Sahne, Eiern und Speck hinein. Dabei pfiff er fröhlich vor sich hin. Er freute sich sehr auf die Schachpartie mit Édith heute Abend. Dazu wollte er als Überraschung die Quiche servieren. Sie würde staunen, wie gut er kochen konnte. Die Rapunzeln, die er zu einem Salat zubereiten wollte, wuchsen in seinem Garten. Er würde sie erst heute Abend ernten, damit sie schön knackig waren.

Seit seine Frau ihn verlassen und auf dem Friedhof von Fermanville ihre letzte Ruhe gefunden hatte, fühlte er sich hin und wieder einsam. Mit Édith konnte er reden. Sie war eine einfühlsame intelligente Frau, die ihm zuhörte und ihn verstand. Außerdem hatte sie einen herrlichen Sinn für Humor und konnte unglaubliche Geschichten aus dem Gerichtssaal spannend erzählen. Wenn er ganz ehrlich zu sich war, musste er zugeben, dass er ein bisschen in sie verliebt war. Allein schon diese schönen blonden Haare und die frauliche Figur.

Er stellte die Backform in den Ofen, brühte sich einen Kaffee auf und las weiter in der Morgenzeitung. Nach und nach zog ein wundervoller Duft durch die Küche. Während er sein Werk zum Abkühlen auf den

Küchentisch stellte, hatte er eine Idee. Er würde Édith ein Stück vorbeibringen, frisch aus der Backröhre schmeckte die Quiche am besten.

Mit dem Teller in der Hand ging er zum Gartentor der Darrousins, das offen stand, und setzte seinen Weg über die Bauernwiese fort. Plötzlich fühlte er eine unerklärliche Unruhe in sich aufsteigen. Kein Geräusch war zu vernehmen, nicht einmal das Rascheln von Laub. Als er den Schuppen erreichte, fuhr er erschrocken zurück und ließ den Teller mit der Quiche fallen. Da lag Dalida im Gras, der kleine Körper mit dem seidigen Fell war blutüberströmt. Die Vorderbeine seltsam verdreht. Entsetzt starrte der Witwer den Kadaver an. Als er verwirrt aufblickte, geriet Édith, die einige Meter von ihm entfernt auf der Erde lag, in sein Blickfeld. Mit pochendem Herzen und angehaltenem Atem trat er an sie heran. Sie lag auf dem Rücken, aus ihrer Brust ragten die beiden Griffe einer Rosenschere. Auf ihrem Kleid hatte sich ein Blutfleck gebildet, der aussah, wie ein aus den Fugen geratener Stern. Sie starrte mit verschleierten Augen in den Himmel, über den Wolken zogen, und den sie nie wieder sehen würde. Zweifellos war sie tot. Dennoch ging er in die Knie und versuchte ihren Puls zu ertasten. Da war nichts. Mit zitternden Fingern zog er sein Handy aus der Hemdtasche und setzte einen Notruf ab.

Nachdem sich die Kommissare von dem Polizisten und dem Security-Personal verabschiedet hatten, klingelte Clerocs Handy. Er nahm den Anruf an, lauschte und wurde kalkweiß im Gesicht. Als er das Telefonat beendet hatte, sah er Lagarde an. »Édith Darrousin ist tot«, sagte er mit tonloser Stimme. »Sie ist in ihrem Garten einem Verbrechen zum Opfer gefallen.«

Sein Freund erschrak. »Die Richterin?«

»Ja.«

»Mon Dieu, das ist ja grauenvoll.«

Das rechtsmedizinische Institut befand sich im Untergeschoss der Polizeiwache von Cherbourg. Die Chefin, Dr. Dr. Delphine Moreau, eine kleine, korpulente Frau, saß in ihrem Büro am Schreibtisch und studierte mit gerunzelter Stirn eine Akte. In ihrem Mundwinkel klemmte eine filterlose Gitanes. Zwar war das Rauchen im gesamten Gebäude verboten, Delphine Moreau, die Studiengänge sowohl in Rechtswissenschaften als auch in Medizin absolviert hatte, interessierte das aber keineswegs. Sie war die einzige Person, die sich über dieses Verbot hinwegsetzte, und niemand war bisher auf die verwegene Idee gekommen, sie darauf anzusprechen. Dr. Moreau war grundsätzlich nicht bereit, über profane Angelegenheiten zu reden und damit ihre Zeit zu verschwenden. Sie beschäftigte sich ausschließlich mit komplizierten medizinischen

Themen und pathologischen Fragestellungen und war eine Koryphäe auf ihrem Fachgebiet. Praktikanten, die rasch begriffen, dass man ihre Gedankengänge besser nicht ohne plausiblen Grund störte und keine dummen Fragen stellte, die sie mit Zigaretten und starkem schwarzem Mokka versorgten und die sie überall hin chauffierten, hatten es richtig gut bei ihr. Delphine hasste Autofahren.

Als ihr Telefon klingelte, rollte sie genervt die wachsamen Knopfaugen. Wer störte sie jetzt schon wieder bei ihrer fachlich hochinteressanten Lektüre, bei der es darum ging, wie man Fingerabdrücke auf der bloßen Haut sichern und identifizieren konnte? Als sie die Nummer von Cleroc erkannte, stimmte sie das milder. Ihn mochte sie. »Bonjour, Ludovic. Was gibt es?«

»Édith Darrousin wurde ermordet. Philippe und ich werden jetzt zum Tatort fahren. Hast du Zeit, uns zu begleiten?«

Delphine fiel vor Schreck fast der Hörer aus der Hand, für einen Moment verschlug es ihr die Sprache. Dann fasste sie sich. »Ja, selbstverständlich. Ich komme mit.«

»Treffen wir uns in fünf Minuten auf dem Parkplatz?«

»Ja, bis gleich.« Sie legte auf und starrte die Wand an. »Édith!«

Als sie den Parkplatz erreichte, warteten die Kommissare neben einem Dienstwagen auf sie. Lagarde hatte sie seit einigen Wochen nicht mehr gesehen und stellte fest, dass sie wieder einmal die Farbe ihrer streichholzkurzen Haare gewechselt hatte. Jetzt waren sie goldbraun mit feinen grünen Strähnen. Das elegante, jadegrüne Kostüm und die Schuhe mit den hohen Absätzen passten farblich perfekt dazu. Sie trat die Kippe aus und nickte den Männern zu. Dann bemerkte sie den Gips an Clerocs Handgelenk und die Krücken. »Was ist mit dir passiert?«, wollte sie wissen.

»Ich erzähle es dir im Auto«, erwiderte Cleroc.

Auf der Fahrt nach Fermanville sprachen sie über Édith Darrousin. Delphine wollte Einzelheiten erfahren. Lagarde, der den Wagen steuerte, antwortete: »Ein Nachbar hat sie heute Vormittag ermordet in ihrem Garten gefunden, nicht weit von ihrem Hund, der ebenfalls tot ist. So wie er es geschildert hat, wurde sie erstochen. Mehr wissen wir im Moment nicht.«

»Ich habe sie gekannt«, erzählte Delphine. »Einmal war ich bei einer ihrer Gerichtsverhandlungen als Gutachterin geladen und konnte mit meiner Aussage Licht in das Geschehen bringen. Danach sind wir uns ein paar Mal über den Weg gelaufen und haben schließlich einen Kaffee zusammen getrunken und uns angefreundet. Sie war eine sympathische intelligente Frau, geradeheraus.« Für einen Moment schwieg sie betroffen. »Ich mochte sie sehr.«

»Ich habe vor etwa zwei Jahren in ihrem Gerichtssaal als Zeuge ausgesagt«, erinnerte sich Lagarde und musste trotz der ernsten Situation schmunzeln. »Sie hat mich ganz schön in die Mangel genommen.«

»Ich hatte zwei-, dreimal bei Gericht mit ihr zu tun«, berichtete Cleroc. »Als Richterin war sie hart, aber fair. Sie strahlte eine derartige Autorität aus, dass sie nie die Stimme erheben musste. Sie hatte ihre Verhandlungen und die Anwesenden fest im Griff.«

Nach zwanzig Minuten erreichten sie Fermanville und stellten das Fahrzeug vor dem Haus ab. Dann gingen sie um das Gebäude in den Garten. Neben Édith Darrousin kniete ein älterer Mann im Gras und hielt ihre Hand. Vor der Scheune lag Dalida. Lagarde bemerkte hinter der Fensterscheibe im ersten Stock ein bleiches Gesicht, das sofort wieder verschwand. Als Didier sie bemerkte, ließ er die Hand seiner Nachbarin los und rappelte sich auf. Er war aschfahl im Gesicht, seine Augen waren feucht, die Haare zerzaust. Sie stellten sich vor, und die Kommissare zeigten ihm ihren Dienstausweis. »Wer sind Sie?«, wollte Cleroc wissen.

»Ich bin Édiths Nachbar, Didier Nagat.« Er zeigte auf ein Haus mit weißen Türen und Fensterläden jenseits des Gartenzaunes, das sich rapsgelb verputzt zwischen Libanonzedern erhob. »Ich wohne dort drüben.«

»Sie haben die Tote gefunden?«

»Ja, vor etwa einer halben Stunde, um 11.30 Uhr.« Hilflos wies er auf einen Teller, der zwischen Gräsern lag. »Ich wollte sie überraschen und ihr ein Stück Quiche bringen.«

»Erzählen Sie bitte genau, was Sie gemacht haben.«

»Nun, ich bin durch die hintere Pforte in ihren Garten gegangen. Da habe ich den Hund entdeckt und gleich darauf Édith. Ich habe ihren Puls gefühlt und die Rettung angerufen. Aber ich wusste, dass es zu spät war. Auf ihrem Kleid ist ein großer Blutfleck.« Seine Stimme war leise und zittrig.

»Wann haben Sie Madame Darrousin das letzte Mal lebend gesehen?«

»Heute Morgen gegen acht Uhr. Wir habe kurz geplaudert, dann wollte sie im Garten arbeiten.«

»Danke, Monsieur Nagat. Sie können jetzt nach Hause gehen. Wenn wir noch Fragen an Sie haben, melden wir uns.«

»Ja«, er stockte. »Édith war eine wunderbare Frau, müssen Sie wissen.« Dann machte er kehrt und ging mit hängenden Schultern auf sein Haus zu. Abrupt drehte er sich noch einmal um und zeigte auf das Obergeschoss. »Armand ist da oben, ihr Mann. Er ist pflegebedürftig, jemand muss sich um ihn kümmern.«

Sie folgten seinem Blick. Niemand war zu sehen. Währenddessen zog sich die Rechtsmedizinerin Handschuhe über, ging in die Hocke und betrachtete konzentriert die tote Frau. »Der Gegenstand, der in ihrer Brust steckt, sieht aus wie eine Gartenschere. Dem äußeren Anschein nach ging der Stoß direkt in ihr Herz.« Sie deutete auf den Blutfleck, der sich auf dem Kleid ausgebreitet hatte. »Sie ist verblutet. Genaueres kann ich euch nach der Obduktion sagen.« Nachdem sie die Augen der Richterin sanft geschlossen hatte, wandte sie sich dem Hund zu und hockte sich neben ihn in das Gras. Behutsam drehte sie ihn auf den Rücken. »Er hat eine Verletzung am Bauch, es sieht aus wie eine Stichwunde. Ich werde das Tier ebenfalls untersuchen.«

Cleroc nickte. »Die Kollegen der Kriminaltechnik sind bereits informiert. Sie werden in Kürze eintreffen. Zunächst müssen sie den Tatort sichern.« Er nahm die Krücken in eine Hand, zog sein Handy aus der Jackentasche und telefonierte auf einem Bein balancierend.

»Kannst du einen Polizisten herbestellen, der mich nach Cherbourg zurückbringt?«, wandte Delphine Moreau sich an Lagarde. »Ihr bleibt doch sicher noch länger hier?«

Er nickte ihr zu. »Auf jeden Fall. Ich kümmere mich sofort darum.«

»Danke, Philippe.« Sie lehnte sich an den Zaun und zündete sich eine Gitanes an. Als sie den Rauch ausblies, fiel ihr Blick erneut auf das Opfer. Fassungslos schüttelte sie den Kopf. Wer hatte Édith so sehr gehasst, dass er ihr eine Rosenschere in die Brust rammte? Als der Zug über die Brücke ratterte und ein lautes Pfeifen ertönte, fuhr sie erschrocken zusammen. Nach wenigen Minuten parkte der Bus der Spurensicherung neben dem Gartenzaun. Cleroc erteilte ihnen Anweisungen, dann betraten die Kommissare das Haus durch die Hintertür, die unversperrt war. Dabei bemerkten sie einen Bol, der auf dem Tisch der Sitzecke vor der Fassade stand. Sie gelangten in die Küche. Dort, auf der Anrichte, hatte jemand ein Tablett mit Frühstücksgeschirr abgestellt. Der Duft von Kaffee hing noch in der Luft. Weiter führte ihr Weg in den Salon, der mit einer Couch und Sesseln aus dunkelblauem Leder, einem wuchtigen Rauchglastisch und einem Regal, auf dem sich bis zur Decke Bücher und Bildbände reihten, ansprechend ausgestattet war. Lagarde betrachtete die Buchrücken. Es handelte sich hauptsächlich um französische und englische Belletristik und Kriminalromane. Ins Auge sprang eine wertvolle, goldbedruckte Sonderedition sämtlicher Krimis von Agatha Christie in der Originalausgabe. Auf dem Parkettboden breitete sich ein geknüpfter Teppich in Grün- und Rottönen aus. An der Wand über dem Sofa hing eine gerahmte große Schwarz-Weiß-Fotografie, die den Leuchtturm von Cap Lévi während eines Sturmes zeigte. Die Aufnahme hatte auf beeindruckende Weise den schäumenden Ozean, das düstere Wolkengebirge und einen gezackten gleißenden Blitz eingefangen. Im Erdgeschoss gab es noch ein kleines Badezimmer, einen Abstellraum und ein Schlafzimmer mit einem französischen Bett, auf dem ein bunter Quilt ausgebreitet war. Anhand der Kleidung im Schrank und dem Schminktisch, auf dem ein geöffnetes Schmuckkästchen stand, war es offensichtlich, dass es sich um das Schlafzimmer von Madame Darrousin handelte. Im Erdgeschoss war niemand. Über die Treppe gelangten sie in den ersten Stock. Oben auf der letzten Stufe parkte ein Treppenlift mit einem Bedienungspult an der Lehne. Lagarde, der Armand Darrousin hier im ersten Stock vermutete, rief nach ihm, um ihr Kommen anzukündigen und ihn nicht zu erschrecken. »Monsieur Darrousin? Hier ist die Kriminalpolizei. Wir möchten gerne mit Ihnen sprechen.« Es erfolgte keine Reaktion. Als sie sich dem nächsten Zimmer näherten, dessen Tür offen stand, entdeckten sie einen Mann, der vor dem Fernseher im Rollstuhl saß. Es lief gerade eine Tiersendung, die spielende Erdmännchen in einer hügeligen Landschaft zeigte. Der Ton war leise gestellt. Der Kopf des Mannes war auf die Seite gekippt, sein Brustkorb hob und senkte sich. Er schlief und schnarchte leise. Das Gesicht war bleich und hager, so wie das, das Lagarde vorhin am Fenster gesehen hatte. Die Fernbedienung war auf den Teppich gefallen. Der Becher auf dem Beistelltisch war umgekippt, und eine Pfütze hatte sich darauf ausgebreitet. Daneben stand eine halb volle Flasche Volvic. Lagarde schüttelte sanft seine Schulter. »Monsieur Darrousin! Wachen Sie auf. Wir wollen mit Ihnen reden. Es ist wichtig.«

Plötzlich riss der Mann die Augen auf und starrte ihn an. Ängstlich wich er zurück. »Wer sind Sie? Was wollen Sie?« Unvermittelt, innerhalb einer Sekunde, verwandelte sich die Furcht in Zorn. »Verlassen Sie mein Haus«, brüllte er. Speicheltropfen hingen an seinen farblosen Lippen. »Ich hole die Polizei.« Er ballte die Fäuste und schlug unbeholfen nach Lagarde. Der Kommissar packte vorsichtig seine Hände und suchte Augenkontakt. »Beruhigen Sie sich bitte.« Er wies auf Cleroc, der neben ihm stand. »Wir sind die Polizei.« Er ließ die Fäuste los, zog seine Legitimation aus der Hemdtasche und zeigte sie ihm. »Ich bin Commissaire Philippe Lagarde von der Kripo Cherbourg.« Der Mann starrte mit apathischem Gesichtsausdruck ins Leere. »Ich habe Hunger«, sagte er mit weinerlicher Stimme.

Cleroc versuchte es auf die direkte Art. »Ihre Frau Édith ist tot. Der Nachbar Monsieur Nagat hat sie im

Garten gefunden. Sie ist einem Verbrechen zum Opfer gefallen.«

Darrousin stutzte. »Wer ist Édith?« Dann griff er nach der Wasserflasche und stieß sie um. Unvermittelt brach er in Wutgeschrei aus. »Warum hilft mir keiner?«

»Was ist denn hier los?«, eine junge Frau in weißer Hose und rotem Kittel stand im Türrahmen. Empört strich sie sich eine blonde Haarsträhne aus der Stirn. Die blauen Augen funkelten. »Lassen Sie meinen Patienten in Ruhe. Er darf sich auf keinen Fall aufregen.«

Die Kommissare stellten sich vor und wiesen sich aus. Cleroc fasste den Sachverhalt zusammen. Die Frau war entsetzt. »Édith ist tot?«

»Ja. Haben Sie die Absperrung im Garten nicht gesehen? Die Polizei wird sie in die Rechtsmedizin von Cherbourg bringen.«

»Nein, ich bin durch den Vordereingang gekommen. Ich habe einen Schlüssel.«

»Würden Sie sich uns bitte vorstellen?«, bat Lagarde.

»Selbstverständlich. Entschuldigen Sie. Ich bin Schwester Marie-Louise vom ambulanten Pflegedienst. Ich kümmere mich morgens und mittags um Armand. Abends übernimmt seine Frau die Pflege.« Sie biss sich auf die Lippen. Ihr Patient sah sich, nun wieder friedlich lächelnd, weiter den Tierfilm an. »Giraffen mag ich besonders gerne«, sagte er.

»Armand kann hier nicht alleine bleiben«, erklärte Marie-Louise. »Ich werde versuchen, einen Kurzzeitpflegeplatz in der Altenpflegeeinrichtung in Saint-Pierre-Église zu bekommen. Bis die Sanitäter ihn abholen, gebe ich ihm etwas zu essen. Um diese Zeit hat er Hunger.« Sie holte ihr Handy aus der Kitteltasche und telefonierte. Als sie das Gespräch beendet hatte, informierte sie die Polizisten. »Wir haben Glück. Ein Platz ist frei. Der Krankentransport wird in einigen Minuten eintreffen.« Sie beugte sich vor und legte behutsam den Arm um den alten Mann. »Was hältst du von einer schönen Suppe, Armand?«, fragte sie mit sanfter Stimme. Er strahlte sie an. »Tomatensuppe?«

»Aber klar doch!«

Nachdem Monsieur Darrousin gegessen und von den Pflegern abgeholt worden war, bat Cleroc um ein Gespräch mit Marie-Louise, um mehr über die physische und psychische Verfassung ihres Patienten in Erfahrung zu bringen. Mit gerunzelter Stirn sah sie auf ihre Armbanduhr. »Ich kann jetzt nicht, Monsieur le Commissaire. Meine nächste Patientin wartet auf mich. Ich bin schon zu spät.«

»Wann können wir mit Ihnen reden?«

»Morgen früh, auf der ambulanten Pflegestation.

Sie ist im Seniorenheim von Saint-Pierre-Église untergebracht. So gegen neun?« Fragend lächelte sie ihn an.

»In Ordnung, bis morgen. Danke für Ihre Hilfe.«

»De rien.« Schon war sie aus der Tür und eilte die Treppe hinunter. Die Kommissare setzten ihre Hausdurchsuchung fort. Neben dem Erkerzimmer gab es im ersten Stock ein geräumiges Bad mit einem Lift in der Wanne und einem Aufsatz auf der Toilette. Feuchte Handtücher hingen über beheizbaren Edelstahlverstrebungen. Es roch schwach nach Lavendel. Das Schlafzimmer von Armand Darrousin war wie ein Krankenzimmer eingerichtet. Kühl und zweckmäßig. Den einzigen Farbfleck bildete ein Strauß Astern auf dem Nachttisch. Schließlich betraten sie das Arbeitszimmer der Richterin. Auf dem Schreibtisch stand ein Laptop, dessen Zugang ein Passwort erforderte, daneben stapelten sich Akten. Lagarde sah sie durch und stellte fest, dass es sich wohl um Aufzeichnungen und Unterlagen ihrer letzten Gerichtsverhandlungen handelte. Cleroc überprüfte den Inhalt der Schubladen, die unverschlossen waren. Er konnte zunächst nichts Auffälliges entdecken. Es gab Schreibmaterial, Stifte, einen Locher, das übliche Büromaterial. In der untersten Schublade wurden in Mappen Kontoauszüge, Rechnungen und Verträge aufbewahrt. Ihm fiel auf, dass sowohl im Februar als auch im Mai dieses Jahres jeweils ein Betrag über fünfundzwanzigtausend Euro von Édith Darrousins Konto abgehoben worden war. Er zeigte die Ausdrucke Philippe. »Sieh mal, was hat sie wohl mit dem vielen Geld gemacht?«

»Finden wir es heraus. Vielleicht hilft es uns weiter.« Er widmete seine Aufmerksamkeit dem Bücherregal, auf dem überbordend, aber strukturiert Gesetzestexte und juristische Fachliteratur aufbewahrt wurden. Das Strafgesetzbuch war ein wenig nach vorne gerückt. Neugierig geworden zog er es heraus und tastete den Hohlraum zwischen den Büchern und der Wand ab. Dann zog er einen DIN-A-4-Umschlag hervor. »Sie hat hier etwas versteckt«, informierte er seinen Kollegen. Daraufhin zog er sich Einmalhandschuhe über, öffnete den Umschlag und breitete dessen Inhalt auf dem Schreibtisch aus. Es war ein weißes Blatt, auf das schwarze und bunte Druckbuchstaben, vielleicht aus einer Zeitung ausgeschnitten, geklebt waren:

ICH HABE DICH GESEHEN, ÉDITH
DAS KOSTET DICH 25 000 EURO
ICH MELDE MICH
DEIN BEOBACHTER

»Sie wurde erpresst«, stellte Cleroc fest. Lagarde nickte. Dann sahen sie sich die beiden Fotos an. Das erste Bild zeigte die Richterin mit einem gut aussehenden Mann am Strand. Sie trugen Badekleidung, hielten sich eng umschlungen und strahlten in die Kamera. Auf der zweiten Aufnahme küssten sie sich leidenschaftlich. Die Hand des Mannes umfasste ihre Brust. Im Hintergrund leuchtete das Meer azurblau. Verblüfft sahen sich die Kommissare an. »Du weißt, wer das ist?«, fragte Ludovic.

»Nun, wer weiß das nicht? Das ist der sous-préfet d'arrondissement, der Regionalpräfekt von Manche, Bertrand Lafayette.«

»Welch eine Überraschung.«

»Das kann man wohl sagen.« Er sah sich um. »Ich denke, wir sind hier fertig. Das Erpresserschreiben und die Fotos nehmen wir mit. Den Laptop ebenfalls.«

Als sie durch die Hintertür das Haus verließen, saß Didier Nagat auf der Gartenbank, in der Hand den Bol, der vorher auf dem Tisch gestanden hatte. Sein Blick verlor sich in der Ferne. Lagarde sprach ihn an. »Monsieur Nagat. Dies ist ein Tatort. Sie dürfen sich hier nicht aufhalten und nichts anfassen.«

Der Mann schrak zusammen und stellte den Bol auf den Tisch zurück. »Entschuldigen Sie bitte, Monsieur le Commissaire. Daran habe ich nicht gedacht.« Er wies auf die sonnengelbe Kaffeeschale. »Es war ihr Lieblingsbol, daraus hat sie immer ihren Milchkaffee getrunken.«

»Wir möchten mit Ihnen reden«, sagte Cleroc. »Können wir in Ihr Haus gehen?«

Der Nachbar erhob sich. »Selbstverständlich. Kommen Sie bitte mit.«

Sie folgten ihm durch den Garten der Darrousins und über einen Pfad, der durch eine Wiese zur Terrassentür verlief, die offen stand. Er führte sie durch den Salon in einen Korridor, von dem aus ein Zimmer abging, in dem eine imposante Eisenbahnanlage aufgebaut war. Es gab Loks, Eisenbahnwaggons, Lichtsignale, Weichen, Bahnübergänge, detailgetreue Bahnhöfe, kleine Dörfer und verschiedene Landschaftsbilder. Selbst das Viadukt in Miniaturausgabe fehlte nicht. Cleroc staunte. »Das ist großartig. Haben Sie das aufgebaut?«

Didier nickte stolz. »Das ist mein Hobby. Ich war früher Eisenbahner mit Herz und Seele.«

In der ordentlichen Küche setzten sie sich um den Tisch. Der Nachbar bot ihnen Kaffee an, den sie dankend ablehnten. »Wie geht es Ihnen?«, erkundigte sich Cleroc. »Sind Sie in der Lage, uns einige Fragen zu beantworten?«

»Es geht schon.«

»Wohnen Sie alleine hier?«

»Ja, ich bin Witwer, und die Kinder sind aus dem Haus.«

»Wie war Ihr Verhältnis zu Madame Darrousin?«

»Wir sind seit vielen Jahren Nachbarn und haben uns immer gut verstanden.«

»War es eine oberflächliche Freundschaft, wie das unter Nachbarn manchmal so ist?«

»Es war mehr als ein Plausch über den Gartenzaun. Édith und ich haben manchmal Schach zusammen gespielt. Dafür hatte sie großes Talent. Sie war eine strategische Denkerin. Hin und wieder öffneten wir eine Flasche Rotwein und haben uns gut unterhalten. Man konnte interessante Gespräche mit ihr führen. Sie wusste so viel.« Er lächelte versonnen. »Unser Lieblingsthema war das französische Übersee-Département Réunion im Indischen Ozean. Es war unser Sehnsuchtsort, und manchmal scherzten wir darüber, dass wir eines Tages zusammen hinfahren würden. Dieser Traum ist jetzt zu Ende.«

»Wie würden Sie die Ehe der Darrousins beschreiben?«, wollte Lagarde wissen.

Er überlegte. »Nun, so einfach ist die Frage nicht zu beantworten. Als Armand noch in bester gesundheitlicher Verfassung war, machten die beiden einen glücklichen Eindruck. Sie waren erfolgreich, sie Richterin, er Professor für Geschichte an der Universität von Cherbourg, sie waren finanziell gut aufgestellt, und sie hatten gemeinsame Interessen. Nach seiner Erkrankung änderte sich alles. Er wurde ein Pflegefall und brauchte Unterstützung. Die Demenz schritt immer weiter fort, begleitet von einem dramatischen körperlichen Verfall. Als Édith diese umfangreichen Aufgaben nicht mehr alleine stemmen konnte, hat sie einen Pflegedienst engagiert.«

»Haben die beiden Kinder?«

»Sie haben eine Tochter, Violette. Sie lebt mit ihrer Familie in Cornwall. Jedes Jahr an Weihnachten kommen sie zu Besuch.«

»Ist Ihnen etwas aufgefallen, war etwas anders als sonst?«

Er zog die Stirn in Falten. »Seit Édith in Pension war, wirkte sie auf mich ein wenig unglücklich. Sie hat sich nichts anmerken lassen, aber ich habe es bemerkt. Sie wollte keine Pensionärin mit einem schwer kranken Mann sein. Ich bin mir sicher, dass sie sich ihr Rentnerleben ganz anders vorgestellt hatte.«

Cleroc ergriff das Wort. »Hatten Sie den Eindruck, dass sie etwas beschäftigte oder quälte?«

»Jetzt, wo Sie mich fragen. Etwas schien sie zu bedrücken.«

»Seit wann?«

»Seit Januar, würde ich sagen.«

»Haben Sie eine Ahnung, was es gewesen sein könnte?«

»Nein, sie hat nicht darüber gesprochen.«

»Hat sie jemals Ihnen gegenüber geäußert, dass sie sich bedroht fühlte?«

»Nein.«

»Danke, Monsieur Nagat. Das war es vorerst von unserer Seite. Wenn Ihnen noch etwas einfällt, melden Sie sich bitte bei uns.«

»Das werde ich tun.«

Als die Kriminaltechniker bei Einbruch der Dunkelheit abzogen, pflückte Didier in seinem Garten weiße, gelbe und malvenfarbene Dahlien und legte sie auf die Stelle, wo er seine Freundin gefunden hatte. Danach sprach er ein Gebet. Auf dem Rückweg legte er auch am Fundort von Dalida eine Blume ab. Zu Hause entfachte er ein Feuer im Kamin und holte eine Flasche Wein aus dem Keller. Zurück im Salon platzierte er die Schachfiguren auf dem Brett und goss Wein in zwei Gläser. Feierlich erhob er sein Glas: »Adieu Édith!« Dann trank er einen Schluck.

Seine müden Augen folgten dem Tanz der glutroten Flammen. Noch nie im Leben hatte er sich so einsam gefühlt.

Nach der Tatortbegehung fuhren die Kommissare nach Bretteville zu Clerocs Haus. Während er einige Kleidungsstücke in eine Tasche packte, bereitete sich Lagarde in der Küche einen Espresso zu. Mit der Tasse in der Hand stellte er sich an das Fenster, von wo aus er in den Vorgarten und auf die Eingangspforte blicken konnte. Eine Frau mit einem Hund an der Leine ging vorüber. Kurz darauf sauste ein Kind auf einem Roller vorbei. Sonst war niemand zu sehen. Er dachte darüber nach, ob der Täter erneut zuschlagen würde. Nach den beiden Überfällen am Vortag hielt er dieses Szenario für durchaus wahrscheinlich. Der Täter ging zielstrebig und entschlossen vor. Nach seinen beiden Niederlagen wollte er vermutlich mit aller Macht sein Ziel erreichen. Wo würde er erneut auftauchen, um Cleroc zu töten? Lagarde hatte keine Vorstellung. Es konnte praktisch überall sein. Am meisten beunruhigte ihn die Frage, wie er seinen Freund schützen konnte.

Ludovic kam mit der Reisetasche in der Hand in die Küche gehumpelt. Die Krücken hatte er unter den Arm geklemmt. »Ich bin fertig. Von mir aus kann es losgehen.«

Lagarde spülte die Tasse aus und stellte sie in die Spülmaschine. »Alles klar. Gib mir die Tasche.«

»Danke.«

»Hast du Schmerzen?«

»Es geht. Ich habe noch eine Tablette genommen.«

»Also dann.«

Auf der Fahrt nach Barfleur legten sie einen kurzen

Stopp ein, um in einem Supermarkt Steaks, Baguette, Salat und Nachtisch für das Abendessen zu kaufen. Als sie schließlich Lagardes Haus erreicht hatten, zeigte er Ludovic das Gästezimmer, das im ersten Stock lag und dessen Fenster auf den Garten hinausging. »Es gibt weder ein Spalier an der Fassade noch ein Abflussrohr für den Regen«, erklärte er. »Das Phantom müsste schon eine Leiter mitbringen.« Er überlegte. »Oder er muss das Schloss meiner Werkstatt aufbrechen. Wenn ich ein Geräusch höre, bin ich sofort bei dir.«

Sein Freund grinste schief. »Meinst du wirklich, der Täter traut sich an ein Haus heran, in dem sich zwei bewaffnete Polizisten aufhalten?«

»Der Überfall auf dich im Krankenhaus hat gezeigt, dass er äußerst risikobereit ist.«

»Die Situation hier ist eine andere. Wir rechnen jetzt mit einem Anschlag und sind vorbereitet.«

Lagarde behielt seine Zweifel für sich, er wollte seinen Freund nicht noch mehr beunruhigen. Er zeigte ihm noch das Badezimmer, das sie sich teilen würden, dann gingen sie nach unten in das Erdgeschoss. Während der Kommissar den Grill auf der Terrasse anschürte und die Holzscheite in der Feuerschale entzündete, würzte Ludovic in der Küche das Fleisch, bereitete den Salat zu und arrangierte das aufgeschnittene Baguette in einem Korb. Als er mit seiner Arbeit fertig war, betrat er mit einem Tablett, auf dem Besteck, Teller und zwei Flaschen Bier standen, den Außensitz. Die Krücken, die ihn mittlerweile total störten, hatte er in der Küche stehen lassen. Bemüht sein Stöhnen zu unterdrücken, sank er auf die Bank und reichte Lagarde eine Flasche. »Es ist Zeit für ein Feierabendbier. Prost!«

»Prost!« Lagarde setzte sich neben ihn. Beide sahen auf die Feuerschale, in der die ersten Flammen züngelten. Der Himmel hatte sich nachtblau verfärbt, und die ersten Sterne zeigten sich funkelnd zwischen den Wolken. Von der Bucht herauf hörte man die Brandung rauschen. Für November war es ein milder, fast windstiller Abend. »Du bildest hier eine prächtige Zielscheibe«, bemerkte Lagarde. »Lass uns lieber drinnen essen.«

»Ich komme mir langsam vor wie ein überbehütetes Kleinkind. Du hast in deinem Garten Bewegungsmelder installiert, wir kriegen es mit, wenn jemand kommt.«

»Am Weg von der Bucht herauf gibt es keine.«

»Meinst du, das Phantom schwimmt im November in die Bucht?«

»Er könnte mit einem Boot kommen?«

»Du übertreibst. Legst du das Fleisch auf? Ich habe Hunger wie ein Bär.«

Als sie die saftigen Steaks genossen, und Lagarde den feinen Salat von Ludovic lobte, ging das Licht, ausgelöst durch den Bewegungsmelder, der vor der Gartenmauer installiert war, an. Alarmiert wechselten sie einen Blick und tasteten nach ihren Waffen. Dann hörten sie Stimmen und Schritte auf dem Pflasterweg, der um das Haus verlief. Schon kamen Roselin, der Chefgendarm von Barfleur und Valérie, seine Assistentin, um die Ecke. Sie trugen beide Uniformen, nur die Mützen hatten sie abgenommen. Der Polizist war klein und rund, seinen Kopf zierte ein störrischer Haarkranz. Valérie war bedeutend jünger als ihr Chef. Die roten Haare hatte sie zu einem Zopf geflochten. Das blasse sommersprossige Gesicht wurde von grünen Augen dominiert. Die Lippen waren erdbeerrot geschminkt. Sie hatte Lagarde schon bei einigen Ermittlungen tatkräftig unterstützt und war engagiert, durchsetzungsfähig und mutig. Wenn sich ein Ganove durch das sanfte Gesicht täuschen ließ und meinte, er hätte leichtes Spiel mit ihr, wurde er bald eines Besseren belehrt und lernte, falls er Widerstand leistete, ihre herausragenden Aikido-Künste kennen. Sie lächelte die Kommissare an. »Bonsoir! Wir wollten bei Gaston ein Bier trinken gehen. Aber er hat Ruhetag. Da dachten wir, schauen wir doch bei Philippe vorbei. Er hat immer ein kaltes Bier für Freunde parat.«

Roselin wünschte ebenfalls einen schönen Abend und nickte bestätigend.

Die Kommissare freuten sich über den Besuch.

»Wollt ihr ein Steak essen?«, fragte Lagarde. »Es ist noch genug da.«

Beide nickten begeistert und setzten sich dazu. »Ich bin gleich wieder da«, sagte Lagarde und verschwand im Salon. Kurz darauf kam er mit Bier und Geschirr zurück. Sie stießen an. »Was für ein schöner Abend«, stellte Valérie fest. »Es war ein langer anstrengender Tag.« Während die Polizisten es sich schmecken ließen, wies sie mit der Gabel auf den Gipsverband an Clerocs Handgelenk. »Was ist mit dir passiert?«

Er erzählte die ganze Geschichte. Die Gendarmen waren schockiert. Valérie riss die Augen auf. »Er hat dich gestoßen? Aus dreißig Metern Höhe? Der Typ ist ja irre.«

Roselin konnte es nicht glauben. »Der falsche Arzt ist einfach in dein Krankenzimmer spaziert und hat dir ein Kissen auf das Gesicht gedrückt?«

Ludovic nickte bestätigend und trank einen Schluck Bier.

»Das ist dreist. Wenn ihr Hilfe braucht, wir stehen selbstverständlich sehr gerne zur Verfügung«, versicherte der Gendarm. Dann berichtete Lagarde von dem Verbrechen an Édith Darrousin. Valéries Gesicht wurde noch blasser. »Das ist furchtbar. Welch grausame Art, jemanden zu töten.«

Roselin war fassungslos. »Ich kannte sie vom Sehen. Führt ihr die Ermittlungen zusammen durch?«

Ludovic nickte. »Ja, aber wie ihr seht, bin ich etwas gehandicapt.«

Lagarde hatte Mousse au Chocolat zum Nachtisch serviert, und sie waren zu Rotwein übergegangen. In einem Moment der Stille betrachteten sie das schwefelgelbe Feuer, das lange Schatten auf die Terrasse warf. Die Holzscheite knisterten. »Wie geht es Florence?«, erkundigte er sich. Madame Florence war die Verlobte des Gendarmen. Sie bewirtschaftete einen Bauernhof und verkaufte ihre Rüben, Kartoffeln und Karotten auf dem Wochenmarkt von Barfleur. Die beiden hatten sich während einer komplizierten Ermittlung um einen verschwundenen deutschen Studenten kennengelernt und sich bis über beide Ohren verliebt. »Es geht ihr gut. Sie ist mit dem Tierarzt im Stall bei einer kalbenden Kuh. Wir könnten uns mal wieder treffen.«

»Gerne, das machen wir.« Er schenkte ihm nach. »Ich habe Brigitte mit ihrem neuen Freund gesehen«, fiel ihm ein. »Er scheint ein netter Kerl zu sein.«

Roselin sah ihn überrascht an. »Wann?«

»Gestern Abend. Im Café de Montréal in Barfleur.«

»Das ist seltsam. Sie sollte doch in Cherbourg sein und studieren.« Nachdenklich sah er in die Flammen, dann zogen sich die Augenbrauen zusammen. Eine tiefe Furche erschien auf seiner Stirn. »Ich weiß nichts von einem Freund.«

Valérie legte ihm beruhigend die Hand auf den Arm. »Sie wird ihn dir schon noch vorstellen.«

»Das will ich hoffen«, brummte er. Brigitte war sein Nesthäkchen, und er machte sich immer Sorgen um sie.

Plötzlich erstrahlte der Bewegungsmelder vor der Hecke. Bevor sie reagieren konnten, tauchte der Wildkater Alexandre zwischen den Zweigen auf. Mit erhobenem Schwanz stolzierte er auf die Terrasse, inspizierte seine Näpfe und machte sich über das Rinderpâté her, während er die Polizisten nicht aus den Augen ließ.

Zwischen den Oleanderbüschen am Rand des Gartens lauerte das Phantom und hatte die rothaarige Schönheit im Visier, die sich beim Reden und Lachen ständig bewegte, lebhaft gestikulierte und Cleroc unwissentlich Deckung gab. Aufgrund der unklaren Situation beschloss er zähneknirschend, seine Mission abzubrechen. Das Risiko, die Frau zu treffen, war ihm zu groß.

Lagardes Blick fiel auf den Kater, und er fand sein Verhalten merkwürdig. Die gelben Augen huschten unruhig zwischen den Polizisten und den Sträuchern hin und her. Hatte das Tier jemanden wahrgenommen? Er stand auf und schlenderte langsam durch den Garten, die Hand reaktionsbereit am Holster. Hinter dem Oleander war niemand. Als er zurück auf die Terrasse kam, sah Ludovic ihn fragend an. »Ist alles in Ordnung?«

»Ja, ich glaube, ich sehe schon Gespenster.«

»Gib lieber einen Calvados aus.«

VIERTER TAG
IM NEBELWALD VON TOURLAVILLE

Am nächsten Morgen fuhr Lagarde zur Bäckerei in der Nähe des Hafens. Auf einem abgeernteten Rübenfeld hatten sich Dutzende kohleschwarze Saatkrähen versammelt, flatterten auf und kreischten. Vor einem schilfumsäumten Tümpel standen reglos Enten, den Kopf im Gefieder vergraben. Hinter dem Dünenkamm zeigte sich eine blasse nebelverhangene Sonne. Es war Niedrigwasser, und die Fischerboote lagen im Schlick, daneben weiße und bunte Bojen. Nachdem er die Bäckerei betreten hatte, grüßte er freundlich. »Bonjour, Madame Bernadette.«

Die Bäckersfrau mit den rosigen Wangen und den warmen Augen strahlte ihn an. »Bonjour, Monsieur Philippe. Es scheint ein schöner Tag zu werden.«

»Ja, es sieht ganz so aus.«

»Haben Sie schon gehört, dass ein Mann den alten Leuchtturm von Gatteville erworben hat?«

»Es hat sich inzwischen herumgesprochen.«

»Er war schon zweimal hier und hat Baguette und Pain au Chocolat gekauft. Von unserem Gebäck ist er ganz begeistert«, erzählte sie stolz. »Ein wirklich netter Mann. So höflich und umgänglich. Die Einheimischen nennen ihn *den Leuchtturmwärter.*«

»Das ist interessant.«

»Was darf ich Ihnen einpacken? Wie immer?«

Er nickte.

»Also Croissants, Rosinenschnecken und Éclairs mit Schokoladenfüllung.«

»Und die Tageszeitung, bitte.«

Ihr Blick verdüsterte sich, als er auf die fetten roten Schlagzeilen fiel:

Im Morgengrauen kam der Tod!

Richterin im eigenen Garten ermordet!

Ein Kapitalverbrechen erschüttert das friedliche Cotentin!

»Ist das nicht schrecklich?«, fragte sie.

»Zweifellos, Madame Bernadette. Die Polizei wird den Täter schon fangen.« Er bezahlte und nickte ihr zu. »Ich wünsche Ihnen einen schönen Tag.«

Als er zurückkam, duftete es nach Kaffee, den Ludovic gekocht hatte. Sie hatten in Lagardes Arbeitszimmer einen Besprechungsraum eingerichtet. In Ermangelung eines Whiteboards benutzten sie die Pinnwand. Auf ein weißes Blatt schrieb Lagarde:

1. Fall Cleroc
2. Fall Édith Darrousin

»Der Fall Cleroc«, sagte er. »Das Einzige, was wir im Moment tun können, ist, einen Steckbrief des Angreifers zu entwerfen:

Blonde Haare, blaue Augen, mittlere Statur, schlank, hasserfüllt, aggressives Vorgehen, risikobereit.«

Ludovic nickte. »Ein starkes Gefühl treibt ihn an, vielleicht stecken Vergeltung, Rache oder ein Verlust dahinter.«

»Was ist mit dem bretonischen Akzent?«

Ludovic zuckte mit den Schultern. »Ich weiß es nicht.«

Lagarde klickte sich auf seinem Tablett mit der Maus durch einige Seiten. »Hier habe ich etwas. Ein bretonischer Naturschützer aus Perros-Guirec fordert ein Verbot von Bootstouren für Touristen auf die Sept-Îles, um den Bestand der einzigartigen Vogelbrutstätten nicht zu gefährden, hör zu.« Ein Mann mit einer kräftigen energischen Stimme wetterte gegen die Zerstörung der Natur. Nach einigen Sätzen unterbrach der Kommissar das Interview und sah seinen Freund fragend an. »Und?«

»Ich weiß nicht, ob der Mann diesen Akzent hatte.«

»Okay, sei's drum. Viele Bretonen sprechen so, das ist schließlich kein Alleinstellungsmerkmal.« Er seufzte und nahm sich eine Rosinenschnecke. »Wo sollen wir ansetzen? Wir haben keine Ahnung, wer der Täter ist. Wir wissen nicht, was ihn antreibt. Aus welchem Grund hasst er dich?«

»Am besten wäre es, wenn wir ihn beim dritten Versuch, mich zu töten, schnappen würden.«

»Das ist ein gefährlicher Plan. Wir müssen auf der Hut sein.«

»Ich weiß.« Er schenkte sich eine Tasse Kaffee ein. »Wenden wir uns der Ermordung Édith Darrousins zu. Rekonstruieren wir ihren Vormittag. Sie hat im ersten Stock im Erkerzimmer mit ihrem Mann gefrühstückt. Danach ist sie in den Garten gegangen, hat einen Bol Milchkaffee getrunken und sich schließlich mit Didier Nagat unterhalten. Sie erzählte ihm, dass sie im Garten arbeiten wolle. Das war gegen acht Uhr. Um 11.30 Uhr fand der Nachbar zuerst den Kadaver der Hündin, kurz darauf den Leichnam der Richterin. Sie hat einen grausamen Tod erlitten.«

Lagarde nickte zustimmend. »Das deutet auf ein persönliches Motiv hin.«

»Was ist mit Raubmord?«

»Diese Täter schlagen ihre Opfer in der Regel nieder, sie töten sie nicht. Nur im Notfall. Die Mordmethode spricht dagegen. Außerdem gab es keine Unordnung im Haus, die Habseligkeiten waren nicht durchwühlt, alles war sehr ordentlich. Der Schmuck im Schlafzimmer Madame Darrousins war noch da, ebenso der hochwertige Computer auf ihrem Schreibtisch.«

»Wie steht es mit verdächtigen Personen? Wer hatte ein Motiv, die Mittel und die Gelegenheit?«

Lagarde ging wieder zur Pinnwand und nahm den Stift.

»Also, erstens der Nachbar Didier Nagat.«

Ludovic war überrascht. »Warum Nagat? Welchen Grund sollte er haben, seine Nachbarin zu töten? Sie haben sich offenbar gut verstanden.«

»Verschmähte Liebe? Ihr Tod scheint ihm sehr nahezugehen. Vielleicht wollte er mehr von ihr als ein nachbarschaftliches Verhältnis. Sie hat ihn zurückgewiesen, und er dreht durch.«

»Der sanfte Eisenbahner?«

»Stille Wasser sind tief. Womöglich gab es einen längeren Prozess der unerfüllten Wünsche, dann hat ihn die Wut gepackt. Die Rosenschere als Tatwaffe würde gut dazu passen.«

»Er hat kein Alibi.«

»Richtig.« Lagarde schrieb einige Anmerkungen auf das Blatt. »Was hältst du von Armand Darrousin als Täter?«

»Er ist ein schwacher, demenzkranker alter Mann und an den Rollstuhl gefesselt. Woher sollte er die Kraft nehmen? Wie ist er in das Erdgeschoss gelangt?«

»Es gibt einen Treppenlift, den er hätte benutzen können. Seine körperliche Verfassung ist vielleicht tagesabhängig. Hast du die Kaffeeflecken an der Wand des Erkerzimmers gesehen? Sie deuten darauf hin, dass der kranke Mann unter unkontrollierbaren Zornesausbrüchen leidet.«

»Welches Motiv sollte er haben? Tötet man denjenigen, der sich um einen kümmert? Jetzt wird er in einem Pflegeheim untergebracht. Das will kein Mensch, das ist die Endstation.«

»Ich glaube nicht, dass ihm diese logische Konsequenz bewusst war. Wenn, dann hat er aus einem Impuls heraus gehandelt. Aus Wut, dass sein Gedächtnis schwindet, dass er sich nicht mehr zurechtfindet, dass er bekannte Personen nicht mehr erkennt, dass er völlig hilflos ist. Möglicherweise hat er seine Frau für diese Situation verantwortlich gemacht, er hat einen Katalysator gesucht, sich die Rosenschere gegriffen und sie erstochen.«

»Ich weiß nicht. Das kann ich mir nicht wirklich vorstellen.«

»Armand war im Haus. Sonst niemand. Solche Dramen spielen sich immer wieder ab, und kein Mensch hat tatsächlich eine Erklärung dafür.«

»Da muss ich dir recht geben. Problematisch ist, dass wir ihn aufgrund seiner gesundheitlichen Verfassung nicht befragen können.« Ludovic versuchte vorsichtig, das verletzte Bein auszustrecken, und zuckte zusammen. Dann fuhr er fort. »Was ist mit Bertrand Lafayette, unserem Regionalpräfekten?«

»Offensichtlich hatten er und Édith Darrousin eine Affäre. Uns liegt ein Erpresserschreiben vor, in dem von der Richterin 25 000 Euro gefordert werden. Diesen Betrag hat sie zweimal von ihrem Konto abgehoben. Weshalb wurde sie erpresst?«

»Wegen der Liebesbeziehung zu Lafayette? Jemand hat die beiden gesehen.«

»Warum wurde sie erpresst? Hatte er nicht mehr zu verlieren?«

»Schwer zu sagen.«

»Womöglich erwartete Édith mehr von ihm als eine Affäre? Als er sich weigerte, sich von seiner Frau zu trennen, hat sie damit gedroht, ihn auffliegen zu lassen. Er fürchtete um seinen Ruf, sein Ansehen, seine politische Karriere, den Rückhalt seiner Frau und der Familie, eventuell auch die finanzielle Unterstützung.«

»Ist es nicht so, dass es die Franzosen toll finden, wenn ein Politiker ein richtiger Kerl ist und eine Geliebte hat?«

»Vielleicht in Paris, aber nicht hier in der Provinz. Außerdem finden es die Ehefrauen nicht toll. Nirgendwo.«

»Wir müssen mit ihm reden.«

»Unbedingt.«

Um acht Uhr fünfundvierzig machten sich die Ermittler auf den Weg nach Saint-Pierre-Église. Am Ortsrand passierten sie das Familienschloss des berühmten Abbé de Saint-Pierre. Das Pflegeheim mit der angegliederten Sozialstation lag in der Nähe der Kirche Notre-Dame du Val de Saire. Durch ein geöffnetes Tor fuhren sie auf einen gepflasterten Hof und stellten den Wagen ab. Das ältere einstöckige Gebäude verfügte über eine große Terrasse, die von Blumenbeeten umgeben war und von einem Teil der Stadtmauer begrenzt wurde. Die Kommissare betraten das Gebäude und gelangten schließlich in die Räume des ambulanten Pflegedienstes. Ein Mann saß an einem Schreibtisch und telefonierte. Offenbar erklärte er dem Anrufer, wie ein Hausnotrufgerät funktionierte. Schwester Marie-Louise stand vor einem Schrank und blätterte in einer Akte. Als sie die Besucher wahrnahm, lächelte sie. »Bonjour, Messieurs les Commissaires. Gehen wir doch in unseren Pausenraum. Dort sind wir ungestört.«

Sie führte sie in ein kleines Zimmer, wo sie sich um einen Tisch setzten. »Darf ich Ihnen einen Kaffee anbieten?«

»Nein danke«, antwortete Cleroc. Lagarde schüttelte den Kopf. »Wir haben gerade Kaffee getrunken. Danke, dass Sie sich Zeit für uns nehmen.«

»Keine Ursache. Ich habe ein wenig Luft. Dann muss ich los, meine Patienten versorgen.«

»Können Sie uns das Krankheitsbild von Armand Darrousin erklären?«

»Ja. Er leidet an einer fortschreitenden Demenz. Demenz ist der Oberbegriff für verschiedene Erkrankungen des Gehirns. Konkret ist er an Alzheimer erkrankt. Das ist eine primäre Demenz, bei der das Verhalten auf Gehirnveränderungen zurückzuführen ist, die nach dem aktuellen Wissensstand irreversibel sind. Dabei geht es um den zunehmenden Verlust kognitiver, emotionaler und sozialer Fähigkeiten.«

»Welche Verhaltensweisen können das sein?«

»Erste Anzeichen sind beispielsweise, dass der erkrankte Mensch immer die gleichen Fragen stellt. Er hat vergessen, wie alltägliche Verrichtungen funktionieren. Oder er findet Gegenstände wie Hausschlüssel nicht mehr. Er hat sie verlegt und verdächtigt andere Personen, sie gestohlen zu haben. Häufig kommt es vor, dass er auf Fragen antwortet, indem er die gestellte Frage wiederholt. Armand befindet sich leider bereits im fortgeschrittenen Stadium.«

»Was bedeutet das?«, wollte Cleroc wissen.

»Er hat altbekannte Fertigkeiten verlernt und erkennt nahestehende Personen nicht mehr wieder.«

»Auch seine Ehefrau nicht?«

»Nicht immer.«

»Können Wutanfälle und Gewaltausbrüche auftreten?«

»Ja, durchaus. Bei Armand ist das der Fall. Es kann zu unberechenbarem, unkontrolliertem und scheinbar unbegründetem Furor, also zu Tobsuchtsanfällen, kommen, obwohl er vor seiner Erkrankung ein friedfertiger Mensch war, wie ich von Édith weiß.«

»Ist er nach solchen Ausbrüchen zu Schuldgefühlen fähig?«

»Ganz und gar nicht. Die Selbstreflexion geht verloren.«

»Hat er Ihnen gegenüber auch solche Ausbrüche?«, fragte Lagarde.

»Hin und wieder kommt das vor. Aber wir lernen in der Ausbildung, wie wir damit umzugehen haben.«

»Wie war es bei seiner Frau?«

»Da kamen diese Situationen leider auch vor. Sie war jedes Mal völlig erschüttert, dass ihr geliebter Ehemann sich von einer Sekunde auf die andere in ein Monster verwandeln konnte. Entschuldigen Sie bitte meine unprofessionelle Ausdrucksweise, ich zitierte Édith.«

»Es gibt keine Hoffnung auf Besserung?«

»Nein. Die Muskulatur baut stetig ab. Es kommt zu Sprachproblemen, Inkontinenz und fehlender Mobilität, bis schließlich der Tod häufig durch eine Lungenentzündung eintritt.«

»Wie lange pflegen Sie ihn schon?«

Sie dachte kurz nach. »Seit knapp zwei Jahren.«

»Das heißt, Sie haben seinen körperlichen und geistigen Verfall hautnah miterlebt?«

»Ja, es ging immer bergab. Bei Alzheimer gibt es keine Hoffnung.«

»Wie würden Sie das Verhältnis der Eheleute beschreiben?«

Marie-Louise lächelte traurig. »Ich glaube, Édith hat ihn gehasst. Sie hat ihr Leben mit ihm verabscheut, seit die Krankheit ausgebrochen ist.«

»Und er?«

»Es ist schwer zu sagen, welche Gefühle Alzheimer-Patienten empfinden. Er war verwirrt und hatte sich aufgrund der Erkrankung völlig verändert.«

Lagarde kam zur entscheidenden Frage. »Können Sie sich vorstellen, dass er seine Frau ermordet hat? Wäre er dazu in der Lage gewesen?«

Die Pflegerin zog die Nase kraus und überlegte. »Das ist schwer zu beantworten. Aber ich kann mir vorstellen, dass er in einem Anfall von Furor dazu in der Lage wäre. In diesem Zustand entwickeln die Patienten unvorstellbare Kräfte.«

»Er hätte also mit dem Treppenlift in das Erdgeschoss fahren, in den Garten gehen und seine Frau töten können?«

»Grundsätzlich ja.«

»Danke, Schwester Marie-Louise. Sie haben uns sehr weitergeholfen.«

Die Männer standen auf. »Au revoir«, sagte Lagarde. Cleroc nahm seine Krücken, und sie verließen die Station. Die junge Frau sah ihnen nach. Vielleicht hatte diese Ehe tatsächlich in einer Katastrophe geendet.

Als Cleroc sich auf dem Beifahrersitz anschnallte, schüttelte er frustriert den Kopf. »Wir werden es ihm nie beweisen können.«

»Falls nicht überraschenderweise ein Zeuge auftaucht, oder wir stichhaltige Beweise finden, nein. Warten wir ab, was die Auswertung der Spurensicherung ergibt.«

»Selbst wenn er die Tat zugeben sollte, wüsste niemand, ob er die Wahrheit sagt, oder ob es sich um ein Hirngespinst handelt.«

»Du hast es auf den Punkt gebracht.«

Als sie vom Hof fuhren, klingelte Clerocs Handy. Er nahm den Anruf entgegen und hörte zu. Dann sagte er: »Okay, Delphine, wir sind in circa einer halben Stunde bei dir.« Er wandte sich an Lagarde. »Delphine hat die Obduktion beendet.«

Die Rechtsmedizinerin erwartete die Männer in ihrem Büro. Da sie die Fenster sperrangelweit geöffnet hatte, um zu lüften, war es dort ziemlich kühl. »Schön, dass ihr so schnell kommen konntet.« Nachdem sie die Fenster geschlossen hatte, wies sie auf den Besprechungstisch, um den vier Stühle gruppiert waren.

»Nehmt bitte Platz. Mein Praktikant hat Mokka, Wasser und Madeleines für uns bereitgestellt. Der Kaffee kommt aus Costa Rica, den müsst ihr probieren. Bedient euch!«

Sie setzten sich, und sie schlug eine Mappe auf. Dann sah sie die beiden Kommissare mit ernster Miene an. »Diese Obduktion ist mir schwergefallen, es war sehr persönlich. Ich habe sie dennoch durchgeführt und sie nicht abgegeben, weil ich möchte, dass ihr für eure Ermittlungen so viele Informationen wie möglich zur Verfügung habt. Ihr müsst das sadistische Schwein finden. Er hat ihr sehr wehgetan.«

Für einen Moment herrschte Schweigen. Lagarde war perplex, er hatte sie noch nie so emotional erlebt. Sie zündete sich mit fahrigen Gesten eine Zigarette an. »Entschuldigt bitte. Jetzt bin ich wieder sachlich und objektiv.«

Cleroc nickte. Er würde sich hüten dieses Statement zu kommentieren und auch den Zigarettenqualm klaglos hinnehmen.

»War der Fundort der Tatort?«, wollte er wissen.

»Definitiv, daran besteht kein Zweifel. Sowohl bei Édith Darrousin als auch bei dem Hund.« Sie legte einige Farbaufnahmen auf den Tisch. »Seht ihr? Auf dem Gras und dem Boden befindet sich Blut. Einige Flüssigkeit ist auch in das Erdreich gesickert.«

»Was war die Todesursache?«

»Die Spitze der Rosenschere ist in ihre rechte Herzkammer eingedrungen. Aufgrund dieser Verletzung ist sie in kürzester Zeit verblutet, und ihr Herz blieb stehen. Exitus! Der Hund wies im Bauchbereich einen Stich auf, der ebenfalls von der Schere herrührt. Dadurch erlitt er schwere Verletzungen, die zum Tod führten.« Nachdenklich sah sie ihre Kollegen an. »Ihr wisst sicher, wie eine Gartenschere funktioniert? Wenn man den kleinen Hebel in der Mitte umlegt, spreizen sich die beiden Griffe und die Scherenhebel, wenn man loslässt. Der Täter ist besonders brutal vorgegangen. Vor dem Stich in Édiths Herz hat er den Hebel gelöst und die beiden Klingen spreizten sich im Organ, nachdem er die Griffe losgelassen hatte. Deshalb waren die inneren Verletzungen noch gravierender. Die Schnittflächen und die scharfen Spitzen haben zu weiteren verheerenden Gewebeschäden geführt. Diese Vorgehensweise ist so perfide, darauf muss man erst einmal kommen. Nur bei Édith war es so, nicht bei dem Hund.«

»Er muss sie gehasst haben«, stellte Lagarde fest.

»Diesen Schluss habe ich auch gezogen.«

»Hat das Labor Fingerabdrücke auf der Tatwaffe gefunden?«

»Nur von Édith Darrousin.«

»Das wäre auch zu schön gewesen. Kannst du uns etwas über den Todeszeitpunkt sagen?«

»Sie starb zwischen neun Uhr dreißig und zehn Uhr dreißig. Der Hund auch.«

»Wir gehen vom selben Täter aus?«

»Es deutet alles darauf hin. Was die Reihenfolge betrifft, muss er den Hund zuerst erstochen haben. In seinem Bauch fand sich eine glatte Wunde. Das bedeutet, dass die Schere geschlossen war. Nachdem er den Hund tödlich verletzt und die Schere aus seinem Leib gezogen hatte, ging er auf Édith los. Diesmal ließ er die Schere stecken. Vielleicht hat der Hund ihn angebellt oder gar angegriffen und ihn bei der Ausführung der Tat gestört. Also hat er ihn ausgeschaltet. Wäre das Tier im Haus gewesen oder sonst irgendwo, wäre es vermutlich noch am Leben.«

»Er hatte es auf die Richterin abgesehen, der Hund war ihm egal«, bestätigte Lagarde ihre Ausführungen.

»Es ist ungewöhnlich, dass er die Mordwaffe nicht mitbrachte, sondern sich die Schere griff. Ob er wusste, wo sie aufbewahrt wurde?« Nachdenklich rieb er sich das Kinn und trank einem Schluck Mokka.

»Vielleicht war dem Mörder bekannt, dass sie einen Garten hat, und er ist davon ausgegangen, dass er einen brauchbaren Gegenstand finden würde«, spekulierte Cleroc.

»Kannst du für uns den Tathergang rekonstruieren?«, fragte Lagarde die Ärztin.

»Ja. Sie wurde im Stehen getötet, dann ist sie auf

den Boden gestürzt. Der Stich traf sie von oben, das bedeutet, dass der Angreifer die Faust um die Griffe gelegt und den Arm gehoben haben muss. Auf diese Weise ist die Wucht des Stoßes am größten und effektivsten. Der Einfallswinkel des Stichkanals betrug etwa fünfundvierzig Grad in gerader Linie. Der Täter ist folglich Rechtshänder, und er war etwas größer als Édith Darrousin.«

»Kann es auch eine Frau gewesen sein?«

»Das ist durchaus möglich.«

Er sah sie fragend an. »Wie war ihre allgemeine gesundheitliche Verfassung?«

»Für ihr Alter war sie erstaunlich gut in Form. Sie war zwar übergewichtig, aber ihr Herz war gesund. Wahrscheinlich ist sie viel mit ihrem Hund spazieren gegangen und hat sich auf diese Weise fit gehalten.«

»Gab es sonst irgendwelche Auffälligkeiten?«

»Nein, ich denke, sie hätte noch ein langes Leben vor sich gehabt. Nur eine Sache ist mir aufgefallen.«

»Was denn?«

»Ich habe sie im Vaginalbereich untersucht, um zu überprüfen, ob ein Sexualverbrechen vorliegt, ob sie Verletzungen aufwies oder Spermaspuren vorhanden waren. Das war nicht der Fall. Aber ich habe festgestellt, dass ihre Beckenbodenmuskulatur in einem guten Zustand war. Bei Frauen in ihrem Alter kommt das selten vor. Normalerweise bildet sie sich zurück.«

»Was schließt du daraus?«

»Sie könnte eine Ausnahme sein, sie hat vielleicht spezielle Gymnastik, wie beispielsweise Yoga, betrieben, oder sie hatte regelmäßig Geschlechtsverkehr.«

Cleroc reagierte überrascht. »Kann man mit einem körperlich schwer angeschlagenen Mann, der an einer fortgeschrittenen Alzheimer-Erkrankung leidet, Sex haben?«

Energisch schüttelte sie den Kopf. »Das schließe ich völlig aus.«

Die Kommissare tauschten einen kurzen Blick. »Also gibt es noch einen anderen Mann«, stellte Cleroc fest.

Delphine nickte. »Offensichtlich.«

»Hast du Abwehrverletzungen gefunden?«

»Nein.«

»Der Täter muss sie überrascht haben«, mutmaßte Lagarde. »Warum hat sie nicht um Hilfe gerufen?«

»Vielleicht hat niemand sie gehört«, meinte die Rechtsmedizinerin.

»Gendarmen haben gestern Nachmittag die Nachbarn befragt. Keinem ist etwas aufgefallen. Niemand hat etwas beobachtet oder gehört.«

»Wollt ihr sie noch einmal sehen?«

Beide verneinten. Delphine reichte Cleroc eine dünne Mappe. »Darin befinden sich die Berichte der Kriminaltechnik und des Labors.«

Der Hauptkommissar bedankte sich, blätterte sie durch und überflog den Inhalt. »Die Kollegen der Spurensicherung haben im Garten und in der näheren Umgebung nichts finden können. Nicht die kleinste Spur, kein Indiz, gar nichts. Das Passwort des Laptops wurde von einem IT-Experten geknackt, doch auch hier konnten keine auffälligen weiterführenden Informationen gefunden werden. Es handelte sich überwiegend um Arbeitsunterlagen sowie einen Mailaustausch mit ihrer Tochter. Auf dem Erpresserschreiben aber konnte ein Fingerabdruck, die Hälfte eines Daumens, sichergestellt werden. Er ist jedoch nicht im Polizeisystem registriert. Aufgrund seiner Größe geht das Labor davon aus, dass er von einem Mann stammt. In der Tasche ihres Kleides wurde das Smartphone von Édith Darrousin gefunden. Bei der Überprüfung der Telefonverbindungen tauchte eine Nummer besonders häufig auf. Gestern Abend, als Édith Darrousin bereits tot war, trafen noch vier WhatsApp-Nachrichten vom selben Absender ein:

18.37 Uhr, Wie geht es dir, ma Chérie? LG Berti

20.24 Uhr, Ich liebe dich, meine Schöne! Zarter Kuss von Berti

22.12 Uhr, Ist Alles in Ordnung, Édith? Dein Berti

23.45 Uhr, Schlafe gut und träume was Schönes!
Liebevolle Umarmung von Berti.«

Er blickte in die Runde. »Das war der wesentliche Inhalt der Berichte.«

Lagarde nickte. »Okay.«

Delphine runzelte die Stirn und sah ihn neugierig
an. »Da ist aber jemand schwer verliebt. Habt ihr eine
Ahnung, wer dieser Berti sein könnte?«

Lagarde überlegte kurz, ob er ihr diese interne Infor-
mation geben sollte, und entschied sich dafür. Schließlich waren sie ein Team.

»Es deutet einiges darauf hin, dass es sich dabei um
Bertrand Lafayette handelt.«

»Der Bertrand Lafayette?«

»Ja.«

»Oh!«

»Du sagst es.«

Delphine begleitete die Männer bis zur Tür, und sie
verabschiedeten sich voneinander. »Wir könnten mal
wieder zusammen essen gehen«, schlug sie vor. »Am
Yachthafen hat ein neues orientalisches Restaurant eröffnet, es soll toll sein.«

Lagarde nickte. »Gute Idee, das machen wir.«

Nach dem Gespräch mit der Rechtsmedizinerin setzten sich die Kommissare in Ludovics Büro zusammen,

um ihr weiteres Vorgehen zu besprechen. Kurz darauf klopfte es an der Tür, und eine Polizistin steckte den Kopf durch den Spalt. »Entschuldigen Sie bitte die Störung, Messieurs les Commissaires. Der sous-préfet Bertrand Lafayette möchte Sie sprechen.«

Cleroc blickte überrascht auf. »In Ordnung. Wo ist er denn?«

Die Tür öffnete sich ganz, und Lafayette betrat den Raum. »Bonjour, Messieurs. »Danke, dass Sie sich Zeit für mich nehmen. Es ist wirklich dringend.«

»Selbstverständlich.« Cleroc wies auf einen Stuhl in der Sitzecke. »Bitte nehmen Sie Platz. Darf ich Ihnen einen Kaffee oder eine Erfrischung anbieten?«

»Nein, danke.« Der mittelgroße gut aussehende Mann mit den kurz geschnittenen weißen Haaren und den wachsamen hellblauen Augen setzte sich zu ihnen an den Tisch. Lagarde stellte fest, dass er mit einem teuren Anzug bekleidet war. Zu seinem blütenweißen Hemd trug er eine weinrote Fliege mit dunkelblauen Punkten und ein dazu passendes Einstecktuch. Der sonst so selbstsicher auftretende Mann wirkte nervös. Er lehnte sich zurück und schlug die Beine übereinander. Dann legte er die Finger-kuppen aneinander, so dass sie eine Raute bildeten, und sah sie mit versteinerter Miene an. »Es geht um Édith Darrousin.« Er schluckte. Seine Augen wur-den feucht. »Ich habe heute Morgen aus der Zeitung von ihrem Tod erfahren. Sie wurde ermordet, nicht wahr?«

Cleroc nickte. »Das ist richtig.«

»Was ist passiert? Die Presse hat nur berichtet, dass sie in ihrem Garten einem Verbrechen zum Opfer gefallen ist.«

»Sie wurde gestern früh in ihrem Garten erstochen. Ein Nachbar hat sie gefunden.«

»Ich habe ihr gestern Abend einige Nachrichten geschickt. Sie hat mir nicht geantwortet, das hat mich beunruhigt. Da war sie also bereits tot.«

»Ja.«

»Gibt es schon Hinweise auf den Täter?«

»Wir haben gerade erst mit den Ermittlungen begonnen. Sie stehen auch auf unserer Befragungsliste. Da Sie nun schon einmal hier sind – wir haben bei der Hausdurchsuchung folgendes Material gefunden.« Er stand auf und griff nach einer Mappe, die auf seinem Schreibtisch lag. Dann nahm er wieder Platz, schlug die Akte auf und legte das Erpresserschreiben sowie die beiden Fotos auf den Tisch. Der Politiker warf einen kurzen Blick darauf und nickte. Dann fuhr er sich durch die Haare. »Ich werde es Ihnen erklären.«

»Bitte.«

»Édith und ich hatten seit über fünf Jahren eine Liebesbeziehung. Eines Tages habe ich am Strand von Fermanville einen Spaziergang gemacht, um einen klaren Kopf zu bekommen und nachzudenken. Ich war beruflich sehr eingespannt, politisch unter Druck, und meine Ehe lief nicht gut. Da sah ich sie am Ufer sitzen. Sie hatte ihren Hund dabei und veranstaltete ein Picknick nur für sich. Wir kannten uns vom Sehen, von Veranstaltungen und offiziellen Empfängen. Dort am Meer, es war ein wunderschöner Sommertag, wechselten wir ein paar Worte. Dann lud sie mich ein, mit ihr zu essen und zu trinken. Sie habe etwas zu feiern, sagte sie. Ihre Tochter habe ein Mädchen zur Welt gebracht, ihre erste Enkelin, Janine. Sie freue sich so sehr darüber. Ich setzte mich zu ihr in den Sand, sie schenkte Champagner ein, und wir stießen auf dieses wundervolle Ereignis an. Dann unterhielten wir uns und haben uns dabei prächtig amüsiert und viel gelacht. So unglaublich wohl hatte ich mich schon lange nicht mehr gefühlt.« Er lächelte wehmütig. »An diesem verzauberten Nachmittag habe ich mich in sie verliebt. Sie war eine wunderbare Persönlichkeit, warmherzig, lustig, interessiert, ganz anders als meine Frau. Sie wusste so viel, und sie war so schön. Daraufhin verabredeten wir uns einige Male, und sie hat sich auch in mich verliebt. Seitdem trafen wir uns regelmäßig. Ich konnte nicht von ihr lassen. Sie war meine Seelenverwandte, und sie hat mich glücklich gemacht. Ich glaube, ich sie auch.« Nach einem Moment des Schweigens fuhr er fort. »Einmal im Jahr, immer im Juni, stahlen wir uns für eine Woche davon. Unseren Ehepartnern erzählten wir, wir müssten uns auf eine Dienstreise begeben oder an einer Fortbildung teilnehmen. Es hat immer funktioniert. Letztes Jahr waren wir in der Karibik. Es war wundervoll mit ihr auf Martinique.«

»Ist sie deshalb erpresst worden? Weil jemand sie mit Ihnen gesehen hat?«, fragte Lagarde.

»Nein, niemand wusste von unserer Liebe. Sie beide sind die ersten, denen ich es erzähle. Meine Frau darf nichts davon wissen.«

»Das können wir Ihnen nicht versprechen. Es kommt darauf an, ob diese Beziehung ermittlungsrelevant ist.«

»Ich glaube nicht, dass es so ist.«

»Diese Einschätzung müssen Sie schon uns überlassen.«

Kurz blitzte Zorn in seinen Augen auf, dann hatte er sich wieder im Griff. »Selbstverständlich.«

»Armand Darrousin wusste auch nichts von dieser Beziehung?«

»Das kann ich mir nicht vorstellen.«

»Wissen Sie, weshalb sie erpresst wurde?«

»Ja.«

»Würden Sie es uns bitte erklären?«

»Natürlich. Ich will ehrlich zu Ihnen sein und nichts beschönigen.« Mit fester Stimme begann er zu erzählen:

»Es war der zweiundzwanzigste Januar dieses Jahres, Édiths Geburtstag. Wir haben uns getroffen, um ihn zu feiern. Den Nachmittag haben wir in einem verschwiegenen kleinen Hotel in der Nähe von Cherbourg verbracht. Abends besuchten wir ein schickes Restaurant, das an einer kleinen Marina liegt. Das Dîner war vorzüglich. Als wir uns in Édiths Wagen auf den Heimweg machten, hatten wir viel getrunken, Champagner bereits am Nachmittag, Wein, Calvados. Édith bat mich, das Steuer zu übernehmen, ihr war ein wenig schwindlig. Wir hatten vor, von Cherbourg über Tourlaville nach Gonneville zu fahren. Dort wohne ich. Gegenüber meiner Frau wollte ich behaupten, ich hätte nach einer langen Sitzung und einem anschließenden Umtrunk ein Taxi genommen. Von Gonneville aus wollte Édith selbst nach Hause nach Fermanville fahren. Das sind ja nur ein paar Kilometer.« Er sah die Kommissare an. »Könnte ich bitte ein Glas Wasser bekommen?«

»Selbstverständlich«, antwortete Cleroc und holte für ihn eine Flasche und ein Glas.

Lafayette trank einen Schluck und fuhr fort. »Als wir durch den Nebelwald von Tourlaville fuhren, war es stockfinster und ein dichter Schneeregen setzte ein. Die Sicht war äußerst schlecht. Ganz plötzlich, wie aus dem Nichts, tauchte vor der Motorhaube etwas Rotes auf, und es gab ein entsetzliches Geräusch. Ein Krachen und Knirschen! Ich hatte offensichtlich etwas gerammt. Erschrocken bremste ich ab, und wir stiegen aus. Die Nebelschwaden waren so dicht, dass wir kaum die Hand vor Augen sehen konnten. Zunächst wussten wir nicht, was eigentlich passiert war, und sahen uns um. Doch dann entdeckten wir im Licht der Scheinwerfer die Frau. Sie lag in einem mit Laub bedeckten Graben und rührte sich nicht. Den Anblick des bleichen Gesichts mit den geschlossenen Augen, der verrutschten Wollmütze auf den hellen Haaren und des schneebestäubten roten Anoraks werde ich nie vergessen. Er hat sich in mein Gehirn eingebrannt. Ich dachte, sie sei tot, und ich dafür verantwortlich. Ihr Fahrrad lag verbogen am Straßenrand. Édith stieg zu ihr in den Graben und fühlte ihren Puls. Sie lebte. Äußere Verletzungen waren nicht zu erkennen. Wir überlegten, was wir tun sollten. Wir hatten zu viel Alkohol getrunken, und ich hatte in diesem Zustand einen Menschen angefahren. Das würde erhebliche Konsequenzen für mich haben. Führerscheinentzug, Strafe, vielleicht das Ende meiner politischen Karriere. So fassten wir einen fatalen Entschluss. Wir setzten einen Notruf ab und machten uns aus dem Staub.«

Lagarde sah ihn mit ernstem Gesichtsausdruck an, sagte aber nichts. Der Politiker hob beschwichtigend die Hände. »Ich weiß, was Sie von uns denken. Besonders von mir. Vielleicht war es dem Alkohol geschuldet, oder dass ich in Panik war. Ich weiß es nicht. Aber ich nehme die Schuld auf mich und werde die Konsequenzen tragen. Ich habe völlig falsch reagiert und verantwortungslos gehandelt, um mich zu schützen.«

»Wie ging es dann weiter?«, wollte Cleroc wissen.

»Zwei Tage später erschien ein Artikel in der Zeitung, der von dem Unfall berichtete und mögliche Zeugen aufrief, sich zu melden. Ein Foto der Frau war abgelichtet. Ein Schutzengel hatte gut über sie gewacht, und sie hatte nur einige Prellungen davongetragen. Die Presse hat ihren Namen und ihren Wohnort genannt. Aufgrund meiner Beziehungen war es nicht schwer, ihre Adresse herauszufinden. Wir haben ihr anonym zehntausend Euro zukommen lassen, quasi als Schmerzensgeld und für ein neues Fahrrad. Die Polizei hat nie herausgefunden, wer den Unfall verursacht hat.«

»Und dann kam das Erpresserschreiben?«

»Genau, Édith fand es im Februar in ihrem Briefkasten.«

»Warum Édith? Sie sind doch gefahren.«

»Wir vermuteten, dass jemand den Unfall beobachtet und sich das Kennzeichen gemerkt hat. Darüber hat derjenige den Halter ausfindig machen können. Er nahm an, Édith sei gefahren. Offenbar hat er im Nebel und im Schneetreiben nicht erkannt, wer auf der

Fahrerseite ausgestiegen ist. Wir beide waren so aufgeregt und schockiert, dass wir überhaupt niemanden bemerkt haben. Wir sind gar nicht auf die Idee gekommen, dass uns jemand gesehen haben könnte.«

»Haben Sie bezahlt?«

»Ja, Édith hat sich mit dem Typen am Cap Lévi getroffen und ihm das Geld übergeben, fünfundzwanzigtausend Euro.«

»War die Angelegenheit damit erledigt?«, hakte Lagarde nach.

Der Mann schüttelte den Kopf. »Im Mai kam die gleiche Forderung. Wieder händigte sie ihm am gleichen Ort die Summe aus.«

»Und dann?«

»Im August lag erneut ein Erpresserschreiben in ihrem Briefkasten.« Er tupfte sich mit einem Taschentuch die Schweißperlen von der Stirn. »Zu diesem Zeitpunkt war Édith bereits in Pension. Sie entschloss sich, sich ein letztes Mal mit dem Erpresser zu treffen. Dabei hat sie ihm mitgeteilt, dass sie sich weigere, weiter zu zahlen, und dass sie ihn wegen Erpressung anzeigen würde. Sie vertrat die Ansicht, dass der Vorwurf der fahrlässigen Körperverletzung und der Fahrerflucht ihr jetzt nicht mehr so sehr schaden würde, wenn er sie im Gegenzug tatsächlich anzeigen sollte. Fahrlässige Körperverletzung im Straßenverkehr wird mit einer Geldstrafe oder mit einer Freiheitsstrafe bis zu drei Jahren geahndet. Doch soweit würde es nicht kommen, da war sie sich sicher. Schließlich hatten wir den Rettungsdienst verständigt.«

»Sie war entschlossen, Sie zu schützen?«

»Ja, das war sie.«

»Wie hat der Erpresser reagiert?«

»Er war außer sich vor Wut, dass sie ihm den Geldhahn zudrehen wollte. Darüber hinaus forderte sie das Geld von ihm zurück, fünfzigtausend Euro.«

»Halten Sie es für möglich, dass er Madame Darrousin deswegen getötet hat?«

»Auf jeden Fall. Was hätte er davon gehabt, sie anzuzeigen? Er wollte Geld. Als er es nicht bekam, hat er sie aus Wut getötet.«

»Hat sie ihn angezeigt?«

»Soweit ich weiß, nicht. Sie ging davon aus, dass die Sache beendet sei, weil sie nicht mehr erpressbar war. Außerdem hatte sie ihm eine Frist gewährt, um das Erpressergeld an sie zurückzuzahlen.«

»Hat sie Ihnen gegenüber sein Aussehen beschrieben?«

»Er trug immer Joggingkleidung, eine dunkle Brille, eine Baseballkappe und einen Schal bis zur Nase.«

»Das heißt, Sie können ihn nicht identifizieren und haben keine Ahnung, um wen es sich handeln könnte?«

»Doch, und ob ich das kann. Bei den Treffen war ich

jedes Mal in der Nähe und habe mich versteckt. Ich habe auf Édith aufgepasst. Meine Waffe hatte ich bei mir. Als der Beobachter beim dritten Übergabetreffen begriff, dass kein Bargeld mehr fließen würde, war er so außer sich, dass die Situation eskalierte und ich um ein Haar eingegriffen hätte. Aber meine Édith blieb souverän und hatte die gefährliche Lage absolut im Griff.«

Cleroc runzelte die Stirn. Er war mehr als überrascht, wie sich die beiden angesehenen Bürger verhalten hatten. Sie hatten agiert wie im Wilden Westen und das Gesetz selbst in die Hand genommen. »Sie wissen, wer der Mann ist?«

»Selbstverständlich. Ich bin ihm unauffällig mit dem Wagen gefolgt. Er fährt einen alten weißen Citroën, heißt Roger Verlaine und wohnt in Gonneville, Rue du Château 4. Fahren Sie los, und verhaften Sie ihn. Er ist der Täter, da bin ich mir sicher.«

»Über unsere Vorgehensweise entscheiden wir selbst, nicht Sie.« Clerocs Ton war schärfer geworden.

»Das ist mir klar.«

»Wo waren Sie gestern Morgen?«

»Ich, wieso ich? Haben Sie mir nicht zugehört? Ich habe meine Freundin geliebt.«

»Womöglich gab es Konflikte in Ihrer Beziehung. Vielleicht forderte sie von Ihnen, dass Sie sich endlich scheiden lassen, um ein neues Leben mit ihr zu beginnen.«

»Blödsinn. Das war zwischen uns nie ein Thema. Wir waren glücklich, so wie es war.«

»Trauen Sie Ihrer Frau einen Mord zu, beispielsweise aus Eifersucht?«

»Sie hat von der Beziehung nichts gewusst. Sonst hätte sie mir die Hölle heißgemacht.«

»Ich wiederhole meine Frage. Wo waren Sie gestern Morgen?«

»Ich war in einer Sitzung im Rathaus von Cherbourg. Der Finanzausschuss hat von neun bis zwölf Uhr getagt. Anschließend war ich mit dem Kämmerer Mittag essen.«

»Das werden wir überprüfen.«

»Tun Sie das. Am besten rufen Sie im Sekretariat des Kämmerers an und lassen sich die Liste der anwesenden Mitglieder schicken. Wir zeichnen immer gegen.«

»Danke, Monsieur Lafayette. Das war es zunächst von unserer Seite.«

Er erhob sich. »Au revoir, Messieurs les Commissaires. Wenn ich helfen kann, den Mörder von Édith zu finden, sagen Sie mir bitte Bescheid.«

Als er aus der Tür war, sahen sich die Polizisten verblüfft an. »Warum hat er uns das erzählt?«, wunderte sich Lagarde. »Er hätte doch problemlos behaupten können, die Richterin sei gefahren. Dann wäre er aus dem Schneider gewesen.«

Cleroc nickte zustimmend. »Mir fällt nur ein Grund ein. Der Tod seiner Freundin hat ihn völlig aus der Bahn geworfen.«

»Ich frage mich auch, falls er doch der Täter ist, weshalb er Édith Darrousin vier Nachrichten auf ihr Smartphone geschickt hat, wenn er wusste, dass sie tot war?«

»Reines Kalkül.«

Keine zehn Minuten später meldete sich Frank Lanoux, der Polizeipräsident der Normandie, telefonisch bei Lagarde. »Salut, Philippe. Der sous-préfet Bertrand Lafayette hat mich gerade angerufen und über die Befragung informiert. Der Ton soll mitunter etwas rau gewesen sein?«

»Salut, Frank. Er hat uns eine haarsträubende Geschichte erzählt. Dabei ging es um das Steuern eines Fahrzeugs unter Alkoholeinfluss, fahrlässige Körperverletzung, Fahrerflucht und unterlassene Hilfeleistung.«

»Starker Tobak.«

»Allerdings. Er ist eine der verdächtigen Personen im Mordfall Édith Darrousin.«

»Er sagt, er hat ein Alibi.«

»Das werden wir überprüfen.«

»Ich wünsche euch viel Erfolg bei den Ermittlungen.«

Die Rue du Château, die die Ermittler entlangfuhren, führte zunächst am Schloss von Gonneville vorbei. Das imposante Wasserschloss lag in einem großen Park, der von einer Mauer umgrenzt wurde. Dann mündete die schmale asphaltierte Straße in einen mit Schlaglöchern und Schlammpfützen übersäten Schotterweg, der von Buchen gesäumt wurde. Nach einer etwa fünfminütigen holprigen Fahrt, die sie in einem weiten Bogen um das Schloss führte, erreichten sie das Gebäude mit der Hausnummer 4 und stellten das Zivilfahrzeug vor dem Zaun ab. Allmählich setzte die Dämmerung ein, und es hatte begonnen zu nieseln. Auf dem Dach des alten Fachwerkhauses erhob sich schief ein rauchender Schornstein neben einem Strommast. Auf dem von Unkraut überwucherten Hof stand ein zerbeulter weißer Citroën. In der Garage kniete ein Mann in einem blauen Arbeitsoverall, der im Licht einer nackten Glühbirne an einem Roller schraubte. Als er die Schritte hörte, sah er auf. Langsam erhob er sich und stellte sich breitbeinig in die Garageneinfahrt. Der Mann war mindestens eins achtzig groß, mit breiten Schultern, einem rasierten Schädel und einem ungepflegten Bart. In der Hand hielt er einen schweren Schraubenschlüssel. Mit einem zornigen Blick musterte er sie. »Was wollen Sie hier? Das ist Privatbesitz! Verschwinden Sie von meinem Hof!«

Sie zeigten ihre Dienstausweise und stellten sich vor. »Wir sind von der Police Judiciaire Cherbourg und wollen mit Roger Verlaine sprechen«, erklärte Cleroc. »Sind Sie das?«

»Ja. Worum geht es?«

»Wir ermitteln im Mordfall Édith Darrousin. Ich schlage vor, wir gehen ins Haus, dort können wir ungestört reden. Wir haben einige Fragen an Sie.«

Verlaine rührte sich nicht von der Stelle, dann hob er unvermittelt den Arm und schleuderte den Schraubenschlüssel in ihre Richtung. Er flog knapp an Clerocs Kopf vorbei, der auswich und das Gleichgewicht verlor. Mitsamt seinen Krücken knallte er auf die Pflastersteine und stöhnte auf. Der Mann griff nach einer Schrotflinte, die mit dem Riemen an einem Haken an der Garagenwand hing, und feuerte einige Schüsse in die Luft ab. Lagarde reagierte sofort, zog blitzschnell seine Waffe aus dem Holster, entsicherte sie und richtete sie auf den Angreifer. »Legen Sie die Flinte auf den Boden, ganz langsam, und nehmen Sie die Hände hoch! Sofort! Sonst schieße ich.«

Abrupt wandte der Mann sich von ihm ab, bog um die Ecke, rannte die Garagenwand entlang, eine steile Steintreppe hinauf und kletterte über eine Mauer. Lagarde schüttelte ungläubig den Kopf.

»Bist du in Ordnung?«, fragte er seinen Freund und half ihm aufzustehen.

»Alles klar bei mir. Verfolge den Kerl, ich werde Verstärkung anfordern.«

»Okay!«

Der Kommissar hechtete, zwei Stufen auf einmal nehmend, die Treppe hinauf, zog sich auf die Mauer, und sprang auf der anderen Seite zwischen hohen Fichten und Schwarzdorngestrüpp auf den weichen Boden. Dort roch es intensiv nach Pilzen. Er konnte Verlaine nirgends entdecken. Kurz hielt er inne und lauschte. Der Wind rauschte durch die Nadelfächer, irgendwo schrie ein Vogel, sonst war kein Laut zu vernehmen. Dann knackte rechts von ihm ein Ast. Er wandte sich in die Richtung und nahm die Verfolgung auf. Nach etwa zweihundert Metern verlor sich der Trampelpfad zwischen Moosteppichen und Blaubeersträuchern. Nachdem er gestapeltes Holz und eine Hütte passiert hatte, sah er ein Stück entfernt eine blaue Gestalt, die zwischen Eichenstämmen verschwand. Er steigerte sein Tempo und ignorierte die Tropfen des stärker werdenden Regens, die eisig über sein Gesicht rannen. Wie aus dem Nichts tauchte plötzlich die Schlossmauer von Gonneville vor ihm aus dem Nebel auf, die seinen Lauf abrupt unterbrach. Kalt und abweisend ragten die blanken Granitsteine in die Höhe. Linker Hand hörte er ein quietschendes Geräusch und entdeckte eine aus verrostenden Eisenstäben bestehende Pforte in der Mauer, die nur angelehnt war. Schnell drängte er sich durch den Spalt und sah sich um. Jetzt befand er sich im Schlosspark hinter dem Bauwerk, dessen mittelalterliche Silhouette mit den Türmchen, Gauben, Pechnasen und Kaminen sich wie ein Märchenschloss in der einsetzenden Dunkelheit abzeichnete. Davor erhob sich majestätisch ein gewaltiger Ahornbaum. Der Mann rannte gerade daran vorbei auf das Gebäude zu, in der Hand noch immer sein Gewehr.

»Bleiben Sie stehen«, brüllte Lagarde und feuerte einen Warnschuss ab. »Das hat doch keinen Sinn, Verlaine! Wir kriegen Sie so oder so.«

Der Flüchtige passierte den Westflügel und den runden Wachturm. Lagarde holte stetig auf. Dann sprinteten die Männer die vordere Seite des Gebäudes entlang, vorbei am Seitenflügel, am Mittelbau und auf den zweiten quadratischen zinnengekrönten Wehrturm zu. Verlaine wirkte einen Augenblick orientierungslos und stürmte schließlich über einen schmalen steinernen Steg, der über den mit grünen Algen überzogenen Wassergraben führte, auf das Portal des Turmes zu. Während Lagarde sich fragte, was er dort wollte, war er inzwischen auf der Brücke knapp einen Meter hinter ihm, stürzte sich auf ihn, rang ihn zu Boden und umklammerte ihn erbarmungslos wie ein Schraubstock. Durch den Schwung rollten sie weiter auf den Schlossgraben zu. Gerade noch rechtzeitig ließ

Lagarde los, und der Mann fiel ins Wasser. Erschrocken flatterte ein Entenpärchen auf und flog schimpfend davon. Bei dem Sturz rutschte Verlaine die Flinte aus der Hand und verschwand in dem brackigen Gewässer. Nachdem er wieder aufgetaucht war, schrie er laut auf und ruderte panisch mit Händen und Füßen. Lagarde sprang auf und zielte mit der Pistole auf ihn. »Kommen Sie raus! Oder soll ich Sie holen?«

»Ich komme«, keuchte Verlaine. »Das wird Ihnen noch leidtun.«

Über eine Steigleiter, an der ein Kahn dümpelte, kletterte er zum Ufer des Wassergrabens. Dort nahm Lagarde ihn in Empfang, drehte ihm unsanft die Arme auf den Rücken und legte ihm Handschellen an. »Diese Aktion hätten Sie sich sparen können. Sie sind vorläufig festgenommen. Los jetzt!«

»Verdammt, warum denn das? Ich habe nichts gemacht.«

Der Kommissar gab ihm keine Antwort. Das würden sie auf der Wache klären. Während er den fluchenden, um sich schlagenden, vor Kälte zitternden Mann über den Schlosshof zerrte, rief er Cleroc an. »Wo bleibt die Verstärkung?«

»Sie sind unterwegs.«

»Ich habe ihn. Kannst du uns am Schloss abholen?«

»Klar.«

Der Vernehmungsraum der Polizeiwache von Cherbourg befand sich im Untergeschoss. Die Wände waren kahl, der Boden mit grünem Linoleum ausgelegt. Eine Neonröhre spendete kaltes weißes Licht. Jenseits der Oberlichter war es stockfinster. Die Nacht war über das Cotentin hereingebrochen. Cleroc und Lagarde saßen am Tisch und warteten auf Roger Verlaine. Nach wenigen Minuten wurde er von zwei Polizeibeamten hereingeführt. Er trug Gefängniskleidung, Handschellen und Sportschuhe. An seinem Handgelenk prangte ein schwarzes Totenkopf-Tattoo. Der Bart stand struppig vom Kinn ab. Die blauen Augen hinter den Brillengläsern blickten unschuldig.

»Setzen Sie sich!«, forderte Cleroc ihn auf. Er kam der Aufforderung nach und nahm ihnen gegenüber Platz. Dabei versuchte er einen gleichgültigen Blick aufzusetzen. Der Hauptkommissar schaltete das Aufnahmegerät ein und nannte die erforderlichen Daten, dann wandte er sich Verlaine zu. »Wir wollten Sie zu einem Tötungsdelikt befragen. Daraufhin greifen sie uns mit einem Werkzeug an, geben Schüsse aus Ihrem Gewehr ab und flüchten. Warum haben Sie das getan?«

»Ich bin in Panik geraten. Aber ich habe mit dem Schraubenschlüssel nicht auf Sie gezielt, und ich habe in die Luft geschossen. Das war ein impulsiver Ausbruch. Es tut mir leid! Kann ich jetzt gehen?«

»Nein! Sie werden unsere Fragen beantworten. Wissen Sie von dem Mord an Édith Darrousin?«

»Es stand ganz groß in der Zeitung, das war nicht zu übersehen.«

»Kannten Sie die Frau?«

»Nein.«

»Ein Zeuge hat ausgesagt, dass Sie sie über einen längeren Zeitraum erpresst haben.«

»Da irrt er sich.«

»Sie haben sich dreimal mit ihr am Cap Lévi getroffen und insgesamt fünfzigtausend Euro von ihr erpresst. Beim dritten Treffen hat sie Ihnen mitgeteilt, dass Sie kein Geld mehr von ihr bekommen würden.«

»Das ist nicht wahr. Ihr Zeuge hat Ihnen einen Bären aufgebunden.«

»Haben Sie sie deshalb getötet? Weil sie sich weigerte, weiterhin Ihren Forderungen nachzukommen?«

»Nein, natürlich nicht. Ich habe der Frau nichts angetan. Ich bin doch kein Mörder.« Auf seiner Stirn bildeten sich Schweißtropfen, die er unwirsch mit dem Handrücken wegwischte. »Kann ich ein Glas Wasser haben?«

»Später.«

Lagarde ergriff das Wort. »Wir haben im Haus der Richterin ein Erpresserschreiben gefunden, ausgeschnittene Buchstaben auf Papier geklebt. Haben Sie es verfasst?«

»Ich sage doch, ich habe mit der ganzen Angelegenheit nichts zu tun. Das können Sie mir nicht anhängen.«

»Auf dem Schreiben konnte ein Fingerabdruck sichergestellt werden. Wir lassen Ihre Fingerabdrücke nehmen und werden sie mit denen auf dem Erpresserschreiben vergleichen.«

Für einen Augenblick wirkte er verunsichert, dann antwortete er mit fester Stimme: »Tun Sie das. Ich habe nichts zu verbergen.«

»Wo ist das Geld?«

»Welches Geld?«

»Die fünfzigtausend Euro.«

»Das weiß ich doch nicht.«

»Wo waren Sie gestern Vormittag zwischen neun und elf Uhr?«

Er überlegte. »Ich war Pilze suchen.«

»Wo?«

»Im Forst von Gonneville.«

»Geht es etwas genauer?«

»In dem Waldgebiet südlich des Schlosses, in der Nähe des Hirschtales.«

»Hat Sie dort jemand gesehen?«

Nachdenklich schüttelte er den Kopf. »Nein, ich glaube nicht. Oder warten Sie, doch. Ich bin einer Joggerin begegnet.«

»Können Sie sie beschreiben?«

»Es war eine junge Frau, mittelgroß, schlank, lange blonde Haare, grünes Stirnband, blaue Sportjacke. Sie war sehr hübsch.«

»Für eine kurze Begegnung können Sie das Aussehen der Frau sehr genau beschreiben.«

»Wir haben uns kurz unterhalten.«

»Worüber?«

»Über ihren Hund.« Kurz lächelte er. »Sie hat sich für sein Verhalten geschämt und sich dafür entschuldigt.«

»Was hat er denn gemacht?«

»Er ist total ausgerastet, als er mich gesehen hat, und wollte mich angreifen und beißen. Sie konnte ihn nur mit Mühe festhalten, obwohl es ein kleiner Mischlingshund war. Er hat geknurrt und getobt wie ein tollwütiger Pitbull. Deshalb war ich froh, dass er einen Maulkorb trug. Ich habe der Frau geraten, mit der Bestie eine Hundeschule zu besuchen. Bevor noch etwas passiert.«

»Ich verstehe. Wir werden das überprüfen.«

»Was geschieht jetzt mit mir?«

»Sie bleiben bis morgen in Untersuchungshaft. Dann entscheidet der Haftrichter, wie es mit Ihnen weitergeht.«

»Dürfen Sie das?«

»Ja, das Gesetz gibt uns diesen Spielraum. Möchten Sie jetzt mit Ihrem Anwalt sprechen?«

»Ich habe keinen Anwalt. Sehe ich so aus, als ob ich mir einen Rechtsverdreher leisten könnte?«

»Sie können einen Pflichtverteidiger in Anspruch nehmen.«

»Das ist nicht nötig. Morgen werde ich wieder draußen sein.«

»Wie Sie wollen. Eine Sache würde mich noch interessieren. Weshalb sind Sie zum alten Wehrturm gelaufen? Was wollten Sie dort?«

»Ich wollte nicht zum Turm. Der Ostflügel beherbergt eine Kapelle. Die Tür steht immer für jeden offen. Ich hatte vor, mich dort für einige Stunden zu verstecken. In der Nacht wollte ich mein Auto holen und für eine Weile untertauchen, bis Gras über die Sache gewachsen ist.«

»Ich verstehe Ihren Plan nicht. Laut Ihrer Aussage haben Sie mit dem Verbrechen an Madame Darrousin nichts zu tun, ebenso wenig mit der Erpressung. Sie hatten doch keine Veranlassung zu verschwinden.«

»Ich konnte nicht mehr klar denken.«

Lagarde gab den Polizisten ein Zeichen. »Führen Sie Monsieur Verlaine bitte in seine Zelle zurück und bringen Sie ihm eine Flasche Wasser.«

Nach der Vernehmung von Roger Verlaine war es schon spät, und die Kommissare beschlossen, Feierabend zu machen. Im Haus von Lagarde zog Ludovic sich in das Badezimmer im ersten Stock zurück. Er sehnte sich nach einem heißen duftenden Bad, um seine lädierten Knochen zu entspannen. Das eingegipste Handgelenk ruhte auf dem Wannenrand. Mit geschlossenen Augen lauschte er entrückt seiner Lieblingsoper *Tosca* von Giacomo Puccini.

Währenddessen werkelte Lagarde in der Küche herum und pfiff inbrünstig mit. Er brauste ein Hähnchen mit kaltem Wasser ab und viertelte es. Dann würfelte er den Speck und schälte die Schalotten, die er anschließend fein hackte. Nachdem die Champignons geputzt waren, stellte er Burgunder Rotwein und Cognac bereit. Er hatte sich für seinen Freund und sich ein Menü überlegt und auf der Heimfahrt rasch die fehlenden Zutaten eingekauft. Als Vorspeise gab es in Butter gedünsteten und mit Parmesan überbackenen Chicorée, als Hauptgericht hatte er Coq au Vin ausgewählt, zum Dessert würde er Schokoladentarte mit Walnüssen und Sahnehäubchen servieren. Er war sehr zufrieden mit dem geplanten Dîner.

Als Cleroc im Trainingsanzug die Küche betrat, deckte er gerade den Tisch. »Es duftet köstlich«, freute sich sein Freund.

Nach dem Abendessen gingen sie auf die Terrasse, um im Schein der Feuerschale ein Glas Wein zu trinken.

»Irgendwie war heute viel los, aber wir sind nicht recht vorwärtsgekommen«, meinte der Hauptkommissar.

»Warten wir die Ergebnisse morgen ab. Vielleicht gibt es einen Ansatzpunkt«, erwiderte Lagarde.

»Ja. Ich habe vorhin mit Suzette telefoniert. Sie klang richtig entspannt. Ihr und den Zwillingen geht es gut. Sie gehen viel am Strand spazieren und bauen Sandburgen. Mit der Kommunikation zwischen ihr und dem Rechtsreferendar ist sie auch zufrieden. Es läuft rund, hat sie berichtet.«

»Ich bin sehr erleichtert, dass unsere Absprache so gut funktioniert. Ich hatte schon Angst, dass deine Frau nach drei Tagen wieder vor der Tür steht.«

Cleroc nickte. »Darüber bin ich auch sehr froh. Sie kann sehr impulsiv sein.«

»Ich habe beim Kochen mit Odette telefoniert. Sie hat Sébastien Gautier heute Abend in ihr Restaurant zum Essen eingeladen.«

»Die beiden haben sich sicher viel zu erzählen.«

»Hmm.«

Cleroc musterte ihn stirnrunzelnd. »Ist etwas nicht in Ordnung?«

»Nein, nein.«

»Aber?«

»Sie war heute Nachmittag mit ihm im Meeresaquarium in Cherbourg.«

»Schöne Idee. Das will ich schon lange Mal mit den Zwillingen besuchen.«

»Mit mir wollte sie da noch nie hin.«

Cleroc grinste über das ganze Gesicht. »Du bist eifersüchtig!«

»Quatsch!«

FÜNFTER TAG
DIE SCHMETTERLINGSBUCHT

Am nächsten Morgen saßen die Kommissare in Lagardes Büro. Es war bereits ein Fax mit einem Bericht der Kriminaltechnik eingegangen. Auf einem Computerausdruck in Schwarz-Weiß konnte man sehr gut erkennen, dass der Fingerabdruck auf dem Erpresserschreiben zu hundert Prozent mit dem von Roger Verlaine übereinstimmte.

Lagarde schüttelte den Kopf. »Er hat uns angelogen, die Überlappung der Linien, Kreise und Wirbel ist identisch.«

Cleroc nickte. »Er ist der Erpresser von Édith Darrousin.«

Ein Pling kündigte den Eingang einer Mail auf seinem Tablet an, die er sofort öffnete. »Die Kollegen der Spurensicherung haben in der Garage von Roger Verlaine die fünfzigtausend Euro gefunden. Er hatte sie in einer Keksdose unter alten Lappen und Nägeln versteckt.«

Zufrieden biss er in eine Rosinenschnecke.

Das Fax ratterte, und Lagarde nahm die Nachricht

heraus. Sie kam vom Sekretariat des Kämmerers von Cherbourg. Dabei handelte es sich um die Unterschriftenliste der Mitglieder des Finanzausschusses, der am Morgen des Todestages von Édith Darrousin getagt hatte. Kurz überflog er sie und wandte sich daraufhin an seinen Freund. »Bertrand Lafayette hat definitiv an der Ausschusssitzung teilgenommen. Am Rand steht zusätzlich eine handschriftliche Notiz des Kämmerers: *Ich bestätige hiermit, dass Monsieur Bertrand Lafayette während der gesamten Sitzung anwesend war.*

Clerocs Smartphone klingelte. Es war eine Kollegin des Kommissariats von Cherbourg. »Es geht um euren Presseaufruf, der heute Morgen in der regionalen Tageszeitung erschienen ist. Die Joggerin hat sich gemeldet.«

»Ich schalte auf laut.«

»Okay. Ich habe ihre Aussage aufgenommen, und sie hat sie unterschrieben. Ihre Kontaktdaten habe ich auch. Sie hatte es eilig und wollte nicht auf euch warten. Das ist doch in Ordnung, oder?«

»Ja, sicher. Wir können schließlich keine Zeugin festhalten. Was hat sie gesagt?«

»Die Frau hat sein Alibi bestätig. Sie hat ihn gegen zehn Uhr beim Joggen im Forst von Gonneville in der Nähe des Hirschtales getroffen. Kurz davor hatte sie auf ihre Sportuhr gesehen, weil sie ihre Laufzeiten kontrolliert. Seine Beschreibung passt sehr gut auf sie. Ich habe ihr die Fotos der erkennungsdienstlichen Erfassung gezeigt, und sie hat ihn sofort identifiziert. Sie ist sich hundertprozentig sicher, dass es sich bei dem Mann im Wald um Roger Verlaine handelte. Die beiden haben sich eine Weile über ihren verhaltensgestörten Hund unterhalten. Die Joggerin fand den Mann unheimlich nett.«

»Ich danke dir, Marion.«

»De rien, Ludovic.«

Die Kommissare sahen sich an. »Verlaine kommt als Täter nicht infrage. Das hätte er zeitlich niemals schaffen können«, stellte Lagarde fest.

Cleroc stimmte ihm zu. »Das ist unmöglich.«

»Er hat Édith Darrousin erpresst, aber nicht getötet.«

»Ja. Er ist draußen.«

»Bertrand Lafayette auch.«

»Zwei von unseren vier Verdächtigen sind weggefallen.«

»Da fällt mir ein, bist du gestern noch dazugekommen mit dem behandelnden Arzt von Armand Darrousin zu sprechen? Wir wollten eine zweite Meinung über seine gesundheitliche Verfassung einholen.«

»Ich habe kurz mit ihm telefoniert, er hatte nicht viel Zeit. Aber er wird uns innerhalb der nächsten Tage ein ausführliches Gutachten zukommen lassen.«

»Hat er etwas gesagt, das uns weiterhelfen könnte?«

»Er meint, Schwester Marie habe seinen Zustand gut beschrieben. Auch er habe diese verstörenden Tobsuchtsanfälle bereits bei seinem Patienten erlebt. Er kann sich vorstellen, dass Armand Darrousin in der Lage war, spontan eine solche Wut gegen seine Frau zu entwickeln, aber er glaubt nicht, dass er körperlich dazu fähig war, sie zu töten. Er ist sehr geschwächt. Außerdem hätte er auf dem Weg zu seiner Frau vergessen, was er eigentlich von ihr wollte, oder er hätte sie nicht erkannt.«

»Abgesehen von seinem geschwächten Zustand, hätte er dann eine Frau erstochen, die er vermeintlich gar nicht kennt?«

»Das ist auch denkbar.«

»Was ist mit dem Nachbarn Didier Nagat?«

»Wir haben nach wie vor nichts gegen ihn in der Hand.«

Die Kommissare waren gerade dabei, ihre Notizen durchzusehen und zu vervollständigen, als jemand an der Haustür Sturm klingelte und gegen das Türblatt hämmerte. Lagarde ging durch den Eingangsbereich und öffnete. Vor ihm stand Roselin mit hochrotem Gesicht und aufgerissenen Augen. Seine Krawatte saß schief auf dem Hemdkragen. »Brigitte ist verschwunden!«, rief er. »Ich werde verrückt vor Sorge und weiß nicht mehr weiter. Du musst mir helfen, Philippe.«

»Komm rein. Wir sind in meinem Arbeitszimmer.«

Der Gendarm stürmte an ihm vorbei. Ohne Cleroc zu begrüßen, wiederholte er völlig außer sich: »Mein Kind ist verschwunden.«

Lagarde bat ihn, sich zu setzen, und schenkte ihm eine Tasse Kaffee ein. »Erzähle der Reihe nach«, bat er seinen Freund.

Roselin nickte und versuchte sich zu sammeln. »Seit Tagen kann ich Brigitte nicht auf ihrem Smartphone erreichen. Anscheinend ist es ausgeschaltet. Das ist sehr ungewöhnlich. Wir schreiben uns normalerweise etwa einmal am Tag, hin und wieder telefonieren wir auch. Das hat es noch nie gegeben, dass sie sich nicht meldet. Es muss etwas passiert sein.«

»Das muss nichts bedeuten«, versuchte er seinen Freund zu beruhigen. »Vielleicht ist es kaputt, oder sie hat es verloren und hatte noch keine Zeit sich ein neues Gerät zu kaufen.«

»Nenne mir einen einzigen jungen Menschen, der einen Tag ohne sein Handy leben kann.«

»Du hast erzählt, dass deine Tochter vor Weihnachten noch einige wichtige Prüfungen hat. Womöglich hat sie sich in die Universitätsbibliothek zurückgezogen und lernt außerhalb der Vorlesungszeit. Du weißt, wie ehrgeizig sie ist.«

»Ich habe bei der Verwaltung der Universität angerufen. Sie hat seit zwei Wochen die Pflichtveranstaltungen und Übungen nicht besucht, und sich weder entschuldigt noch krankgemeldet.«

»Das klingt ernst. Deine Tochter handelt normalerweise sehr verantwortungsbewusst. Hast du die Telefonnummer eines Nachbarn, damit er nach ihr sehen kann?«

»Nein, leider nicht.« Er fuhr sich hektisch durch den Haarkranz. »Was mich auch noch sehr beunruhigt, ist der junge Mann, den du mit ihr gesehen hast. Sie hat ihn mir nicht vorgestellt. Ich kenne ihn überhaupt nicht. Das ist doch seltsam.«

»Du hast an ihren bisherigen Freunden nie ein gutes Haar gelassen«, warf Cleroc ein. »Vielleicht traut sie sich nicht, weil sie dein vernichtendes Urteil fürchtet.«

»Na, na, so schlimm bin ich nun auch wieder nicht.«

»Ich schlage vor, wir fahren nach Cherbourg und sehen in ihrem Apartment nach«, meinte Lagarde. »Dann sehen wir weiter.«

Roselin sprang auf. »Also los! Worauf warten wir noch?«

Die drei Männer machten sich in Lagardes Renault Express auf den Weg. Nach etwa einer halben Stunde erreichten sie Cherbourg. Das Appartement von Brigitte befand sich in der Nähe des Militärhafens in der Rue de l'Abbaye 14 im ersten Stock. Die Haustür war unverschlossen, und sie stiegen die Treppe hinauf. Roselin klingelte an der Wohnungstür. Als niemand reagierte, klopfte er mit der Faust dagegen. Nichts geschah. Aus der Wohnung drang kein Laut.

»Hast du einen Zweitschlüssel?«, wollte Lagarde wissen.

»Nein.«

Aus seiner Jackentasche zog er einen Satz mit Einbruchwerkzeugen und machte sich am Schloss zu schaffen. Kurz darauf betraten sie das Appartement und schlossen die Tür hinter sich. Die kleine Wohnung mit Küche, Bad, Salon und Bettnische war schnell durchsucht. Brigitte war nicht da. Lagarde fiel auf, dass die Luft stickig und abgestanden war. Es roch nach Zigarettenrauch. Auffällig war die Unordnung. Auf dem Bett und auf dem Teppichboden waren achtlos Kleidungsstücke verstreut. Der Wäschekorb im Badezimmer quoll über. Überall, vor allem unter dem Bett, befanden sich Staubmäuse. Auf der Arbeitsfläche der Küchenzeile stapelte sich schmutziges Geschirr. Ein Vorhang war aus der Schiene gerissen. Roselin war fassungslos. »Ich kann es nicht glauben, dass hier meine Brigitte wohnt. Sie ist doch so ordentlich.« Völlig entsetzt reagierte er, als er im Kühlschrank zwei Flaschen Wodka entdeckte, von denen eine halb leer war. Auf dem Tisch stand zwischen benutzten Gläsern ein übervoller Aschenbecher. »Meine Tochter raucht nicht.«

»Vielleicht hatte sie Besuch?«, spekulierte Cleroc. »Eine Party? Studenten feiern gerne.«

Lagarde zog aus dem Chaos auf dem Bett eine Jeans, definitiv eine Männerhose. Auf dem linken Bein waren dunkle Flecken, die aussahen wie getrocknetes Blut. Ähnliche rostrote Tupfer befanden sich auch auf dem Bettlaken. Ein Handy fiel aus der Jeanstasche auf den Boden. Roselin hob es mit einem Taschentuch auf. »Das ist Brigittes Smartphone«, stellte er fest. »Der Akku ist leer.« Suchend sah er sich um und entdeckte das Ladegerät auf dem Tisch. Sofort schloss er es an und ließ sich auf das Sofa sinken. »Was ist hier los? Was ist passiert? Wurde sie überfallen?« Der Mann war völlig verzweifelt. »Wo ist mein Kind?«

Während sie darauf warteten, dass das Handy sich auflud, besah Lagarde sich die Unterlagen auf dem Schreibtisch. Da lagen Fachbücher und Notizen von Vorlesungen. Die letzte Mitschrift war zwei Wochen alt. Dann klappte er den Laptop auf. Das Gerät hatte kein Passwort. Beim Überfliegen der Dateien und Mails konnte er nicht Auffälliges entdecken. Sie hatte für eine Hausarbeit recherchiert und sich mit Freundinnen ausgetauscht. Es gab keinen Hinweis, wo sie sich aufhalten könnte, oder darauf, was geschehen war.

Cleroc schaltete das Smartphone ein. »Wir brauchen eine PIN«, sagte er.

Roselin hatte eine Idee. »Ich glaube, es ist der Geburtstag ihrer Mutter, 16.08.«

Cleroc gab die Ziffern ein. »Ich bin drin.« Er orientierte sich und sah sich die WhatsApp-Nachrichten an. Als Roselin ungeduldig wurde, fasste er schließlich zusammen: »Soweit ich das sehe, hat sie ganz viel mit einem Viktor geschrieben, auf Deutsch. Es gibt endlose Liebesschwüre von beiden Seiten, Meinungsverschiedenheiten, Streit, dann wieder Liebesbeteuerungen und Versöhnungen. Das geht seit August so.« Der Hauptkommissar hatte vor Jahren eine Beziehung mit einer Frau aus Saarbrücken und verfügte über gute Kenntnisse der deutschen Sprache.

Roselin fuhr auf. »Wer zum Teufel ist Viktor?«

Lagarde überlegte. »Seit Anfang Juli war sie in Berlin. Es kann sein, dass sie ihn dort kennengelernt hat. Das würde auch erklären, warum sie sich auf Deutsch schreiben. Viktor kann kein Französisch, oder zumindest nicht gut.«

Roselin stand das Entsetzen ins Gesicht geschrieben. »Was machen wir jetzt? Wir müssen eine Großfahndung nach ihr in die Wege leiten.«

»Warte mal.« Lagarde griff nach dem Handy und betrachtete die Fotos. »Seht euch die Galerie an. Immer wieder Brigitte und ein junger Mann. Es ist derjenige, mit dem ich sie im Café in Barfleur gesehen habe.«

»Viktor?«, fragte der Gendarm.

»Möglich. Schaut euch die Abfolge an. Zunächst wurden die Fotos in Berlin aufgenommen. Das strahlende Paar vor dem Reichstag mit der Kuppel, das sich küssende Paar vor dem Brandenburger Tor, das sich umarmende Paar auf einem Schiff auf der Spree mit der Museumsinsel im Hintergrund, und so weiter. Dann ändert sich das Szenario. Vor drei Wochen. Sie sind beide hier. Viktor muss zu ihr gekommen sein. Das ist der Botanische Garten von Cherbourg. Und hier der Wochenmarkt bei der Basilika La Trinité. Achtet auf Brigittes Gesichtsausdruck.«

»Er hat sich verändert«, stellte Cleroc fest. Roselin nickte. »Sie sieht unglücklich aus.«

Konzentriert sah Lagarde weiter die Aufnahmen durch. »Wo könnten sie jetzt sein?« Sekunden später meinte er: »Ich habe was. Die beiden stehen an einem Küstensaum und lächeln in die Kamera. Brigittes Lächeln wirkt aufgesetzt. Hinter ihnen erstreckt sich eine Bucht. Das ist eindeutig eine normannische Landschaft am Meer. Vermutlich nicht weit von hier.«

»Was ist das im Hintergrund«, überlegte Cleroc. »Sind das Häuser?«

»Ja. Kleine Häuser, eine verlassene Marina, keine Boote, keine Autos, leere Stege, kein Anzeichen menschlichen Lebens.«

»Eine verlassene Siedlung?«

»Eine verlassene Feriensiedlung. Kannst du die Fahne an dem Mast erkennen? Weiß blau, das Emblem ist zu weit weg, um es zu identifizieren. Aber ich bin mir ziemlich sicher, dass es sich um den verlassenen Club Maritim handelt. Das Logo besteht aus dem Himmel, dem Ozean und einem Segelschiff. Lichtblau, azurblau, weiß. Er wurde fertiggestellt, aber nie bezogen. Die Häuser verfallen, die Möbel verrotten, die Pflanzen wuchern. Die Betreiber sind in Insolvenz gegangen. Der Traum von einem exklusiven Urlaubsparadies an der schönen Schmetterlingsbucht hat sich desaströs zerschlagen.«

»Ja, ich erinnere mich.«

Roselin reagierte aufgeregt. »Vielleicht sind sie dort. Womöglich hat dieser Viktor meine Tochter dorthin verschleppt. Wo ist diese Bucht?«

»Zwischen Bretteville und Cap Lévi«, antwortete Cleroc. »Ich weiß, wie man dahinfährt.«

Er eilte zur Tür. »Machen wir uns auf den Weg.«

Als sie ins Treppenhaus traten und die Tür hinter sich zuzogen, kam aus der gegenüberliegenden Wohnung eine ältere Dame, die mit einem eleganten altrosa Kostüm bekleidet war und einen Rauhaardackel an der Leine führte. Sie musterte die fremden Männer misstrauisch durch ihre goldgerahmte Brille. »Darf ich fragen, was Sie in Brigittes Wohnung gemacht haben?«, fragte sie mit strenger Stimme.

»Ich bin Roselin Dumas, ihr Vater«, antwortete der Gendarm.

Missbilligend runzelte sie die Stirn. »Das kann jeder behaupten.«

»Da haben Sie selbstverständlich recht, Madame.« Er zeigte ihr seinen Dienstausweis. »Bitte schön!« Dann wies er auf seine Begleiter. »Das sind Freunde von mir. Wir suchen Brigitte und machen uns große Sorgen um sie, weil sie sich seit Tagen nicht gemeldet hat. Können Sie uns weiterhelfen?«

»Oh, Sie sind Polizist.«

»Ja, Madame.«

»Ich weiß nicht, wo Ihre Tochter ist. Aber sie hat sich sehr verändert. Sie ist eine so fröhliche, junge Frau. Aber seitdem dieser junge Mann mit dem Lockenkopf bei ihr wohnt, ist sie anders. Sie spricht kaum noch mit mir.«

»Wie meinen Sie das?«

»Sie scheint mir unglücklich zu sein, irgendwie nervös und verängstigt. Ich habe schon ein paar Mal bei ihr geklingelt, weil ich in der Wohnung Geschrei hörte. Ich dachte, ihr sei etwas passiert. Doch sie hat mir geöffnet und mir versichert, es sei alles in Ordnung. Und immer stand dieser Lockenkopf hinter ihr und lächelte mich charmant an.«

»Ist Ihnen sonst noch etwas aufgefallen?«, fragte Lagarde.

»Oh ja, ich hatte den Eindruck, dass er Brigitte einsperrt, wenn er weggeht. Einmal habe ich ihn direkt dabei erwischt. Ich habe ihn zur Rede gestellt und mit der Polizei gedroht. Er erklärte mir, das geschehe nur zu Brigittes Schutz, da sie von einem Stalker verfolgt werde.«

»Haben Sie ihm das geglaubt?«

»Na ja, ich war mir nicht sicher. Ich wollte aber auf keinen Fall, dass Brigitte Ärger bekommt.«

»Wissen Sie den Namen des jungen Mannes?«

»Sie nennt ihn Viktor.«

»Wann haben Sie Brigitte zum letzten Mal gesehen?«

»Heute Morgen, gegen neun. Da wollte ich gerade mit meinem Hund Gassi gehen. Viktor kam die Treppe herauf, in der Hand eine Tüte vom Bäcker, die nach frischen Croissants duftete. Er grüßte kurz und schloss die Wohnungstür auf. Im Flur stand Brigitte und machte auf mich einen furchtsamen Eindruck.«

»Haben Sie darauf reagiert?«

»Selbstverständlich. Ich habe sie gefragt, ob alles in Ordnung ist, und ob ich ihr helfen kann.«

»Was hat sie Ihnen geantwortet?«

»Sie bedankte sich und sagte, alles sei bestens, und sie würden jetzt frühstücken.«

»Haben Sie mitbekommen, wann die beiden die Wohnung verlassen haben?«

»Leider nein. Ich habe mir meine Lieblingsserie im Fernsehen angesehen, *Sturm der Leidenschaft*.«

»Merci bien, Madame.«

Drei Kilometer hinter Bretteville führte eine Brücke über eine Lagune auf eine Halbinsel, die unbewohnt war. Die hügelige, felsige Landschaft war von Ginstersträuchern und krumm gewachsenen Wacholderbäumen überzogen. An einem Wendekreis stand ein schiefes Schild aus Holz, auf dem das verwaschene Emblem des Clubs Maritime prangte, sowie ein Pfeil, der nach Westen zeigte. Sie folgten einem schmalen staubigen Weg und erreichten nach einigen Minuten die Schmetterlingsbucht, die sich blaugrau und ruhig vor ihnen erstreckte. Am Horizont türmten sich dunkle Wolken. Auf dem Geländer eines Stegs hatte sich ein Schwarm Möwen niedergelassen. Auf dem Parkplatz der Ferienanlage stand ein einziges Fahrzeug, ein älterer weißer VW UP mit einem Berliner Kennzeichen. Lagarde parkte seinen Renault so, dass er von der Anlage aus nicht gesehen werden konnte, und die Männer stiegen aus. Cleroc wies mit einer Krücke auf den UP. »Das kann nur das Auto von diesem Viktor sein.«

Roselin sah das genauso.

Lagarde nickte und ließ den Blick über das verlassen wirkende Urlaubsressort schweifen, das in einem Seekiefernwäldchen lag. »Es gibt etwa fünfzehn Bungalows, die durch Wege verbunden sind. Vermutlich halten sich die beiden in einem dieser Häuschen auf. Zwei Fragen stellen sich mir: erstens, was wollen Sie hier? Zweitens, ist Brigitte aus freien Stücken mit hierhergekommen?«

»Stöbern wir sie auf, dann haben wir die Antwort«, erwiderte Roselin ungeduldig. »Ich glaube jedoch nicht, dass Brigitte sich freiwillig hier aufhält. Die ganze Sache stinkt zum Himmel. Wir müssen ihr zu Hilfe kommen, wer weiß, was dieser Kerl mit ihr vorhat. Hoffentlich ist es noch nicht zu spät.«

»Ja, das sehe ich auch so. Ich denke, wir schlagen einen Bogen, gehen durch das Wäldchen und nähern uns der Siedlung von hinten, so dass wir nicht zu sehen sind.« Er warf Cleroc einen Blick zu. »Vielleicht solltest du besser hierbleiben?«

»Geht ihr nur, ich halte euch nur auf.«

»Alles klar. Dann los.«

Vorbei an einer mit Steinrosen und Mittagsblumen überwachsenen Felswand folgten sie einem Pfad und tauchten schließlich in den Wald ein. Dann schlugen sie einen Haken in westlicher Richtung. Vorsichtig bewegten sie sich zwischen wild wachsenden Rhododendren und Stechpalmen, um die Zitronenfalter und

Pfauenaugen flatterten, weiter auf die Anlage zu. Cleroc, den Unruhe ergriffen hatte, und der nicht länger an Ort und Stelle warten wollte, folgte ihnen humpelnd, den Blick wachsam auf die Umgebung gerichtet. Die Bungalows lagen versetzt zwischen den Bäumen. Das Bauholz hatte bereits begonnen, zu verrotten. Unter den Fenstern breiteten sich Wasserflecken aus. Giftgrüner Efeu überwucherte die Fassaden und klammerte sich an den Balustraden fest. Die Fenster starrten sie wie dunkle Augen an. Kein Lebenszeichen war zu entdecken. Nur das sanfte Rauschen der Brandung war zu hören und in der Ferne Möwengeschrei. Die Männer blieben in Deckung und berieten sich. »Wir können doch nicht alle Häuser durchsuchen«, flüsterte Roselin angespannt. »Das dauert ewig.«

»Was bleibt uns anderes übrig? Aus keinem der Schornsteine steigt Rauch auf. Es gibt auch sonst keinen Hinweis auf Menschen. Die Häuser sind ebenerdig, wir teilen uns auf und sehen durch die Fenster.«

»Vielleicht sind sie gar nicht in einem der Ferienhäuschen?«

»Ich denke doch. Lass uns anfangen, du linker Hand, ich nehme die rechte Seite.«

»Okay.« Roselin wollte gerade auf einen Bungalow zugehen, als ein markerschütternder Schrei ertönte, der eindeutig aus dem Gebäude daneben drang. Es war der verzweifelte Schrei einer Frau. Roselin zuckte entsetzt zusammen, und ihm gefror das Blut in den Adern. Das war zweifellos Brigitte, die geschrien hatte. Jetzt war es wieder still. Die beiden Polizisten stürmten auf die Eingangstür zu. Lagarde wollte sie öffnen, doch sie war verschlossen. Daraufhin nahm er Anlauf und warf sich mit der Schulter dagegen. Die Tür sprang auf. Durch den kleinen Flur rannten sie in den Salon. Auf dem verschlissenen Sofa saßen Brigitte und der junge Mann mit dem Lockenkopf. Er hatte ihre Haare gepackt, den Kopf nach hinten gerissen und hielt ihr ein Jagdmesser an die Kehle. »Du wirst genau das tun, was ich dir gesagt habe«, brüllte er mit wutverzerrtem Gesicht. Brigittes Augen, in denen Panik aufblitzte, erschienen riesig in ihrem bleichen Gesicht. Roselin blieb fast das Herz stehen. Als Viktor die Männer wahrnahm, verstummte er für einen Augenblick überrascht. Sie hatten ihre Waffen im Anschlag und richteten sie auf ihn. »Weg mit dem Messer«, rief Lagarde. »Auf der Stelle. Sonst schieße ich.«

»Lass sofort meine Tochter los.« Die Stimme des Gendarmen überschlug sich. »Ich knalle dich ab wie einen räudigen Hund.«

Ein hässliches Lächeln breitete sich auf dem Gesicht des jungen Mannes aus. Er antwortete in holprigem Französisch. »Das werdet ihr nicht tun. Legt die Pistolen auf den Boden. Ganz langsam. Keine Tricks, sonst schneide ich Brigitte die Kehle durch. Ich meine das ernst.«

Lagarde zielte auf seine Schulter und wollte gerade abdrücken, als die Panoramascheibe hinter der Couch in tausend Stücke zerbarst. Cleroc hatte sie mit dem Fuß seiner Krücke eingeschlagen und stand schwankend am Fenstersims. Der junge Mann drehte erschrocken den Kopf, und der Hauptkommissar rammte ihm den Hartgummiaufsatz der Krücke mitten in das Gesicht. Er schrie auf und ließ das Messer fallen. Lagarde stürzte sich auf ihn, zerrte ihn weg von Brigitte und schleuderte ihn auf den Boden. Dort wand er sich stöhnend vor Schmerz. Die Nase war offensichtlich gebrochen. Blut tropfte auf den Teppich, das Gesicht begann anzuschwellen. Der Kommissar drehte ihn auf den Bauch und legte ihm Handschellen an. »Sie sind verhaftet.«

Brigitte rannte zu ihrem Vater und warf sich in seine schützenden Arme. Er hielt sie ganz fest. Sie schluchzte und stammelte: »Viktor wollte mich umbringen.«

Tränen rannen über ihre kindlichen runden Wangen. »Er hat etwas Schreckliches von mir verlangt, und als ich mich weigerte, hat er mir sein Messer an die Kehle gedrückt. Ich hatte Todesangst.«

Er strich ihr tröstend über das seidige Haar. »Es ist vorbei, mein Liebes, der Alptraum ist zu Ende.« Dabei sah er auf den jungen Mann herab und verspürte das kaum zu bezwingende Bedürfnis, ihn zu Brei zu schlagen. Lagarde suchte seinen Blick und schüttelte unmerklich den Kopf. Cleroc humpelte in den Salon und betrachtete schockiert die Szene, die sich ihm bot. Dann wandte er sich mit eisiger Stimme an Viktor. »Das wird weitreichende Konsequenzen für Sie haben. Ich werde Sie auf die Polizeiwache von Cherbourg bringen lassen.« Der junge Mann spuckte verächtlich aus. Der Hauptkommissar zog sein Handy aus der Hosentasche und forderte einen Streifenwagen an.

Madame Florence hatte Brigitte ins Bett gepackt, ihr heißen Kräutertee eingeflößt und zwei Schlaftabletten gegeben. Während sie ihre Hand hielt und sie sanft streichelte, wurde das Mädchen immer ruhiger, und das unkontrollierte Zittern legte sich nach und nach. Dabei erzählte sie mit leiser Stimme, was ihr widerfahren war. Dann war sie eingeschlafen. Florence betrachtete die Tochter ihres Verlobten liebevoll, dann drückte sie ihr einen sanften Kuss auf die Stirn und verließ das Schlafzimmer. Leise stieg sie die Treppe hinab. Die drei Polizisten saßen in der Küche um den rustikalen Eichenholztisch und tranken Kaffee, den Roselin gekocht hatte. Florence ging zum Hängeschränkchen und holte vier Gläser und eine Flasche Schlehenschnaps hervor. Dann setzte sie sich zu den

Männern und schenkte ein. »Prost.« Sie tranken einen Schluck. Florence blickte mit geröteten Augen in die Runde. Die Geschichte, die ihr das Mädchen erzählt hatte, hatte sie zutiefst aufgewühlt. Lagarde sah sie an. »Viktor ist ein Loverboy, nicht wahr?«

Sie nickte. »Ich habe im Fernsehen schon davon gehört, aber ich konnte mir das nie so richtig vorstellen.«

Roselin war blass geworden. »Ein Loverboy?«

»Ja, Roselin.«

»Hat sie dir etwas erzählt?«

»Alles, dann ist sie eingeschlafen. Sie hat Viktor in Berlin kennengelernt und sich in ihn verliebt. Er war lieb, zärtlich, aufmerksam. Er hat sie mit seinem Charme um den Finger gewickelt und ihr Geschenke gemacht. Ein schönes Kettchen, einen Ring von seiner Großtante. So einen tollen Freund hatte sie noch nie. Der Abschied von ihm ist ihr sehr schwergefallen. Nachdem sie zurück in Cherbourg war, besuchte er sie. Das war vor drei Wochen. Zunächst freute sie sich sehr darüber. Doch dann zeigte er sein wahres Gesicht. Er forderte von ihr, gegen Bezahlung Sex mit anderen Männern zu haben, weil er Geld für die Krankenhausbehandlung seiner Oma in Moldawien brauchte.«

Der Gendarm hieb mit der Faust auf den Tisch, sodass der Schnaps aus den Gläsern schwappte. »Dieser Dreckskerl.«

Florence fuhr fort. »Danach, versicherte er ihr, würden sie heiraten und ein glückliches Leben führen. Nur diese eine Sache, als Liebesbeweis. Brigitte war völlig entsetzt und weigerte sich. Viktor entschuldigte sich mit weiterem Schmuck und köderte sie erneut mit Liebesversprechen. An dem Abend, als Philippe die beiden in einem Café in Barfleur gesehen hat, wollte Brigitte ihn ihrem Vater vorstellen. Doch er überredete sie, nach Cherbourg zurückzufahren. Dort wiederholte er seine Forderungen und sperrte sie ein, wenn er die Wohnung verließ. Brigitte hatte zu diesem Zeitpunkt schon schreckliche Angst vor ihm. Heute Morgen wollte sie abhauen. Daraufhin hat er sie gezwungen, mit ihm zu der Feriensiedlung an der Schmetterlingsbucht zu fahren. Dort hat er gedroht, sie so lange festzuhalten, bis sie tut, was er will. Um ihr noch mehr Angst einzujagen, hat er behauptet, zwei Kumpels von ihm seien auf dem Weg dorthin und würden ihr gerne beibringen, was von ihr erwartet wird.«

Sie verstummte und kippte den Schnaps.

»Die Masche ist, dass diese Loverboys versuchen, die jungen Frauen hörig zu machen«, sagte Lagarde. »Das funktioniert erschreckend oft sehr gut.«

Roselins Gesicht lief rot an. »Meine Tochter ist eine intelligente junge Frau, sie hat Abitur, sie studiert. Wie kann sie denn auf einen solchen Typen hereinfallen?«

»Das hat mit Intelligenz und Bildung wenig zu tun. Die Mädchen haben noch nicht viel Erfahrung in solchen Dingen und glauben, dass sie ihrer großen Liebe begegnet sind. Deshalb sind sie manipulierbar.«

Madame Florence schnaubte empört. »Ich bin so froh, dass ihr sie rechtzeitig gefunden habt. Wenn dieser Viktor das wahrgemacht hätte, was er ihr angedroht hat, wäre ihre Seele vermutlich zerstört.«

Der Gendarm fuhr sich durch den Haarkranz. »Mon Dieu! Er hat ihr ein Messer an die Kehle gesetzt, als ob das nicht reicht.«

»Ihr habt sie gerettet, das ist das Wichtigste, Roselin.«

»Was machen wir jetzt?«

»Brigitte soll sich ausruhen, dann sehen wir weiter. Die anstehenden Prüfungen kann sie sicherlich nachholen.«

»Ja.«

Madame Florence kochte noch eine Kanne Kaffee, schnitt einen Apfelkuchen auf und schlug Sahne. Als sie wieder bei den Männern saß, fragte sie mit Blick auf Clerocs Krücken: »Seid ihr bei der Suche nach dem Phantom weitergekommen?«

»Nein, leider überhaupt nicht«, antwortete der Hauptkommissar.

»Was ist mit dem Mord an der Richterin?«

»Auch nicht wirklich.«

»Haben die beiden Verbrechen miteinander zu tun?«

Die Kommissare sahen sich verblüfft an.

In Lagardes Haus zogen sich die Kommissare in ihr provisorisches Büro zurück. Warum waren sie nicht selbst darauf gekommen? »Also gut«, meinte Lagarde. »Es gibt einen neuen Ansatzpunkt! Greifen wir die Arbeitshypothese auf, dass ein Zusammenhang zwischen den beiden Fällen besteht.«

»Du meinst, dass das Phantom mich durch einen Stoß in die Tiefe stürzen und mit einem Kissen ersticken wollte und Édith Darrousin mit der Rosenschere erstochen hat?«

»Genau.«

»Das ist absurd.«

»Ist es das?«

Clerocs Gesicht wurde nachdenklich. »Mon Dieu!« Er schlug sich mit der flachen Hand gegen die Stirn. »Natürlich! Wie konnte ich das übersehen?«

»Was denn?«

»Édouard Claise, genannt Éddie, oder der französische Al Capone, eine bekannte Unterweltgröße und lange gesuchter Schwerverbrecher, wurde vor zwei Jahren festgenommen. Er war der Kopf eines Drogenschmuggler-Netzwerkes. Bei der Durchsuchung seiner Villen in Cherbourg und Cannes wurden Pistolen,

Munition, große Mengen Rauschgift und eine stattliche Summe Bargeld gefunden. Ein Großteil der Geschäfte wurde über den Hafen von Cherbourg abgewickelt.«

Lagarde unterbrach ihn ungeduldig. »Wo ist der Zusammenhang?«

»Ich war der leitende Ermittler, und Édith Darrousin die zuständige Richterin, die ihn wegen Rauschgifthandels, Geldwäsche und illegalem Waffenbesitz zu zwölf Jahren Haft verurteilt hat. Nach seiner Verurteilung hat er noch im Gerichtssaal damit gedroht, uns aus Rache auszulöschen. Wie konnte ich das vergessen und den Zusammenhang nicht herstellen?«

»Die Tathergänge waren absolut unterschiedlich. Es lag nicht auf der Hand, dass ein und dieselbe Person dafür verantwortlich ist. Wo habt ihr ihn hochgenommen?«

»In einer Hafenspelunke in Cherbourg. Er hat sich dort regelmäßig mit Kumpels zum Pokern getroffen. Den Tipp, dass er sich dort aufhält, bekamen wir vom Wirt, Loïc Herve. Er war damals einer von uns.«

»Ein V-Mann?«

»Ja.«

»Wo sitzt Édouard Claise ein?«

»Zuerst war er in der Haftanstalt von Cherbourg untergebracht, doch nach einem halben Jahr wurde er nach Lyon verlegt.«

»Warum das? Der Vollzug ist dort sehr streng geregelt.«

»Ja, er bekam verschärfte Haftbedingungen auferlegt, weil er einen Wärter fast totgeschlagen hatte. Hinzu kam, dass er versuchte, eine Psychologin zu vergewaltigen.«

»Also befindet er sich aktuell in Lyon?«

Cleroc nickte. »Da sollte er sein. Zur Sicherheit lasse ich es mir bestätigen.« Er suchte die Telefonnummer des Gefängnisses heraus und rief dort an. Als er den Direktor an der Strippe hatte, schaltete er sein Smartphone auf laut, stellte sich vor und erklärte dem Mann den Sachverhalt.

»Bonjour, Commissaire Cleroc. Es gibt schlechte Nachrichten. Édouard Claise ist es vor sechs Wochen gelungen, bei einem Transport ins Krankenhaus zu flüchten. Die beiden Polizisten, die ihn begleitet haben, sind in einen Hinterhalt geraten. Eine Person lag auf einer wenig befahrenen Straße. Sie dachten, der Mann sei schwer verletzt oder gar tot, deshalb hielten sie an, um erste Hilfe zu leisten. Der Mann schoss sofort auf sie. Ein Polizist kam mit einem Streifschuss davon, der andere wurde schwer verwundet und erlag kurz darauf seinen Verletzungen. Der Schütze nahm ihnen die Waffen und Schlüssel ab und befreite Claise. Seitdem fehlt jede Spur von ihm. Wer sein Helfershelfer war, wissen wir auch nicht. Es läuft eine Großfahndung nach ihm und dem Schützen, bisher erfolg-los.«

»Es kann also sein, dass er seine Drohung in Be-zug auf die Richterin wahr gemacht und mich im Vi-sier hat?«

»Exakt!«

Cleroc bedankte sich für die Informationen und beendete das Gespräch. Die Kommissare tauschten einen Blick. »Éddie ist untergetaucht«, stellte La-garde fest. »Er könnte überall sein.«

Cleroc nickte. »So sieht es aus.«

SECHSTER TAG
WINTERCAMPING AN DER NEZ DE JOBOURG

Die Hafenkneipe *Au hareng vert*, Zum Grünen Hering, befand sich im Erdgeschoss eines ehemaligen Getreidelagers in der Rue de la Marine in der Nähe des Quai de Caligny. Durch ein wuchtiges Eichenportal, das mit einem Türklopfer in Form eines Herings versehen war, betraten die Kommissare den Eingangsbereich. Rechter Hand an der unverputzten Steinmauer standen um rustikal gezimmerte Tische Barhocker, die vermutlich wegen der noch frühen Uhrzeit verwaist waren. In einem Eisenständer steckten abgebrannte Kerzen und von der Decke baumelte ein funkelnder Kristallleuchter. Es duftete noch leicht nach Zimt, der in vergangenen Zeiten hier gelagert wurde. An der Wand hingen farbenfrohe Plakate, die Konzerte und Veranstaltungen ankündigten. Eine riesige gerahmte Schwarz-Weiß-Fotografie zeigte die Titanic beim Auslaufen zu ihrer Jungfernfahrt.

Die Kommissare öffneten eine Glastür und gingen in den rauchverhangenen Schankraum, der bereits gut besucht war. Um die Tische saßen Männer in Anzügen bei Mokka und Croissants, die mit ihren Laptops beschäftigt waren, Lotsen in Uniform, die bei einem Kaffee Pause machten und fachsimpelten, sowie Hafenarbeiter in Arbeitsoveralls, die sich mit einer Bouillabaisse stärkten und sich laut lachend auf die Schenkel klopften. In einer Ecke stand ein Billardtisch, auf dem zwei Frauen in Jeans und Pullover konzentriert die Kugeln versenkten. Aus den Lautsprecherboxen erklang die sanfte, unter die Haut gehende Stimme Charles Aznavours, der *Je t'aime tant*, So liebe ich dich, sang. Hinter dem Tresen stand ein breitschultriger Mann mittleren Alters, der in seinem Fischerhemd und einem roten Tuch um den Hals aussah wie ein Seebär. Mit einem Geschirrtuch brachte er den Zapfhahn zum Glänzen. Als er die Gäste bemerkte, nickte er ihnen freundlich zu. »Bonjour, Messieurs. Was kann ich für Sie tun?«

»Bitte zwei Mokka, stark und schwarz«, bestellte Lagarde. »Dazu Wasser.«

»Gerne.« Er ging zur Espressomaschine und stellte kurz darauf die Getränke auf die Theke. Auf die Untertassen hatte er Miniatur-Schokoladentafeln gelegt.

»Wir möchten mit dem Wirt Loïc Herve sprechen«, erklärte Cleroc. »Er und ich sind alte Freunde. Ist er hier?«

Der Mann lächelte. »Loïc führt die Kneipe nicht

mehr. Er ist vor knapp zwei Jahren in den Ruhestand gegangen.«

Er trank einen Schluck Kaffee. »Ich bin jetzt der Wirt, ich habe *Au hareng vert* übernommen.« Er strahlte über das ganze runde bärtige Gesicht. »Die Kneipe läuft super. Die Gäste fühlen sich wohl. Bei mir geht es zwanglos zu, aber mit Stil.«

»Wissen Sie, wo wir ihn finden können?«

Der Wirt reagierte misstrauisch. »Sind Sie auch Schergen von Éddie?«

»Aber nein.« Cleroc zeigte ihm seinen Dienstausweis. »Loïc und ich sind wirklich befreundet. Wir wollen nur mit ihm reden. Ich war früher Stammgast hier. Wenn er Zeit hatte, haben wir die halbe Nacht Billard gespielt, Pastis getrunken und Zigarillos geraucht. Aber seit meiner Heirat bin ich häuslich geworden.«

Der Seebär zwinkerte ihm zu. »Verstehe. Das ist der Grund, warum ich mich für ein Junggesellenleben entschieden habe. Nachdem dieser Gangsterboss Éddie Claise hier hochgenommen wurde, hat Loïc beschlossen aufzuhören. Man sagt, Schergen des Drogenhändlers hätten immer wieder versucht, ihn unter Druck zu setzen, um herauszufinden, ob er der Polizei den Tipp gegeben hatte. Soweit ich weiß, lebt er in Réville in der Nähe der Pointe de Saire. Das hat er mal erwähnt, als er auf ein Glas Rotwein hier war. Er hat eine Wohnung neben der Metzgerei am Kirchplatz.«

»Haben Sie eine Telefonnummer von ihm?«

»Leider, nein.«

Sie tranken den Mokka aus, und Cleroc wollte bezahlen. »Merci bien für Ihre Hilfe.«

»De rien, Messieurs. Die Getränke gehen aufs Haus.«

Nach einer guten halben Stunde erreichten sie Réville, einen Tausend-Seelen-Ort mit einem imposanten Schloss und einem von Strandgras gesäumten endlosen Sandstrand, der die Form einer Sichel hatte. Zwischen der Metzgerei und einer Weinhandlung duckte sich ein schmales, senfgelb verputztes Haus mit ochsenblutrotem Fachwerk. Auf den Fenstersimsen blühten in Tontöpfen rostrote und gelbe Herbstblumen. Es gab weder eine Klingel noch ein Namensschild. Cleroc hämmerte mit der Faust gegen die Tür. »Hallo, Loïc! Hier ist Ludovic. Bist du zu Hause?«

Im Haus rührte sich nichts. Vor der Metzgerei stand an einem Bistrotisch eine junge Frau in einem weißen Kittel, die eine Zigarette rauchte und mit ihrem Smartphone beschäftigt war. Als sie das Klopfen hörte, sah sie auf. »Loïc ist nicht da.«

»Wissen Sie, wo er ist?«, fragte Cleroc.

»Um diese Zeit angelt er immer an der Mole.« Sie wies mit dem Kopf Richtung Meer. »Es sind nur ein paar Meter.«

»Danke, Madame.«

Im kleinen Hafen von Réville schaukelten im Sonnenschein bunte Fischerboote. Die heranrollende Flut hatte das Becken etwa zur Hälfte gefüllt. Im Hintergrund glitzerte der Ozean. Ein Traktor tuckerte vorbei. Sein Anhänger war mit mehreren Schichten grobmaschiger Säcke beladen, in denen die Austern drei bis sechs Jahre heranwuchsen. Dabei wurden sie bei Ebbe regelmäßig gewendet und gerüttelt, damit sie nicht zusammenwuchsen und besonders die Schlürf-Austern eine schöne Schale bekamen. Der Algenbewuchs auf den Säcken leuchtete kräftig grün. Ein intensiver Fischgeruch hing in der Luft. Neben der kostbaren Fracht saß eine Frau, die ein Tuch um ihre Haare geschlungen hatte, auf einer Kiste und winkte fröhlich jemandem zu. Auf der verglasten Terrasse des Eiscafés saßen Kinder vor riesigen Eisbechern, die ein Schirmchen krönte.

Sie entdeckten Loïc auf der Mole, der auf einem Klappstuhl saß und eine Angel ausgeworfen hatte. Neben ihm stand ein Eimer. Die Kommissare stiegen über eine Treppe auf den breiten Mauersims, als der ehemalige V-Mann sie bemerkte. Er steckte seine Angel in eine Halterung und stand auf. Der Mann war groß, hager und dennoch muskulös. Sein sonnengegerbtes Gesicht war von Furchen durchzogen, der Mund breit und sinnlich. Cleroc glaubte sich zu erinnern, dass er aus einer bretonischen Seefahrerfamilie stammte. Loïcs helle blaue Augen leuchteten auf, als er seinen Freund erkannte. »Ludovic, was für eine Überraschung!«

Die Männer umarmten sich. »Salut, Loïc. Darf ich dir meinen Freund vorstellen? Das ist Commissaire Philippe Lagarde aus Barfleur.«

Sie schüttelten sich die Hand. Der Angler wies auf die Mole. »Setzt euch doch.«

Lagarde warf einen Blick in den Eimer, in dem sich zwei Makrelen, ein Meeraal und ein Seeteufel tummelten. »Ein guter Fang, Monsieur. Ich angle auch. Das hier ist ein schöner Platz.«

»Da haben Sie recht. Ich fange mehr Fische, als ich essen kann. Meine Nachbarn sind dankbare Abnehmer.«

Sie lachten. »Meine auch.«

Der Mann musterte sie neugierig. »Es gibt bestimmt einen Grund für euren Besuch?«

Cleroc nickte. »Wir sind gekommen, weil wir deine Hilfe brauchen.« Er erzählte die ganze Geschichte von Anfang an. »Jetzt sind wir auf der Suche nach Éddie«, endete er. »Weißt du, wo er sein könnte?«

Nachdenklich strich Loïc sich über die Bartstoppeln. »Ich habe keine Ahnung, wo er sich aktuell aufhält. Mal überlegen. Er hat immer davon geträumt, Frankreich den Rücken zu kehren und auf Réunion eine Bar zu eröffnen. Mit Sicherheit hat er genug Geld auf Offshore-Konten gebunkert, um sich diesen Traum zu erfüllen. Er braucht gefälschte Papiere, um Frankreich zu verlassen. Aber das dürfte bei seinen hervorragenden Kontakten kein Problem darstellen.«

»Wenn er sich tatsächlich auf Réunion aufhält, können wir die Kollegen dort um Amtshilfe bitten«, meinte Lagarde. »Aber ist es wahrscheinlich, dass er von dem Inselparadies aus einen Rachefeldzug organisiert? Würde er sich nicht primär dem Aufbau einer neuen Existenz widmen?«

»Das könnte schon sein. Oder aber er agiert mehrgleisig. Womöglich hat er einen Killer beauftragt, Ludovic und die Richterin zu töten, sucht gleichzeitig geeignete Räume für die Bar und hat einen Tauchkurs gebucht. Er ist ein Multitasking-Talent, und er macht sich nicht gern selbst die Hände schmutzig. Doch eines ist gewiss, Éddie vergisst seine Feinde niemals.«

»Ein möglicher Killer macht die Angelegenheit noch komplizierter.«

Loïc holte eine Flasche Wein sowie Gläser aus seinem Rucksack und schenkte ein. »Trinken wir ein Gläschen.«

Sie stießen an. Grübelnd starrte Loïc auf die rubinrote Flüssigkeit und nahm einen großen Schluck.

»Vor seiner Verhaftung hatte Éddie eine Geliebte,

Sandra Deschamps, genannt Sandy. Man munkelte, er sei ihr sehr zugetan. Damals wohnte sie in Valognes und betrieb dort einen Friseursalon und ein Nagelstudio. Das könnte auch eine Möglichkeit sein.«

Cleroc nickte. »Wir werden das überprüfen.«

»Da fällt mir noch etwas ein. Ein guter Kumpel von ihm besitzt einen Campingplatz an der Nez de Jobourg am Cap de la Hague. Der ganze Betrieb ist jedoch nur Fassade. Der Platz steht für normale Touristen nicht zur Verfügung. Dort tauchen Ganoven unter, denen die Polizei zu sehr auf den Pelz rückt.«

Lagarde war doch ein wenig überrascht. »Das funktioniert?«

»Aber ja, man muss die zuständigen Personen nur ordentlich schmieren.«

»Aha.«

»Der Platz wird auch dafür genutzt unliebsame Zeitgenossen unauffällig verschwinden zu lassen. Sie werden erschossen und samt dem Wohnwagen, in dem sie untergeschlüpft sind, verbrannt. Auf diese Weise existiert keine Leiche. Die verkohlten Überreste werden irgendwo vergraben oder ins Meer geworfen. Das ist eine elegante und unkomplizierte Art der Entsorgung.«

»Das ist nicht zu fassen.« Cleroc schüttelte den Kopf. »Eine Frage beschäftigt mich noch. Warum hat Éddie dich nicht töten lassen?«

»Er weiß bis heute nicht, dass ich es war, der ihn verraten hat.«

Loïc schenkte nach. »Trinken wir auf unsere alte Freundschaft. Ich wünsche euch viel Glück.«

Das nächste Ziel der Ermittler war Valognes, das sie über Quettehou erreichten. Die Stadt der Künste und der Geschichte ging auf eine keltische Siedlung namens *Alauna* zurück. Das Navi führte sie in die Nähe des Hôtel de Beaumont, eines prächtigen Stadthauses, das inmitten eines schönen Parks lag. Der Friseursalon Sandra Deschamps' lag in der Rue du Petit Versailles 4 gegenüber dem Musée du Cidre. Das rosa verputzte Haus wurde von einem Bäcker und einem Antiquitätengeschäft flankiert und machte einen sehr gepflegten Eindruck. Das Erdgeschoss beherbergte das Friseurgeschäft, auf dessen Glasscheibe der Schriftzug *Sandys Friseursalon und Nagelstudio* prangte. Im ersten Stock befand sich ihre Wohnung. Der Salon hatte geschlossen, auf ihr Klingeln an der Haustür hin, die um die Ecke lag, öffnete niemand. Lagarde knackte in Sekunden das Schloss, und sie stiegen über eine Marmortreppe in das Obergeschoss. Dann klopften sie an die Wohnungstür. Niemand reagierte. Aus dem Appartement drang kein Laut. Auch dieses Schloss war schnell entsperrt. Bei ihrem Rundgang durch die Wohnung stellten sie fest, dass sie kostspielig eingerichtet war. Es gab ein Schlafzimmer mit Panoramafenster, das den Blick auf einen Garten freigab. Dort erstreckte sich ein Swimmingpool, aus dem das Wasser abgelassen war. Das Schlafzimmer wurde von einem großen französischen Bett dominiert, über das die Tagesdecke exakt gebreitet war. Über eine ganze Wand zeigte eine Fototapete in Schwarz-Weiß einen weiten henkelförmigen Strand, an dessen Ende ein Leuchtturm aufragte. Als Kontrast zu dem Bild war seine Spitze rot. Im Vordergrund saßen eine blonde Schönheit, die eine Baseballkappe verkehrt herum auf dem Kopf trug, und ein attraktiver stämmiger Mann mit dichten dunklen Haaren auf einer Decke. Sie waren nackt, umarmten sich und lachten. Vor ihnen war ein Picknick ausgebreitet: Käse, Baguette, Weintrauben, Champagner. »Ist dieser Mann Édouard Claise?«, fragte Lagarde.

Cleroc nickte. »Ja.«

»Ein schönes Paar.«

»Zweifellos.«

Der begehbare Kleiderschrank war mit schicker hochwertiger Kleidung voll bestückt. Da waren Abendkleider, Kostüme, Jeans, Blusen, Alltagsunterwäsche, Dessous und bestimmt über fünfzig Paar Schuhe. Dennoch gab es leere Ablagen, einiges schien zu fehlen. Lagarde wies auf den Stauraum auf dem Schrank. Zwischen zwei Reisetaschen klaffte eine Lücke. »Dort könnte ein Koffer oder eine Tasche gestanden haben.«

Das Badezimmer war luxuriös eingerichtet: Eine Eckbadewanne, Marmorboden, schwarze Fließen bis zur Decke, vergoldete Wasserhähne, eine integrierte Stereoanlage. In einem Regal stapelten sich flauschige Badetücher in Türkis und Smaragdgrün.

Der Salon war groß und sehr modern und minimalistisch eingerichtet. Der Blickfang gegenüber der ausladenden Ledergarnitur mit dem quadratischen Glastisch war ein Seerosengemälde von Monet. Lagarde fragte sich, ob es sich um ein Original handelte. Neben dem riesigen Flachbildfernseher reihten sich in einem antiquarischen Holzschrank ohne Türen unzählige Bücher, hauptsächlich französische Literatur: Victor Hugo, Gustave Flaubert, Marcel Proust.

Im Arbeitszimmer sahen sie private Unterlagen und einen Aktenordner mit geschäftlichen Dokumenten durch und entdeckten nur eine Auffälligkeit. Auf den Kontoauszügen tauchte immer am Anfang des Monats ein Betrag über zwanzigtausend Euro auf, der von einer ausländischen Bank überwiesen wurde. Cleroc zeigte sie seinem Freund. »Es sieht so aus, als hätte Éddie seine Freundin finanziell unterstützt.«

»Das ist eine großzügige Summe.«

In der Küche, in deren Mitte ein moderner Kochblock stand, bestätigte sich ihr Verdacht. Der Kühlschrank war leer, ebenso die Vorratsschränke und der Mülleimer. Eine weiße Porzellanvase stand kopfüber auf dem Abtropfgestell. »Das deutet auf eine längere Reise hin«, vermutete Lagarde.

»Réunion?«

»Vielleicht.«

Über eine Wendeltreppe gelangten sie in den Friseursalon, der eine sehr geschmackvolle hochwertige Einrichtung aufwies. Alles war sauber und ordentlich. Die Waschbecken glänzten, die Spiegel waren poliert. Auch vom Salon aus führte eine Hintertür in das Treppenhaus. Von dort aus gelangten sie wieder auf die Straße. An der Seite stand eine Mülltonne. Lagarde hob den Deckel und entdeckte einen Strauß roter Rosen, der noch relativ frisch war. Gleich darauf kam ein Mann auf sie zugelaufen, der einen Kehrbesen in der Hand hielt, den er drohend erhoben hatte. Vor Empörung war sein Gesicht puterrot angelaufen. »Was haben Sie in Madame Deschamps Haus verloren?« Er zog ein Handy aus der Jackentasche. »Ich werde die Polizei rufen.« Lagarde zückte seinen Dienstausweis, den der Mann ausgiebig studierte. »Wir sind die Polizei. Es hat alles seine Ordnung.«

Er blieb misstrauisch. »Sind Sie dazu befugt? Braucht man dafür nicht einen Durchsuchungsbeschluss? Das weiß ich von den Krimis im Fernsehen.«

»Nicht, wenn Gefahr in Verzug ist. Darf ich fragen, wer Sie sind?«

»Ich bin Sandras Nachbar, Alain Dupont. Sie schneidet mir hin und wieder die Haare. Das macht sie schön. Sie ist eine sehr nette junge Frau. Obwohl«, seine Miene wurde verschwörerisch, »meine Frau und ich fragen uns häufig, wie sie sich das alles leisten kann, sie hat nicht viele Kunden.«

»In der Mülltonne liegt ein Rosenstrauß. Könnte er Madame Deschamps gehört haben?«

»O ja. Ihr wurde etwa alle zwei Wochen ein gro-ßes Rosengebinde vom teuersten Blumenhändler der Stadt geliefert.«

»Wissen Sie, von wem die Blumen waren?«

»Nein. Ich habe nie Herrenbesuch bei ihr be-merkt.«

»Haben Sie eine Vorstellung, wo sie sein könnte?«

»Sie ist gestern Morgen weggefahren.«

»Wissen Sie wohin?«

»Nein. Sie hat einen großen Koffer und eine Reise-tasche eingeladen. Das habe ich vom Küchenfenster aus gesehen. Vermutlich ist sie verreist.«

»Welchen Wagen fährt sie?«

»Einen neuen schwarzen BMW X5 SUV. Das ist ein Geschoss mit allen Schikanen. Er hat mindestens achtzigtausend Euro gekostet, wenn Sie mich fragen.«

»Können Sie uns das Kennzeichen sagen?«

»Ich habe nie darauf geachtet. Ich weiß nur, dass ihre Initialen dabei sind, SD.«

»Merci, Monsieur Dupont. Wir machen uns wieder auf den Weg.«

»Der Polizei hilft man doch gerne.«

Als die Kommissare davonfuhren, sah er ihnen lange nach. Was hatten sie von Sandra gewollt? Warum war Gefahr in Verzug? Schließlich schüttelte er den Kopf und kehrte weiter den Gehsteig. Dabei ärgerte er sich über die vielen Birkenblätter, die der Wind vom gegenüberliegenden Grundstück auf seine Seite blies. Später würde er seiner Frau beim Nachmittagskaffee von dem Vorfall mit den Polizisten erzählen. Das würde sie sicherlich interessieren.

Nachdem die Kommissare die Wohnung von Sandy Deschamps verlassen vorgefunden hatten, machten sie sich eilig auf den Weg zum Campingplatz an der Nez de Jobourg, von dem Loïc erzählt hatte.

Der Nez de Jobourg lag auf der kleinen Halbinsel Cap de la Hague, dem äußersten Nordwestzipfel des Cotentin. In seiner exponierten Lage ragte er weit in den Ärmelkanal hinein und war den Stürmen ausgesetzt, die im Herbst und im Winter über die felsige Landschaft fegten. Heckengesäumte Weiden, Heide, Farne und Ginster bestimmten das Landschaftsbild. So rau das Klima auch war, wurde es doch vom Golfstrom beeinflusst, so dass hier Palmen, Kamelien und Mimosen gediehen.

Lagarde stoppte kurz am Kirchplatz der kleinen Ortschaft Jobourg, um nach dem Weg zu fragen. Ihr Weg führte sie weiter am höchsten Felsen der Region, dem *Rez de Blanchard* vorbei, und bald erreichten sie ihr Ziel. Zeit, den atemberaubenden Panoramablick über die Küste bis hin zur Kanalinsel Alderney, die wie ein gestrandeter Wal schemenhaft im Meer lag, zu genießen, hatten sie nicht.

Der Campingplatz befand sich auf einer Hochebene und war von Hecken umsäumt. Feinblättrige Hagebuttensträucher, dorniges Schlehengestrüpp und rankende Weißdornbäume wuchsen dicht an dicht. Alte Schirmpinien erhoben sich auf dem weitläufigen Areal. Im Hintergrund ersteckte sich der bleierne Ärmelkanal. Der Wind pfiff durch das Heidekraut und um bizarre Felsformationen. Landeinwärts wurde der Platz von einem Gatter begrenzt. Neben einem Granitsteinhäuschen befand sich ein Tor, das offen stand. Lagarde fuhr auf das Terrain und folgte einem Weg vorbei an einigen Wohnwagen. Aus einem Schornstein stieg Rauch empor. Neben der Behausung waren drei Motorräder aufgebockt, darunter eine Harley Davidson. In einem Fenster bewegte sich eine Gardine. Offenbar wurden sie beobachtet. Zu sehen war allerdings niemand. Hinter mannshohen Brombeerbüschen entdeckten sie einen weiteren Wohnwagen, der im Vergleich zu den anderen neu aussah. Davor stand ein Campingtisch, zwei Klappstühle, die Windböen umgeblasen hatten, lagen am Boden. Seitlich davon parkte ein schwarzer BMW X5 SUV mit den Initialen SD im Kennzeichen. »Volltreffer. Sie ist hier.« Lagarde stellte seinen Renault neben dem BMW ab. Die Kommissare stiegen aus und sahen sich aufmerksam um. Keine Menschenseele ließ sich blicken. Bis auf den heulenden Wind und das Krächzen der Saatkrähen war es still. Sie wechselten einen Blick. War das die Ruhe vor dem Sturm? Lagarde wies mit dem Kopf auf den Wohnwagen. »Wir gehen rein.« Mit gezogenen Waffen näherten sie sich der Eingangstür. Am Fenster duckten sie sich. Sie hatten keine Deckung und waren für einen Schützen ein leichtes Ziel. Nichts geschah. Mit der Faust klopfte Lagarde gegen die Tür. »Polizei«, rief er. »Édouard Claise! Wir wissen, dass Sie da drin sind. Wir sind bewaffnet. Kommen Sie mit erhobenen Händen heraus! Auf der Stelle!«

Sekunden verstrichen, nichts rührte sich. Als Lagarde gerade die Tür eintreten wollte, wurde sie geöffnet. Vor ihnen stand der französische Al Capone im Türrahmen. Breitschultrig, muskulös, die Haare zerzaust. Die Hände hatte er im Nacken verschränkt. Er war bis auf eine Boxershorts nackt und lächelte sie freundlich an. »Bonjour Messieurs. Bitte schießen Sie nicht, ich bin unbewaffnet.« Hinter ihm erschien die blonde Schönheit, die sie auf der Fototapete gesehen hatten. »Das stimmt, tun Sie ihm nichts.«

»Okay, gehen wir rein und reden«, entschied Cleroc. »Keine Tricks!« Zur Sicherheit legte er Éddie Handschellen an. »Sie sind verhaftet.« Allmählich beschlich ihn ein ungutes Gefühl. Das ging alles zu einfach.

Sandy Deschamps führte sie zur Sitzecke. Als sie Platz nahm, zog sie den Morgenmantel über ihren Brüsten zusammen. Die blonden Haare hatte sie zu einem Dutt gedreht. Sie war ungeschminkt und sah jung aus. Die Fingernägel waren purpurrot lackiert und mit Strasssteinen besetzt, die im Licht der Lampe funkelten. Ihre blauen Augen blickten unschuldig. Die Männer setzten sich zu ihr an den Tisch. »Darf ich Ihnen einen Mokka anbieten?«, fragte sie. Die Kommissare lehnten dankend ab.

»Sie haben mich tatsächlich gefunden«, stellte Claise mit ruhiger Stimme fest. »Respekt!« Dann wandte er sich an Cleroc. »Darf ich fragen, wer Ihr Begleiter ist?«

Lagarde stellte sich vor. Claise grinste. »Ein beeindruckendes Aufgebot, das muss ich schon sagen.«

Cleroc ergriff das Wort und erklärte dem Gangster, worum es ging. Er reagierte mit einem empörten Schnauben. »Halten Sie mich für einen Dilettanten? Jemanden von einer Klippe stoßen? Mit einem Kissen ersticken? Mit einer Rosenschere erstechen? Ich hätte euch einfach von einem meiner besten Männer erschießen lassen.«

Und an Cleroc gewandt. »Wenn ich gewollt hätte, dass Sie tot sind, wären Sie das jetzt. Das können Sie mir glauben.«

Sandy nickte bestätigend. Im Grunde musste Lagarde ihm zustimmen. Ein Profi agierte auf andere Weise. Es sei denn, er hatte sich für eine Verschleierungsstrategie entschieden. Claise fuhr fort zu argumentieren. »Wenn ich der Schuldige wäre, könnte ich es doch zugeben. Wegen des Polizistenmordes werde ich lebenslänglich einfahren. Ihnen brauche ich nicht zu erklären, dass die Anstiftung zu Mord genauso bestraft wird, als hätte man das Verbrechen selbst begangen. So what!«

Sandy zündete sich eine Zigarette an. Cleroc bemerkte, dass ihre Hände leicht zitterten. War sie nervös? Was hatten die beiden vor? Er kam zu dem Schluss, dass sie schleunigst hier wegmussten. »Wir werden Sie jetzt zur nächsten Polizeiwache fahren. Dort bleiben Sie in einer Zelle, bis Kollegen Sie zurück nach Lyon bringen. Was mit Madame Deschamps geschieht, muss ein Haftrichter entscheiden.« Er erhob sich. »Gehen wir.«

Als sie den Wohnwagen verließen, wurden sie von einer Gruppe von Rockern empfangen. Sie trugen schwarze Lederbekleidung, silberne Gliederketten und machten einen martialischen Eindruck. Lagarde zählte sieben Männer. Diese bildeten einen engen Kreis um sie. »Lassen Sie uns sofort durch«, verlangte er.

Ein Hüne mit breiten Schultern, einem grauen Pferdeschwanz und einem Piercing im Ohr, der einen brutalen Zug um den Mund aufwies, ergriff das Wort. Seine Stimme war erstaunlich hell. »Selbstverständlich, Messieurs les Commissaires. Wir haben nicht vor, Sie aufzuhalten.«

Im Kreis bildete sich neben Éddie eine schmale Lücke, durch die er blitzschnell hindurchschlüpfte. Sandy folgte ihm auf dem Fuß. Sofort schloss sich der Spalt. Lagarde sah, wie die beiden zu dem schwarzen BMW rannten. Der Wortführer grinste. »Hoffentlich halten Sie uns nicht für unhöflich. Aber wir wollen doch nur den berühmten Sonderermittler Philippe Lagarde aus der Nähe sehen. Wir haben schon so viel von Ihnen gehört.«

Der Motor des BMW startete, und Sandy fuhr mit quietschenden Reifen davon. Zurück blieb eine Staubwolke. Lagarde wurde wütend. »Ich sage es nicht noch einmal. Machen Sie uns Platz.«

Der Rocker versuchte ein liebenswürdiges Lächeln. »Sicher, wir wollen doch nicht Ihre Polizeiarbeit behindern. Einen schönen Tag noch.«

Die Männer wichen zurück. Die Kommissare stürzten zum Auto und nahmen die Verfolgung auf. Sandy fuhr in einigen Hundert Metern Entfernung durch das Gattertor vorbei am Granitsteinhäuschen und folgte daraufhin dem schmalen Schotterweg, der in Serpentinen nach Jobourg führte. Er war von Schlammlöchern und Feldsteinen übersät. Reifenspuren von Traktoren hatten sich tief in die Erde gegraben. Der BMW kam nur langsam vorwärts. Lagarde holte auf. In Jobourg angekommen, bog sie mit zu hoher Geschwindigkeit in die Hauptstraße ein, rammte den Bordstein, verfehlte knapp ein Verkehrsschild und geriet ins Schlingern. Kurz darauf hatte sie das Fahrzeug wieder im Griff. Am Kirchplatz überfuhr sie eine rote Ampel. Passanten sprangen erschrocken zurück auf den Gehsteig. Lagarde hupte und rast ebenfalls über die Kreuzung. Auf der Landstraße wurde der Abstand zwischen den beiden Fahrzeugen immer geringer. »Sie hat den Wagen noch nicht lange«, vermutete er. »Sie ist sehr unsicher und traut sich nicht, ihn auszufahren. Wenn sie es täte, hätten wir nicht die geringste Chance.«

Cleroc nickte.

Als sie den SUV erreicht hatten, und dessen Stoßstange sich etwa zwei Meter vor ihnen befand, setzte er zum Überholen an. Dann bremste er abrupt ab und scherte wieder ein, da linker Hand ein mit Kies beladenes Baustellenfahrzeug behäbig auf die Gegenspur einbog. Als der Laster endlich vorbei war, sagte er: »Ich überhole sie jetzt und bremse sie aus.« Er trat auf das Gaspedal. Doch der Renault reagierte nicht. Stattdessen verlor er an Geschwindigkeit und rollte langsam aus. Lagarde lenkte ihn auf den Seitenstreifen. Kurz darauf verschwand der BMW hinter der nächsten Kurve.

»Was ist los?«, wollte Cleroc wissen.

Lagarde warf einen Blick auf die Tankuhr. »Wir haben kein Benzin mehr.«

»Was?«

»Ich habe das Auto gestern vollgetankt. Die Rocker müssen das Benzin abgesaugt haben, als wir uns im Wohnwagen aufhielten. Mein Tankschloss ist kaputt. So war es für sie kein Problem.«

Cleroc hieb mit der Faust auf das Armaturenbrett. »Verdammt noch mal! Dieser Rockerclub hat uns ausgetrickst. Das gibt es doch nicht. Wir hätten sie um ein Haar gehabt.«

»Sie haben uns von den Wohnwagen aus gesehen und Claise telefonisch informiert. Dabei haben sie den Fluchtplan festgelegt. Er wusste, dass wir kommen.«

»Was machen wir jetzt?«

Lagarde zog sein Mobiltelefon aus der Hemdtasche. »Ich werde in Cherbourg anrufen und die Kollegen über die Flucht informieren. Wahrscheinlich wird das Pärchen versuchen, Frankreich so schnell

wie möglich zu verlassen. Jetzt sind alle hinter ihnen
her.«

»Oder sie kriechen irgendwo unter.«

»Das wird nicht einfach. Morgen werden ihre Steck-
briefe in allen Zeitungen veröffentlicht. Das Netz
zieht sich zusammen.«

»Die Großfahndung läuft sowieso.«

»Ja.«

Auf einmal ertönte ein lautes Motorengeräusch hinter ihnen, dann verstummte es. Im Rückspiegel sah
Lagarde, wie ein Mann von seinem Traktor kletterte
und auf die Fahrertür zuging. Er stieg aus.

»Gibt es ein Problem?«, fragte der Bauer.

»Wir brauchen Benzin.«

»Diesel?«

»Ja.«

»Sie haben Glück, Messieurs. Auf meinem Anhänger steht ein voller Kanister.«

Odette hatte die Kommissare um zwanzig Uhr zum
Dîner in ihr Restaurant *Mirabelle* eingeladen. Sie hatten sich schick gemacht und trugen beide einen eleganten Anzug, Hemd und Krawatte. Als sie die schwere
Eichentür des ehemaligen Schafstalles öffneten, emp-
fing sie wohlige Wärme. Im Kamin war ein Feuer ent-
facht worden, das schwefelgelb loderte. Darüber hing
ein goldgerahmtes Ölgemälde der Bucht des Mont-

Saint-Michel, in der sich das sakrale Monument majestätisch erhob. Lagarde hatte es ihr zu ihrem Jahrestag geschenkt. Die meisten Tische waren besetzt, und es herrschte eine heitere Atmosphäre im Speiseraum. Der Tisch neben dem Kamin war für sie reserviert und festlich eingedeckt. Schon erschien Gérard, der Oberkellner, im schwarzen Anzug mit Weste und weinroter Fliege, und nahm sie in Empfang. »Bonsoir, Philippe, bonsoir Ludovic. Schön, dass ihr da seid. Nehmt bitte Platz. Die Chefin wird gleich kommen, sie hat noch in der Küche zu tun. Was darf ich euch bringen?«

Sie bestellten zwei Kronenbourg. Gérard nickte. »Eiskalt, wie immer?«

»Ja, bitte«, erwiderte Lagarde.

Während sie den ersten Schluck ihres Bieres genossen, kam Odette zu ihnen an den Tisch. Sie trug ein weißes, golddurchwirktes Kleid und goldene Kreolen. Die Augenlider glitzerten im gleichen Farbton, die Lippen waren erdbeerrot geschminkt. Ihre Haare hatte sie zu einem Zopf geflochten. Lagarde fand, dass sie hinreißend aussah. Sie schenkte ihnen ihr schönstes Lächeln und tauschte mit Ludovic Wangenküsschen. Lagarde und sie küssten sich. Odette ließ sich von Gérard ein Glas Champagner bringen, dann stießen sie auf einen schönen Abend an. »Habt ihr Hunger?«, erkundigte sie sich. Beide nickten. »Und wie«, meinte ihr Verlobter.

»Schön! Ich war heute Morgen in der Markthalle und habe fangfrischen Hummer gekauft. Also schlage ich folgendes Menü vor:

Flambierter Hummer als Vorspeise, Wolfsbarsch an Fenchel als Hauptgang und Mirabellentarte mit Vanilleeis und Zimthäubchen zum Dessert. Dazu empfehle ich einen weißen Châteauneuf-du-Pape von den Lagen der südlichen Rhône.«

Ludovic verdrehte entzückt die Augen.

»Das hört sich großartig an«, sagte Lagarde.

Während sie den ersten Gang genossen, erzählte Odette von ihrem Tag. »In der Markthalle habe ich Sébastien getroffen. Er hat mich zu einem Mokka eingeladen.«

Cleroc bemerkte, dass sein Freund die Stirn runzelte. Unbefangen redete sie weiter. »Er will im Leuchtturm in Ruhe an seinem neuen Roman arbeiten. Um was es dabei geht, verrät er nicht. Er hat nur angedeutet, dass er ein persönliches Erlebnis verarbeiten muss.« Nachdenklich trank sie einen Schluck Wein. »Es geht bestimmt um den Verlust seines Sohnes David. Der Mann kann einem wirklich leidtun.«

Dann wandte sie sich wieder ihren Gästen zu. »Was habt ihr heute gemacht? Seid ihr mit euren Ermittlungen weitergekommen?«

Cleroc trank sein Glas leer. »Wir haben den geflohenen Drogenboss Édouard Claise an der Nez de Jobourg aufgespürt.«

»Toll!«

»Nein, leider nicht, es ist ihm gelungen, mit seiner Geliebten zu flüchten.« Ausführlich schilderte er die dramatischen Ereignisse.

Odette schüttelte ungläubig den Kopf. »Was für eine Geschichte. Wie bei Bonny und Clyde. Ihr werdet das Pärchen schon noch finden.«

Dann unterhielten sie sich darüber, wie es Suzette und den Zwillingen in Deauville erging. Ihre Eltern hatten schon wieder begonnen, sich in die Erziehung der Kinder einzumischen. Der Rechtsreferendar Pierre hatte einen Bock geschossen. Clerocs Ehefrau wurde immer gereizter und zog es in Erwägung, den Aufenthalt vorzeitig abzubrechen. Er hatte sie überreden können, noch ein Weilchen auszuharren.

Beim Dessert, das alle Erwartungen übertraf, klingelte Lagardes Mobiltelefon. Er entschuldigte sich und nahm das Gespräch entgegen. Aufmerksam hörte er zu. Nachdem er das Telefonat beendet hatte, erzählte er, was geschehen war. »Sandy Deschamps und Éddie Claise sind am Flughafen Paris-Charles-de-Gaulle verhaftet worden. Sie hatten bereits mit gefälschten Pässen die Sicherheitskontrollen passiert und befanden sich an Bord der Maschine. Eine aufmerksame Stewardess hat ihn trotz blond gefärbter

Haare und einer getönten Brille anhand der Fahndungsfotos erkannt und die Security gerufen. Sie hatten Tickets für einen Flug nach Lissabon und weiter nach Rio de Janeiro.«

»Bingo«, freute sich Cleroc.

»Trotzdem wissen wir immer noch nicht, wer für die Anschläge auf dich und den Mord an der Richterin verantwortlich ist.«

»Claise!«

»Ich weiß nicht.«

»Wer soll es denn sonst gewesen sein?«

Nachdem sie zum Abschluss des Menüs einen Mokka und einen Calvados getrunken hatten, brachen sie auf. Bedauernd wandte sich Lagarde an Odette. »Ich kann heute leider nicht bei dir übernachten. Ich möchte auf keinen Fall, dass Ludovic alleine in meinem Haus schläft. Das ist viel zu gefährlich.«

Cleroc bemerkte die Enttäuschung in Odettes Gesicht. »Sei nicht albern, Philippe. Natürlich kann ich das. Ich bin schon ein großer Junge.«

»Nein. Ich würde es mir nie verzeihen, wenn dir etwas zustößt.«

»Okay, dann schlafe ich hier in einem der Gästezimmer, wenn Odette damit einverstanden ist.«

»Das ist eine gute Idee. Bonne Nuit, Ludovic.«

In Odettes Küche angelangt, holte sie den Champagner aus dem Kühlschrank und Sektflöten aus der

Vitrine. »Ich gehe noch kurz ins Bad, wartest du im Schlafzimmer auf mich?«

»Nein.«

Überrascht sah sie ihn aus großen Augen an. »Nein? Kein Feuerwerk?«

»Doch, hier.« Er streifte ihr das Kleid über den Kopf und hob sie auf die Arbeitsplatte. »Oh, halterlose Strümpfe«, flüsterte er ihr ins Ohr. »Sexy!«

SIEBTER TAG
DIE ALTE EICHE VON GATTEVILLE-LE-PHARE

Durch das Dorf Gatteville-le-Phare, das südlich der beiden Leuchttürme lag, blies ein scharfer Westwind, der den Nieselregen vor sich her trieb. Im kleinen Hafen, der von einer steinernen, algenüberzogenen Mole begrenzt wurde, waren die Fischerboote auf die Seite gekippt und lagen im Schlick. Dahinter erhoben sich Schirmpinien, deren Fächer von Böen zerzaust wurden. Vom Platz aus, an dem die Seefahrerkapelle stand, ging eine Kopfsteinpflastergasse ab, an der sich Granitsteinhäuser reihten. Ein Gebäude sah verlassen aus. Die Fensterläden waren geschlossen, auf dem Dach fehlten einige Schieferplatten, aus dem Kamin war ein Backstein herausgebrochen, und der Vorgarten wurde von Efeu und Gestrüpp überwuchert. Das Haus daneben verfügte über Sprossenfenster und weiße Klappläden. Auf dem Dach befand sich eine Gaube. Zu der rubinrot lackierten Haustür führte ein gepflasterter Weg durch einen gepflegten Garten, in dem die Früchte der Pfaffenhütchen orangerot leuchteten.

Im Schlafzimmer im ersten Stock stand Élena Marcon vor ihrem Kleiderschrank und zog sich um. Die fünfunddreißigjährige schlanke Frau mit dem ausdrucksvollen Gesicht und den langen schwarzen Haaren schlüpfte in Jeans und einen grünen Rollkragenpullover. In einer knappen Stunde, um zwölf Uhr, begann ihre Schicht in einem Einkaufsmarkt in Barfleur, in dem sie als Kassiererin arbeitete. Es war Zeit, sich auf den Weg zu machen. Ihr Chef legte großen Wert auf Pünktlichkeit, und sie wollte vor Dienstbeginn in der Bäckerei, die sich direkt neben dem Lebensmittelgeschäft befand, noch einen Kaffee mit ihrer Freundin Claudine trinken und sich die Sorgen von der Seele reden.

Über die knarzende Holztreppe ging sie in das Erdgeschoss und weiter in die Küche, wo sie ihren Mann André vermutete. Als sie ihn dort nicht fand, lief sie weiter zum Salon, öffnete die Tür und warf einen Blick hinein. Er saß in Trainingshose und Unterhemd, das sich über seinem Bauch spannte, auf dem Sofa. Vor ihm auf dem Tisch stand eine Flasche Bier, und im Fernsehen lief ein Rugbyspiel in ohrenbetäubender Lautstärke. André war so sehr in das Geschehen vertieft, dass er sie zunächst gar nicht bemerkte. Den mittelgroßen Mann mit den schmalen Schultern, den dunklen Haaren und dem schwarzen Bart hatte sie vor Jahren attraktiv und liebenswert gefunden. Inzwischen verabscheute sie ihn. Er war selbstständiger Maurer und Verputzer und hatte sich seit Monaten um keine Aufträge mehr bemüht. Stattdessen klagte er über Schmerzen im linken Knie, weigerte sich jedoch, sich einer Operation zu unterziehen. Die Schmerzen hielten ihn nicht davon ab, jeden Abend die Dorfkneipe aufzusuchen und nach Mitternacht betrunken nach Hause zu kommen, während sie sich in ihrem Bett schlaflos von einer Seite auf die andere wälzte. Er schlief auf dem Sofa. Sie lebten von ihrem Einkommen, das vorne und hinten nicht reichte. Eine dringend erforderliche Dachreparatur wurde wieder und wieder verschoben.

»André!«

Erschrocken fuhr er zusammen und sah sie aus rotgeäderten Augen müde an. »Mon Dieu, hast du mich erschreckt! Was ist denn? Das Spiel ist gerade so spannend.«

»Ich muss gehen, mein Dienst beginnt bald. Ich habe heute die lange Schicht bis zwanzig Uhr. Kannst du dich bitte um das Abendessen kümmern? Du brauchst nur die Kasserolle mit den Käsemakkaroni in den Backofen zu schieben und den Salat anmachen.«

Er hörte nur mit halbem Ohr zu und starrte gebannt auf den Bildschirm. »Ja, sicher.«

Sie wusste schon jetzt, dass sie das Haus kalt und leer vorfinden und einsam am Küchentisch eine

Scheibe Brot essen würde. »Kann ich das Auto nehmen? Es regnet.«

»Das geht leider nicht. Ich will später einen Kunden in Saint-Pierre-Église besuchen, der sein Haus renovieren lassen möchte. Wenn ich den Auftrag bekomme, können wir endlich das Dach in Ordnung bringen lassen.«

Es war ihr klar, dass er log.

»Salut, André.«

»Salut.«

Im Flur zog sie eine Regenjacke über und machte sich auf den Weg in die Garage, wo ihr himmelblauer Roller stand. Sie setzte den Helm auf, startete den Motor und fuhr aus dem Hof. Wie immer nahm sie nicht die Hauptstraße, die in einem Bogen nach Barfleur führte, sondern eine Abkürzung. Regentropfen benetzten ihr Gesicht, die Wangen wurden kalt, ihre Haare flatterten im Wind. Sie ärgerte sich, dass sie die Handschuhe vergessen hatte. Mit eisigen Fingern umklammerte sie die Griffe des Lenkers. Auf einem gepflasterten Flurbereinigungsweg fuhr sie den Hügel hinab, vorbei am örtlichen Friedhof, über den Nebelschwaden zogen. Gegenüber erhob sich ein Bauerngehöft, auf dessen Hof eine Schar Hühner herumpickte. Weiter passierte sie knorrige Sauerkirschbäume, Weißdornhecken, dann ein Maisfeld. Sie gab Gas. Als sie auf eine Landstraße zufuhr, die sie überqueren wollte, zog sie die Bremse. Doch nichts geschah. Nervös versuchte sie es erneut. Die Bremsen reagierten nicht, der Roller beschleunigte. Sie raste mit mindestens sechzig Stundenkilometern über die Straße, erleichtert, dass kein Fahrzeug ihren Weg kreuzte. Sie war zu schnell, um auf die Landstraße abzubiegen und ihr Gefährt ausrollen zu lassen. Der Hügel schien kein Ende nehmen zu wollen. In Panik betätigte sie erneut die Bremsen. Sie funktionierten nicht. Tausend Gedanken überschlugen sich in ihrem Kopf. Was sollte sie tun? Sie hatte entsetzliche Angst und wollte nicht sterben. Vor einer alten Eiche, die sich am Wegrand erhob, verriss sie den Lenker. Als sie gegen den Baumstamm prallte, hob es sie aus dem Sitz, und sie knallte mit dem Körper und dem Kopf gegen die harte kalte Rinde. Im Bruchteil einer Sekunde stürzte sie auf den Boden und rührte sich nicht mehr. Der Roller überschlug sich und blieb nach einigen Metern auf der Wiese liegen. Der Bauer Hubert, der von einem Fenster aus den schrecklichen Unfall beobachtet hatte, rannte gefolgt von seiner Frau Sophie aus dem Haus zur Unglücksstelle. Dabei setzte er hektisch einen Notruf ab. Als er atemlos das Opfer erreichte, das mit verdrehten Gliedern auf der nassen Erde lag, kniete er sich neben die Frau und tastete mit zitternden Fingern nach ihrem Puls. Dabei betete er, dass sie noch am Leben sein möge. »Kannst du etwas fühlen?«, fragte Sophie mit vor Schreck geweiteten Augen. Dann ging sie neben ihm in die Hocke und griff vorsichtig nach der kalten Hand der jungen Frau. »Bitte Élena«, flehte sie. »Bitte bleiben Sie bei uns! Halten Sie durch! Der Notarzt wird gleich hier sein.«

Hubert und sie tauschten einen Blick. Der Bauer war kalkweiß im Gesicht und schüttelte den Kopf. »Ich kann keinen Puls feststellen.«

Während sie weiter beruhigend auf das leblose Opfer einredete, hörten sie in der Ferne die Sirene des Rettungswagens, der sich rasch näherte.

»Wir sind keinen Schritt weitergekommen«, stellte Cleroc verärgert fest, klappte sein Notizbuch zu und trank einen Schluck Kaffee. Lagarde nickte zustimmend. Die Kommissare saßen in seinem Arbeitszimmer und hatten sämtliche Unterlagen und Aufzeichnungen noch einmal durchgearbeitet, ohne einen neuen Ansatzpunkt zu finden. »Im Moment kommen wir nicht weiter. Das wird sich bestimmt bald ändern. Was hältst du davon, mit dem Boot rauszufahren und uns den Wind um die Nase wehen zu lassen? Wir angeln Makrelen und braten sie heute Abend auf dem offenen Feuer. Dazu ein kaltes Bier.«

Cleroc sah nicht gerade begeistert aus.

»Was ist los, Ludovic? Hast du Schmerzen?«

»Nein. Alles gut!« Er wackelte mit den Fingern der linken Hand. »Morgen kommt der Gips weg und die Krücken brauche ich auch nicht mehr.«

»Das sind gute Nachrichten.«

Ludovic seufzte. »Als vorhin der Postbote klingelte, um ein Päckchen für dich abzugeben, bin ich zusammengefahren wie ein altes Mütterchen. Ich werde langsam paranoid.«

»Das ist nach zwei Mordversuchen kein Wunder.«

Als Clerocs Mobiltelefon klingelte, nahm er den Anruf entgegen, erleichtert, dass es nicht seine Frau war, die langsam die Nerven verlor. Als sich die Gendarmerie von Barfleur meldete, stellte er auf laut. »Bonjour, Ludovic«, sagte Valérie. »Auf der Kreuzung des Küstenweges und der Straße nach Saint-Pierre-Église hat sich ein Unfall ereignet. Eine Frau ist mit ihrem Roller gegen einen Baum gefahren. Wir waren zufällig in der Nähe. Der Notarzt ist unterwegs.«

Cleroc war verwundert. »Warum informiert ihr mich bei einem Unfall?«

»Wir haben in der Tasche der verunglückten Frau deren Ausweis gefunden. Es handelt sich um Élena Marcon. Wir dachten, es würde euch interessieren.«

Cleroc verschlug es für einen Augenblick die Sprache. Sein Gesicht wurde weiß wie die Wand. Dann hatte er sich wieder im Griff. »Wir kommen in ein paar Minuten. Wartet auf uns!« Er beendete das Gespräch und sprang auf. »Komm, Philippe. Wir müssen nach Gatteville-le-Phare.«

»Was ist denn los?«

»Das erkläre ich dir später.«

An der Unfallstelle war neben der Gendarmerie von Barfleur inzwischen auch ein Rettungswagen eingetroffen. Die Polizisten Valérie und Alain hatten den Ort des Geschehens mit weiß-roten Absperrbändern gesichert. Dahinter standen einige Schaulustige im Regen. Lagarde parkte am Straßenrand, die Kommissare stiegen aus und gingen zu der Eiche, wo die Frau auf dem Boden lag.

Die Notärztin kniete neben dem Opfer und überprüfte gerade die Vitalfunktionen. Als sie die Kommissare bemerkte, sah sie kurz auf und begrüßte sie. Sie kannten sich vom Sehen. Dann stand sie auf und verkündete mit ernster Miene: »Die Frau ist tot. Wir können leider nichts mehr für sie tun.«

»Wir lassen den Leichnam in das Rechtsmedizinische Institut von Cherbourg bringen«, erwiderte Lagarde. »Der Roller kommt in die Werkstatt der Kriminaltechnik. Er muss untersucht werden.«

»Alles klar, dann fahren wir wieder.«

»Salut.«

Die Kommissare warfen einen letzten Blick auf die junge Frau. Sie hatte rosige Wangen, ihre Augen waren geschlossen. Sie sah aus, als ob sie schliefe. Ihr Helm hatte standgehalten, aber er wies eine tiefe Schramme über der Stirn auf. Dann gingen sie zu der Gruppe hinter dem Absperrband, stellten sich vor und zeigten ihre Dienstausweise. »Ist die Kleine tot?«, wollte Hubert wissen. »Ja«, antwortete Cleroc. Hubert war schockiert. Sophies Augen füllten sich mit Tränen.

»Haben Sie die Frau gekannt?« Die Bäuerin nickte. »Es ist Élena Marcon. Wir kennen uns im Dorf, zumindest vom Sehen.«

»Können Sie etwas über den Unfallhergang berichten?«, fragte er. »Wie ist dieses Unglück passiert?«

»Ich stand im Hof und habe die Hühner gefüttert, als sie vorbeikam. Sie fuhr ziemlich schnell, obwohl die Straße nass war.«

Ihr Mann fiel ihr ins Wort. »Sie hat nicht gebremst, sie war viel zu schnell, sie hätte bremsen müssen, aber sie hat es nicht getan.«

Eine Frau in einem elektrischen Rollstuhl, die einen kleinen Mischlingshund in einem roten Zopfpullover an der Leine hielt, meldete sich zu Wort. »Ich war mit Doudou oberhalb des Friedhofes in dem Pappelwäldchen unterwegs. Von dort aus habe ich sie gesehen. Sie war flott unterwegs, wie immer.«

»Ich habe den Unfall beobachtet«, rief ein bärtiger Hüne, der an seinem Lastwagen lehnte. »Ich fuhr auf der Landstraße, sie kam von rechts.« Er wies mit dem Kopf auf den Friedhofsweg. »Obwohl sie Vorfahrt achten hatte, hat sie nicht einmal abgebremst, sie ist einfach über die Straße gerast. Kurz vor der Eiche hat sie die Kontrolle über ihren Roller verloren und ist auf den Baum geprallt. Der Anblick war schrecklich, um ein Haar wäre ich im Straßengraben gelandet.«

Die Kommissare bedankten sich und warteten an der Unfallstelle, bis Élena Marcon und ihr Roller abtransportiert worden waren. Die Dorfbewohner machten sich auf den Heimweg.

Schließlich standen die Kommissare alleine neben der alten Eiche, an der nicht einmal ein Kratzer, sondern nur kleine himmelblaue Lackreste zu sehen waren.

»Bekomme ich jetzt eine Erklärung?«, fragte Lagarde.

»Komm mit, ich zeige dir etwas.«

Gemeinsam stiegen sie den Hügel hinauf. Am Friedhof angelangt, schritten sie durch das offen stehende, mit Ornamenten verzierte Eisentor und passierten die Aussegnungskapelle, die über ein schlichtes Kreuz auf dem Dachfirst verfügte. An der Fassade rankten Wildrosen empor. Die Kommissare gingen den Hauptweg entlang, dann bogen sie links ab. Nach wenigen Metern blieb Cleroc vor einem Grab stehen, das sich unter einer Linde befand. Darauf erhob sich ein steinernes Kreuz mit gemeißelter Inschrift:

Charline Lebreton
geboren 2. März 1987
gestorben 11. April 2021
Gott sei deiner Seele gnädig

Es gab kein Bild der toten Frau. Neben dem Kreuz wuchs ein Thuja-Bäumchen, ansonsten gab es nur dunkle schwere Erde. Auf der Linde saß eine Krähe, die sie beobachtete. Von den Blättern tropfte Regen. Böen bliesen über den Hügel. Hinter den Dünen erstreckte sich der Ozean eisengrau bis zum dunstigen Horizont.

Cleroc schluckte. »Charline hat sich in der Haftanstalt von Cherbourg das Leben genommen«, erzählte er mit leiser Stimme. »Sie hat sich in ihrer Zelle erhängt. Ein Wärter hat sie gefunden, als es schon viel zu spät war, um ihr zu helfen. Diese Nachricht wurde nicht in den Medien veröffentlicht. Nur Insider wurden informiert. Über Selbstmörder wird in der Öffentlichkeit nicht berichtet, damit es nicht zu Nachahmungstaten kommt.«

»Weshalb war sie im Gefängnis?«

»Vier Jahre vor ihrem Selbstmord wurde sie wegen Mordes an ihrem Ehemann Joseph zu einer lebenslangen Freiheitsstrafe verurteilt. Sie wurde beschuldigt, Joseph mit einem Hammer oder einem ähnlichen Gegenstand erschlagen zu haben. Die Tatwaffe wurde allerdings nie gefunden. Zunächst jedoch ging man von einem Raubmord aus. Die Terrassentür war aufgebrochen worden, und es fehlten Schmuck und Bargeld. Doch dann platzte die Bombe. Der Staatsanwalt präsentierte eine Zeugin, die Nachbarin, die unter Eid aussagte, vom Garten aus durch das Panoramafenster des Wohnzimmers gesehen zu haben, wie Charline ihren Ehemann erschlagen hat. Charline versicherte vor Gericht, dass die Zeugin lügt. Sie würde diese Falschaussage aus Rache machen, weil Charline ihr Joseph ausgespannt hatte. Er hatte vorher eine Beziehung mit der Zeugin. Die sensationsgierige Presse überschlug sich während des Prozesses mit der Berichterstattung. Das rief einen renommierten Rechtsanwalt, Benjamin Thénet, auf den Plan, der die Verteidigung übernehmen wollte, weil er sich davon Prestige und Ansehen versprach. Charline hätte sich diesen Anwalt niemals leisten können, doch er verteidigte sie für einen geringen Obolus. Wie gesagt, er hatte sein Image im Blick und war sich absolut sicher, dass er den Prozess gewinnen würde.«

»Dem war aber nicht so.«

»Nein. Richterin Édith Darrousin verurteilte sie zu lebenslanger Haft. Das war wie ein Paukenschlag. Damit hatte niemand gerechnet. Außer der Zeugin, die ein Motiv hatte, die Angeklagte zu belasten, gab es keinerlei Beweise. Nichts. Charline brach im Gerichtssaal zusammen. Ihr Anwalt war empört und ging in Berufung, scheiterte jedoch.«

»Du warst der leitende Ermittler?«

»Ja. Ich muss sagen, dass ich über das Urteil nicht glücklich war. Ich hatte zu viele Zweifel. Ich traute ihr eine so brutale Tat einfach nicht zu. Als sie sich das Leben genommen hatte, wurde ich von der Gefängnisleitung darüber informiert. Sie wurde in aller Stille beigesetzt. Ich habe an der Beerdigung teilgenommen. Das war eine sehr traurige Veranstaltung. Eine junge Frau wurde begraben, die so verzweifelt war, dass sie nicht mehr leben wollte. Nur der Pfarrer und eine Handvoll Leute waren da.«

»Lass mich raten. Die Zeugin war Élena Marcon.«

»So ist es.«

»Mon Dieu!«

Das Haus der Eheleute Élena und André Marcon befand sich in der Ruelle des Roses Nummer 4. Die Kommissare parkten vor dem Zaun und gingen über den Plattenweg zur Haustür. Cleroc klingelte. Nichts geschah. Daraufhin drückte er mehrere Sekunden auf den Knopf. Wieder nichts. Schließlich klopfte er mit der Faust gegen die Tür. »Monsieur Marcon, hier ist die Polizei. Wir müssen mit Ihnen reden. Bitte machen Sie auf.«

Mit einem Ruck wurde die Tür aufgerissen. Vor ihnen stand André Marcon, das Gesicht rot vor Zorn. Das schüttere Haar stand in alle Richtungen vom Kopf ab, der Bart war ungepflegt und zerzaust. »Was wollen Sie? Kann man nicht einmal im Leben ein Rugbyspiel in Ruhe ansehen?«

Cleroc roch seine Bierfahne, in die sich Whisky mischte. Er war erschrocken über das Aussehen von Marcon. Vor vier Jahren war er ein gut aussehender Mann gewesen, jetzt überzog eine ungesunde Blässe sein Gesicht, das zwischen Nase und Mund bereits tiefe Falten aufwies. Der einst vor Kraft strotzende Mann war nur noch ein Schatten seiner selbst. Cleroc zog seinen Dienstausweis aus der Hemdtasche und hielt ihn hoch. Marcon stutzte. »Monsieur le Commissaire! Entschuldigen Sie. Ich habe Sie nicht gleich wiedererkannt. Diese ganze schreckliche Geschichte ist schon so lange her. Worüber wollen Sie mit mir reden? Was ist los?«

»Nicht an der Tür. Lassen Sie uns bitte ins Haus gehen. Mein Kollege, Commissaire Lagarde, und ich müssen dringend mit Ihnen sprechen.«

»Können wir es nicht kurz machen? Das Spiel dauert noch ein paar Minuten, ich will es zu Ende schauen. Meine Mannschaft liegt vorne.«

Cleroc sah ihn eindringlich an. »Bitte, Monsieur Marcon. Es ist wirklich wichtig.«

Genervt seufzte er. »Also gut. Kommen Sie rein.«

Er führte sie in die Küche und setzte sich auf einen Stuhl. Mit der Hand fuhr er sich durch die Haare. Die Kommissare nahmen auf der Eckbank Platz.

»Was gibt es denn so Dringendes?«, wollte er wissen.

»Es tut mir sehr leid, Monsieur Marcon«, begann Cleroc. »Ihre Frau ist heute am späten Vormittag mit ihrem Roller verunglückt. Am Ortsausgang ist sie gegen die alte Eiche gefahren.«

Marcon sah ihn ungläubig an.

»Sie ist noch am Unfallort ihren Verletzungen erlegen. Mein aufrichtiges Beileid!«

Der Mann begann am ganzen Körper zu zittern. »Nein, das kann nicht sein.«

»Es ist leider doch so.«

»Aber … ich verstehe das nicht. Wie konnte das passieren? Sie ist eine routinierte Rollerfahrerin. Élena hat ihr Gefährt im Griff.«

Lagarde ergriff das Wort. »Der Unfallhergang ist unklar. Zeugen haben beobachtet, dass sie sehr schnell gefahren ist. Die Straße war nass vom Regen. Der Roller wird in der Werkstatt der Kriminaltechnik auf seine Fahrtüchtigkeit untersucht.«

»Wo ist sie jetzt?«

»Sie wird gerade in die Gerichtsmedizin nach Cherbourg gebracht. Dort können Sie sich von ihr verabschieden, wenn die Untersuchungen abgeschlossen sind.«

Sein Blick war starr. Die Augen fixierten einen Punkt an der Wand. Sie drückten absolute Trostlosigkeit aus. »Sie kommt nie mehr zu mir nach Hause?«

»Nein, Monsieur Marcon.«

Er presste die Hand auf seinen Mund, die Augen glänzten feucht. »Lassen Sie mich bitte alleine.«

»Sollen wir für Sie jemanden verständigen, der sich um Sie kümmert?«

»Nein, ich will niemanden sehen. Gehen Sie bitte.«

»Wie Sie wollen. Wir melden uns bei Ihnen, wenn es Neuigkeiten gibt. Au revoir, Monsieur Marcon. Wir finden alleine hinaus.«

Nachdem die Kommissare das Haus verlassen hatten, schleppte sich der Mann in den Salon und sank in einen Sessel. Dann füllte er sein Glas bis zum Rand mit Whisky und trank es in einem Zug leer. Dabei lief ihm die bernsteinfarbene Flüssigkeit über das Kinn. Mit zitternden Fingern zündete er sich eine Zigarette an. Unvermittelt packte er die Bierflasche und schleuderte sie gegen den Bildschirm.

Als sie neben ihrem Fahrzeug standen, zeigte Cleroc auf das Gebäude auf der linken Seite. »Dort haben Joseph und Charline Lebreton gelebt. Seit dem Verbrechen steht es leer. Damals hat im Garten der Marcons ein Ortstermin des Gerichts stattgefunden. Komm mit, ich zeige es dir.«

Sie folgten dem Pfad durch den verwilderten Garten, der um das Granitsteinhaus herumführte. Dann standen sie neben der Terrasse im kniehohen Gras einer Bauernwiese. Ein bogenförmiges Rosenspalier aus Holz war umgekippt und lag auf der Erde. Die Blumen, die vor dem Zaun gepflanzt worden waren, waren verrottet. Cleroc deutete auf den Geräteschuppen im Garten des Ehepaars Marcon. »Dort hatten wir uns damals zum Ortstermin versammelt: Richterin Darrousin, der Staatsanwalt, der Verteidiger Thénet, Élena Marcon und ich. Ihr Mann hat uns durch ein Fenster beobachtet. Es war ein bitterkalter regnerischer Apriltag. Madame Marcon schilderte die Ereignisse, die sie am Tag des Verbrechens beobachtet hatte. Sie stand damals neben dem Geräteschuppen und wollte Wäsche aufhängen, als ihr Blick zufällig auf das Haus der Lebretons fiel. Durch das Panoramafenster des Salons konnte sie sehen, wie Charline Joseph mit einem hammerähnlichen Gegenstand erschlug. Sie hat einmal mit voller Wucht zugeschlagen, und er stürzte. Charline verschwand aus ihrem Blickfeld.«

»Wenn sie sofort die Polizei gerufen hätte, hätte man doch Madame Lebreton noch am Ort des Verbrechens mit der Tatwaffe vorfinden müssen.«

»Sie hat die Polizei nicht verständigt. Erst viel später hat sie vor Gericht ihre Aussage gemacht, die Charline ins Gefängnis brachte.«

»Hat sie erklärt, warum sie so lange gewartet hat?«

»Sie wollte ihre Nachbarin nicht verraten, weil ihr selbstverständlich klar war, welche verheerenden Konsequenzen das für sie haben würde. Endlose Jahre hinter Gefängnismauern warteten auf sie. Aber dann hat sie ihr schlechtes Gewissen geplagt, und sie hat sich entschieden, die Wahrheit zu sagen. Außerdem war das Opfer Joseph, mit dem sie einmal eine Beziehung hatte. Sie sei es ihm schuldig, hat sie gesagt.«

»Das ist eine verworrene Geschichte. Irgendwie ist sie nicht ganz schlüssig.«

»Ich weiß, was du meinst. Ich zeige dir noch etwas.«

Über eine Treppe stiegen sie auf die Terrasse. Cleroc wies auf den Rahmen der Glastür, der beschädigt war. »Das sind Einbruchspuren. Jemand hat mit einem Brecheisen die Tür aufgehebelt.«

Lagarde nickte. »So sieht es aus.« Nachdenklich rieb er sich das Kinn. »Dann hat Madame Lebreton den Einbruch vorgetäuscht und den Schmuck sowie das Bargeld verschwinden lassen. Zeit hatte sie ja genug.«

»So sah es damals das Gericht.«

»Sie hat das Szenario eines Raubüberfalles inszeniert und dann die Polizei verständigt.«

»Ja.«

»Wenn das stimmt, wo sind der Hammer, das Brecheisen, der Schmuck und das Geld?«

»Das Haus wurde von der Spurensicherung von oben bis unten auf den Kopf gestellt. Sie haben nichts gefunden.«

»Was, wenn der Mörder die Sachen mitgenommen hat?«

»Diese Frage habe ich mir damals auch gestellt.«

»Ein Justizirrtum?«

»Ich weiß es nicht.«

Jenseits des Zauns verlief ein Pfad, dahinter erstreckten sich Wiesen und Ackerland bis zu einem Pappelwald. Auf einmal rannte ein kleiner Hund in einem roten Pullover vorbei, der begann, blitzschnell über einen Graben hin und her zu springen. »Doudou«, rief eine Frauenstimme. »Komm sofort zu Frauchen, du ungezogener Schlingel!«

Dann näherte sich die Frau in dem elektrischen Rollstuhl, die sie bereits an der Unfallstelle gesehen hatten. »Doudou, komm jetzt.« Der Hund gehorchte und sauste zu ihr. Sie tätschelte seinen Kopf und leinte ihn an. »Braves Hündchen.« Der Mischling bekam eine Leckerei. Dann bemerkte sie die Kommissare auf der Terrasse. »Bonjour, Messieurs les Commissaires.«

Die Männer grüßten zurück.

»Sie sehen ganz verfroren aus. Darf ich Sie in meinem Haus zu einer schönen heißen Tasse Kaffee einladen? Ich muss sowieso mit Ihnen sprechen.«

Sie nahmen die Einladung gerne an. Durch die Gartenpforte gelangten sie auf den Weg und begleiteten die Frau zu ihrem Haus, das rechts neben dem der Marcons lag. Sie fuhr über eine Rampe und schloss die Haustür auf. »Kommen Sie, gehen wir in die Küche. Da brennt ein schönes Feuer im Ofen.«

Nachdem sie sich als Anette Morin vorgestellt hatte, übernahm sie das Kommando. »Sie setzen den Kaffee auf«, wies sie Lagarde an. »Der andere Commissaire schneidet den Nusszopf auf. Er steht auf der Anrichte. Ich muss ein wenig verschnaufen, das war ein langer Spaziergang.«

Die Polizisten taten, wie ihnen geheißen, und ein paar Minuten später saßen sie zu dritt um den Küchentisch. Doudou hatte sich in seinem Körbchen zusammengerollt und begann leise zu schnarchen.

»Sie haben es sehr schön hier«, stellte Lagarde fest. »Wie schaffen Sie das alles?«

Sie strahlte ihn mit stolzer Miene an. Sie fand diesen Mann mit den saphirblauen Augen und dem charmanten Lächeln ungemein attraktiv. »Ich lebe sehr selbstständig. Nur am Morgen kommt ein Pflegedienst, und ich habe eine Putzfrau.«

»Toll!«

»Früher hat mein Mann sich um mich gekümmert, aber er ist verstorben.«

»Das tut mir sehr leid.«

»Danke. Ich sage immer, man muss in die Zukunft schauen. Jeden Tag besuche ich sein Grab und unterhalte mich mit ihm. Ich freue mich schon auf das Frühjahr, dann werde ich Levkojen, Rosen und Vergissmeinnicht für ihn pflanzen, seine Lieblingsblumen. Aber nun greifen Sie zu. Wie finden Sie meinen Kuchen?«

Lagarde bis ein Stück ab. »Großartig!«

Cleroc probierte. »Sensationell!«

Sie freute sich ungemein über das Lob. »Sie müssen Sahne darauf geben, dann schmeckt er noch besser.« Sie zwinkerte Lagarde zu. »Mein Geheimnis ist, dass ich einen Schuss Cognac in die geschlagene Sahne gebe.«

Cleroc lenkte auf das Thema ihres Besuchs. »Sie wollen mit uns sprechen?«

»Ja. Ich muss ständig an die arme Élena denken. Was für ein schrecklicher Unfall. Immer trifft es die Guten. Sie war eine so nette junge Frau. Oft hat sie mir ihre Hilfe angeboten und mir Lebensmittel aus dem Dorfladen besorgt, wenn ich etwas vergessen hatte. Im Sommer haben wir manchmal im Garten ein Glas Wein zusammen getrunken und uns gut unterhalten. Sie konnte so fröhlich sein, und sie interessierte sich für viele Dinge.« Ihre Miene verdüsterte sich wie der Himmel bei einer Sonnenfinsternis. »Aber seit einiger Zeit war das nicht mehr so.«

»Nein?«

»Nein. Die beiden hatten massive Eheprobleme. Élena hat sich so sehr ein Kind gewünscht, aber André wollte nicht. Sie hatten auch finanzielle Probleme, weil er seit Monaten nicht mehr gearbeitet hat. Er ist ein guter Handwerker, aber er hat keine Lust.« Sie trank einen Schluck Kaffee. Dann beugte sie sich vor und flüsterte verschwörerisch: »Ich will nichts Schlechtes über meinen Nachbarn sagen, aber André trinkt. Schon tagsüber. Am Abend geht er in die Dorfkneipe und kommt betrunken nach Hause. Das weiß ich, weil ich manchmal schlecht schlafe und dann mit Doudou eine Runde drehe.«

Als der Hund seinen Namen hörte, spitzte er die Ohren. Sie fuhr fort. »Sie haben häufig gestritten. Immer heftiger. Ich kann das hören, wenn bei ihnen ein Fenster offen steht.« Betrübt schüttelte sie den Kopf. »Die Ehe war am Ende.«

»Hatte das Paar in den letzten Tagen auch Auseinandersetzungen?«, wollte Lagarde wissen.

»Oh ja, letzte Nacht. Es war fürchterlich. Er hat gebrüllt, dass er ihr den Hals umdrehen würde, wenn sie ihn weiter so nervt und bevormundet.«

ACHTER TAG
DAS STELZENHAUS AM ZÖLLNERPFAD

Die Kommissare saßen gerade beim Frühstück und genossen die mit Puderzucker bestäubten Crêpes, die Lagarde gebacken hatte, als der Chef der Kriminaltechnik-Werkstatt anrief. Der Kfz-Meister Serge teilte ihnen mit, dass er die Untersuchung des Rollers beendet hatte. Cleroc bedankte sich bei ihm, und sie machten sich auf den Weg nach Cherbourg. Es war ein kalter stürmischer Novembertag. Die Wolken hingen tief. Der Nordwind rüttelte an den Kiefern. Als sie für einige Kilometer der gewundenen Küstenstraße folgten, sahen sie zwei Kitesurfer, die auf ihren Brettern über das aufgewühlte Meer rasten. Einer hob ab und drehte über den schäumenden Wellen eine elegante Pirouette. Lagarde bewunderte die beiden. Die Neoprenanzüge und die Ohrenstöpsel würden sie nicht lange vor der Kälte des Wassers und des Windes schützen.

Die Werkstatt befand sich in der Avenue Amiral in der Nähe des Fort du Roule, von wo aus man eine schöne Aussicht über die Stadt und den Hafen hatte.

Das lang gestreckte flache Gebäude grenzte an einen Hof. Die Kommissare betraten die Werkstatt des Kriminaltechnikers durch eine blaue Eisentür. In dem weitläufigen Raum, der von grellem Neonlicht ausgestrahlt wurde, gab es zwei Hebebühnen und eine Grube. Sie fanden Serge in der hinteren Ecke der Werkstatt. Der kräftige Mann mit dem runden Kopf und einem spärlichen Haarkranz trug unter einer Latzhose ein kariertes Hemd und wischte sich gerade die Hände an einem Lappen ab. Direkt neben ihm stand aufgebockt der zerbeulte himmelblaue Roller von Élena Marcon.

»Bonjour, Serge«, begrüßten sie ihn.

Er sah auf, und ein Lächeln erschien auf seinem Gesicht. »Bonjour, Ludovic! Bonjour, Philippe! Wir haben uns schon lange nicht mehr gesehen.«

Cleroc nickte. »Stimmt! Aber heute brauchen wir deine Fachkenntnisse.«

»Ja.« Serge wies auf den Roller. »Die Fahrerin ist tot, nicht wahr?«

»Ja, sie ist mit dem Roller verunglückt. Bei der Ortsausfahrt von Gatteville-le-Phare ist sie auf einen Baum gefahren. Sie soll ziemlich schnell unterwegs gewesen sein.«

Serges Gesicht drückte Mitgefühl aus. »Die arme Frau.«

»Ist dir bei der Untersuchung des Rollers etwas aufgefallen?«

»Allerdings. Sie ist schnell gefahren, weil ihre Bremsen nicht funktioniert haben.«

»Die Unfallursache war ein Bremsversagen?«

»Ja.«

»Waren die Bremsleitungen defekt?«

»Nein, sie sind manipuliert worden.«

»Manipuliert?«

»Ich erkläre es euch. Bremsleitungen werden mit Hohlschrauben verbunden. Eine Hohlschraube fehlt. Das hat zur Folge, dass Bremsflüssigkeit verloren geht. Schlimmstenfalls kommt es zu einem Komplettausfall der Bremsanlage. Das war hier der Fall.«

»Du meinst, jemand hat die Hohlschraube absichtlich entfernt?«, fragte Lagarde.

»Genau das meine ich.«

»Aber sie könnte sich doch auch im Laufe der Zeit gelockert haben und herausgefallen sein?«

»Grundsätzlich ist das möglich, wenn ein Fahrzeug über einen längeren Zeitraum nicht fachmännisch gewartet wird. Aber dieser Roller war regelmäßig bei der Inspektion. Ich habe jedes Teil kontrolliert. Alles ist tadellos in Ordnung. Wenn eine Schraube sich gelockert hätte, wäre sie von einem Fachmann wieder angezogen worden.«

»Sicher?«

»Ganz sicher. Ich habe es überprüft. In Gatteville-le-Phare gibt es eine kleine Kfz-Werkstatt, die einen guten Ruf genießt. Dort habe ich heute Morgen auf gut Glück angerufen. Élena Marcon war tatsächlich Kundin dort. Der Meister hat mir erzählt, dass ihr Gefährt erst vor vier Wochen bei der Inspektion war, und selbstverständlich auch die Schrauben der Bremsleitung überprüft wurden. Eine etwas korrodierte Hohlschraube wurde ausgetauscht, die anderen waren absolut in Ordnung und festgezogen.«

»Wer ist in der Lage, eine Bremsleitung zu manipulieren?«, wollte Cleroc wissen.

Der Kfz-Meister überlegte. »Das Wissen kann sich im Grunde jeder aneignen. Ein wenig handwerkliches Geschick wäre schon erforderlich. Das nötige Werkzeug gibt es wahrscheinlich in fast jedem Haushalt.«

Die Kommissare wechselten einen Blick.

»Dann müssen wir davon ausgehen, dass jemand Élena Marcon vorsätzlich töten wollte«, stellte Lagarde fest.

»Ja«, meinte Serge. »Und diese Person hat es geschafft.«

Die Ermittler setzten sich in ihren Wagen und fuhren zum Gerichtmedizinischen Institut. Sie hatten mit Delphine vereinbart, dass sie nach dem Gespräch in der Kriminaltechnik vorbeikommen würden. Sie parkten hinter der Polizeiwache, betraten das Gebäude durch den Hintereingang und gingen über die

Treppe in das Kellergeschoss. Sie fanden die Rechtsmedizinerin im ersten der beiden Obduktionsräume. Sie stand neben einer Stahlbahre, auf der ein Leichnam lag, dessen Körper mit einem Tuch bedeckt war. Über ihrem türkisenen Kostüm trug sie einen blütenweißen gestärkten Arztkittel. Als sie aufsah und die Männer entdeckte, winkte sie sie in den Saal, der in gleißendes Licht getaucht war. Der Geruch von Desinfektionsmittel war penetrant. Nachdem sie sich begrüßt hatten, betrachteten sie ein letztes Mal das schöne blasse Gesicht von Élena Marcon. Die geschlossenen Augen waren umschattet. Ihre Haare breiteten sich wie ein dunkler Fächer um ihren Kopf aus. Dann zog sie behutsam die sterile Decke über ihren Kopf. Nachdenklich sah sie die Besucher an.

»Wenn ich mich recht erinnere, war sie die Hauptzeugin, deren Aussage dazu geführt hat, dass Charline Lebreton zu einer lebenslangen Haftstrafe verurteilt wurde?«

»Du erinnerst dich recht«, bestätigte Cleroc.

»Erst Ludovic, dann Édith, jetzt Élena Marcon. Die Verbindung springt einen förmlich an.«

»Ja«, erwiderte Lagarde.

»Kommt, lasst uns in mein Büro gehen und einen Mokka trinken. Dann erzähle ich euch, was die Untersuchung des Leichnams ergeben hat.«

»Gerne.«

Im Büro der Gerichtsmedizinerin setzten sie sich um den Besprechungstisch. Ein Praktikant kam mit einem Tablett herein und servierte den Mokka sowie einen Teller mit bunten Macarons. Delphine schenkte ein. »Greift zu«, forderte sie die Kommissare auf. »Die Teilchen sind ganz frisch und stammen aus der besten Bäckerei der Stadt.«

Dann griff sie nach ihrer Mappe und schlug sie auf. »Élena Marcon ist an einem Genickbruch gestorben. Darunter versteht man einen Bruch im Bereich der Halswirbelsäule. Er ist meist die Folge eines Sturzes bei einem Sportunfall, beispielsweise beim Klettern, beim Reiten oder bei einem Verkehrsunfall. In ihrem Fall war es der Aufprall gegen den Baumstamm. Infolge der Krafteinwirkung durch den Sturz oder den Aufprall können Nervenbahnen eingeklemmt werden. Die untere Halswirbelsäule reicht vom dritten bis zum siebten Halswirbel. In diesem Bereich sind Genickbrüche nie unmittelbar tödlich. Bei einer Verletzung des Rückenmarks kann jedoch eine Querschnittslähmung die Folge sein. Die meisten Menschen überleben jedoch Brüche der Halswirbelsäule ohne langfristige gesundheitliche Folgen.«

Sie trank einen Schluck Mokka und fuhr fort. »Élena Marcon hatte nicht so viel Glück. Sie hatte eine Verletzung im Bereich der ersten beiden Halswirbel, wo das Rückenmark in das Gehirn übergeht.

Das ist die Zone, die zum Stammhirn gehört. Dort liegen lebenswichtige Zentren, die für die Steuerung der Atmung und des Kreislaufs zuständig sind. Deshalb kann ein Genickbruch in diesem Bereich zum sofortigen Tod führen. Nur etwa 3,5 Prozent aller schwer verletzten Unfallopfer weisen eine derartige Halswirbelsäulenverletzung auf. Aber bei ihr war es der Fall. Sie hatte keine Chance.«

Keiner sagte etwas. Lagarde dachte an die nach der Schilderung von Anette Morin liebenswerte Frau, die ihr Leben noch vor sich gehabt hatte.

Delphine griff nach einem grell grünen Gebäck. »Der Leichnam wies noch weitere Verletzungen auf, einen Milzriss, einen gebrochenen Ellbogen, Prellungen und Abschürfungen. Sie waren jedoch nicht todesursächlich.«

»War sie gesund?«, wollte Cleroc wissen.

»Absolut, sie war gesund, in guter Verfassung, offenbar sportlich. Das ist bei einer fünfunddreißigjährigen Frau nicht überraschend.«

»Ja.«

»Habt ihr schon etwas über die Unfallursache herausfinden können?«

»Wir waren vorhin in der Werkstatthalle der KTU. Serge hat den Roller untersucht und festgestellt, dass die Bremsleitungen manipuliert wurden.«

Sie schüttelte fassungslos den Kopf.

»Damit wird die Theorie einer Verbindung zwischen den Verbrechen untermauert«, schlussfolgerte Lagarde.

In der Cafeteria des Kommissariats, die wie ein Glaswürfel auf dem Gebäude saß, tranken die Polizisten einen Kaffee und beratschlagten über ihr weiteres Vorgehen.

»Es gibt zwei Theorien«, sagte Lagarde und goss Milch in seine Tasse.

»Erstens: Éddie wollte sich an dir und der Richterin für seine Strafe rächen, und André Marcon hat seine Frau getötet, so wie er es angedroht hat.

Zweitens: Das Phantom hat es auf die Personen abgesehen, die er für die Verurteilung von Charline Lebreton verantwortlich macht: dich, Édith Darrousin und Élena Marcon.«

»Dann ist der Rechtsanwalt Benjamin Thénet der Nächste auf seiner Liste.«

»Genau.«

»Hält der Täter Charline für unschuldig?«

»Das halte ich durchaus für möglich.«

»Was treibt ihn an?«

»Rache, Wut, unbändiger Zorn?«

»Das Motiv muss sehr persönlich sein.«

»Auf jeden Fall, ein Sturz von der Klippe, der Erstickungsversuch mit dem Kissen im Krankenhaus, ein

Mord mit einer Rosenschere, ein manipulierter Roller! Rationales Vorgehen sieht anders aus.«

Bevor die Polizisten erneut an der Haustür von André Marcon klopften, warfen sie einen Blick in die offen stehende Garage. Neben einem älteren schwarzen Peugeot war linker Hand eine gut ausgestattete Werkstatt eingerichtet. Über der Arbeitsfläche der Werkbank reihten sich an verschraubten orangen Vorrichtungen Schraubenzieher, Schraubenschlüssel, Hämmer, Sägen, Klammern und Kästchen mit Nägeln.

»Madame Morin hat erzählt, er sei Handwerker«, erinnerte sich Lagarde. »Es dürfte kein Problem für ihn gewesen sein, die Hohlschraube zu lösen.«

Cleroc nickte.

Dann stellten sie fest, dass die Eingangstür einen Spalt offen stand. Der Hauptkommissar klingelte und klopfte an die Tür. »Monsieur Marcon? Kripo Cherbourg! Sind Sie zu Hause?«

Als sich nichts rührte, betraten sie den Flur, warfen einen Blick in die Küche und fanden ihn schließlich im Salon. Er saß in Unterhemd und Jogginghose auf der Couch und starrte vor sich hin, seine Hände umklammerten einen Bol. Es roch nach frisch aufgebrühtem Kaffee. Sein Gesicht war aschfahl. Es sah noch schlechter aus als am vergangenen Tag. Auf dem Tisch standen und lagen einige leere Bierflaschen. Der

Aschenbecher quoll mit ausgedrückten Kippen über und verströmte den Geruch nach kaltem Rauch. Die geleerte Whiskyflasche war unter den Tisch gerollt. Der Fernseher gähnte als schwarze Höhlung auf dem Schränkchen. Ein Teppich aus Glasscherben breitete sich davor aus. Im Zimmer war es bitterkalt.

Als Cleroc ihn ansprach, fuhr André erschrocken zusammen. »Monsieur le Commissaire! Sie schon wieder! Was wollen Sie von mir? Ich will nicht mit Ihnen reden. Mir platzt gleich der Kopf.«

Lagarde öffnete das Fenster, und sie setzten sich ihm gegenüber. Cleroc übernahm die Gesprächsführung. »Monsieur Marcon. Der Roller Ihrer Frau wurde in der Werkstatt der Polizei untersucht. Es steht zweifelsfrei fest, dass die Bremsleitung manipuliert wurde. Das war kein Unfall. Jemand hatte die Absicht, Ihre Frau zu töten.«

Verwundert schüttelte er den Kopf. »Wer sollte das gewesen sein? Jeder mochte Élena. Ihre Kollegen müssen sich geirrt haben. Selbstverständlich war es ein Unfall.«

Clerocs Tonfall wurde schärfer. »Sie, Monsieur Marcon. Uns liegt eine Zeugenaussage vor, dass Sie und Ihre Frau häufig lautstark gestritten haben. Vorletzte Nacht muss die Auseinandersetzung besonders heftig gewesen sein. Sie haben damit gedroht, ihr den Hals umzudrehen.«

Marcon war perplex. »Das ist nicht wahr. Wie kommen Sie dazu, solche Behauptungen aufzustellen? Unsere Ehe verlief absolut harmonisch. Ich habe das Liebste verloren, was ich jemals hatte.«

»Der Zeuge hat uns versichert, seine Aussage unter Eid zu wiederholen«, bluffte Lagarde.

Unvermittelt brüllte Marcon los. »Die alte Hexe hat eine blühende Phantasie. Sie kann mich nicht leiden. Immer stand sie auf der Seite von Élena.«

Cleroc insistierte. »Sie hatten mehr als genug von den ständigen Vorwürfen Ihrer Frau. Sie sollten endlich wieder arbeiten. Sie sollten endlich wieder Geld verdienen und etwas zum klammen Budget beitragen. Sie sollten sich endlich ärztlich behandeln lassen. Sie hat Sie genervt. Extrem genervt. Sie hat Ihre Männerehre verletzt, an Ihrem Selbstbewusstsein gesägt. Jeden Abend sind Sie in die Dorfkneipe geflüchtet, um endlich Ruhe zu haben. Irgendwann ist das Fass übergelaufen, und Sie haben beschlossen, sie zu töten. Für Sie als Handwerker ist es eine Kleinigkeit, an einem Roller herumzuschrauben und den Totalausfall der Bremsen zu verursachen.«

Jetzt war Marcon empört. »Hören Sie auf mit diesem Unsinn. Ich habe meine Frau geliebt.« Er trank einen Schluck Kaffee und strich sich die Haare aus der Stirn. Entschlossen fuhr er fort. »Können Sie beweisen, dass ich es war?«

»Nein, wir haben am Roller nur die Fingerabdrücke Ihrer Frau sicherstellen können.«

»Na, also.«

»Die Vermutung liegt nahe, dass Sie Handschuhe getragen haben.«

»Vermuten können Sie viel. Ich werde mir einen Anwalt nehmen. Er wird dafür sorgen, dass Sie mich nicht mehr belästigen.«

Lagarde erhob sich. »Das ist Ihr gutes Recht, Monsieur Marcon. Wir melden uns, wenn es Neuigkeiten gibt.«

Die Rechtsanwaltskanzlei von Benjamin Thénet befand sich in der Rue des Jardins in der Nähe des Katharinenhofes von Barfleur. An der Fassade des Hauses war ein Schild angebracht: Benjamin Thénet, Rechtsanwalt. Als sie an der Tür klingelten, ertönte ein Summer, und sie traten in den Eingangsbereich. Über einige Stufen gelangten sie an eine Glastür, die offen stand. In dem hellen hohen Raum saß eine junge attraktive Frau mit langen dunklen Haaren an einem Schreibtisch. Sie war stark geschminkt, elegant gekleidet und lächelte sie professionell freundlich an. »Was kann ich für Sie tun, meine Herren?«

Sie zückten ihre Legitimation und stellten sich vor. »Wir möchten Monsieur Thénet sprechen«, sagte Lagarde.

»Das geht leider nicht. Er ist nicht hier. Kann ich Ihnen weiterhelfen?«

»Nein, wir müssen ihn persönlich sprechen. Es ist sehr wichtig.«

Sie neigte den Kopf und sah ihn an. Ihre brombeerroten Lippen schimmerten. »Ich sagte doch, das geht nicht. Sie können gerne einen Termin vereinbaren. Morgen um vierzehn Uhr. Würde das passen?«

»Wir müssen jetzt mit ihm reden. Wissen Sie, wo er sich aufhält?«

»Ja, aber das darf ich Ihnen nicht sagen. Er hat sich einen freien Tag genommen und möchte nicht gestört werden.«

»Hören Sie, Madame?«

»Isabelle Roche. Ich bin seine Sekretärin.«

»Madame Roche! Wir führen eine Mordermittlung durch. Wenn Sie sich weigern, uns die erforderlichen Auskünfte zu geben, behindern Sie unsere Arbeit. Das kann weitreichende Konsequenzen für Sie haben.«

Erstaunt sah sie ihn an. »Er hat ein Recht auf seine Privatsphäre.«

»Nein, das hat er in diesem Fall nicht. Ich erwarte von Ihnen, dass Sie mit uns kooperieren. Sie sagen uns jetzt, wo er sich aufhält.«

Zögernd gab sie nach. »Auf Ihre Verantwortung. Er hält sich in seinem Privathaus auf.«

»Wo?«

»Es liegt an der Steilküste ein, zwei Kilometer nördlich von Gatteville-le-Phare. In der Nähe des Zöllnerpfades.«

»Merci bien, Madame Roche.«

Der Zöllnerpfad wand sich in schwindelerregender Höhe durch Geröll, Steinbrocken und Ginsterbüsche nahe der Abbruchkante. Am Ufersaum donnerte die Brandung gegen ausgehöhlte Felsformationen, Gischtfontänen spritzten auf. Wo noch vor hundert Jahren Zöllner nach Schmugglern und Strandräubern Ausschau gehalten hatten, verlief nun ein pittoresker Wanderweg rund um die Halbinsel Cotentin, der sich vorbei am Mont-Saint-Michel in der Bretagne fortsetzte.

Oberhalb verlief ein von Mittagsblumen gesäumter Feldweg, dem die Kommissare folgten, bis sie an ein Stelzenhaus gelangten, das auf leicht abschüssigem Gelände stand. Nach der Beschreibung von Isabelle Roche mussten sie hier richtig sein. Sie stellten den Dienstwagen ab, stiegen aus und betrachteten das Gebäude. Es war ein weiß gestrichenes Chalet, komplett aus Holz gebaut und auf robusten Stelzen montiert. An der gesamten Vorderseite im ersten Stock erstreckte sich eine ebenfalls aus Holz gefertigte Terrasse, die von weiteren vier Stelzen getragen wurde.

Dort hinauf führte eng an der Fassade entlang eine Außentreppe. Der Handlauf setzte sich aus geschnitzten Seesternen zusammen.

Cleroc war begeistert. »Solche Stelzenhäuser gibt es in Frankreich nicht allzu oft. Hauptsächlich wurden sie in Gruissan-Plage in der Nähe von Narbonne erbaut, ein einzigartiges Stranddorf auf Stelzen. Kennst du den Kultfilm *Betty Blue* nach dem berühmten Roman von Philippe Djian? Das ist ein tragisch-erotisches Roadmovie. Das Liebespaar verbringt einige Zeit zusammen in einem Stelzenhaus am Meer.«

Lagarde nickte. »Ein toller Film.«

»O ja.«

Auf der Terrasse erschien ein etwa vierzigjähriger, schlanker Mann, bekleidet mit einer Cargohose, einem olivfarbenen Sweatshirt und Segelschuhen. Die dunkelblonden Haare waren modisch kurz geschnitten. Er lehnte sich lässig an die Brüstung und winkte ihnen freundlich zu. »Bonjour, Messieurs les Commissaires. Meine Sekretärin hat mich vorgewarnt und sie angekündigt. Kommen Sie doch bitte herauf zu mir.«

Sie stiegen über die Holztreppe nach oben und begrüßten sich per Handschlag. Cleroc stellte Lagarde vor.

»Gehen wir in den Salon«, schlug Thénet vor. »Hier draußen ist es zu kalt und zu windig.«

Die Wände des Wohnzimmers waren pfefferminz-grün gestrichen. Die Kopfseite zierte ein riesiges abstraktes Gemälde in Pastellfarben. Eine Sitzland-schaft aus schwarzem Leder verteilte sich großzügig um einen Tisch, der aus Treibholz gehauen und na-turbelassen war. Durch das Panoramafenster bot sich ein spektakulärer Blick auf den Ärmelkanal, der ge-rade seine Farbe von Lichtblau zu Kobalt wechselte. An der Wand gegenüber stand auf einer stabilen Holz-konstruktion ein ausladendes Terrarium.

Mit Stolz machte Thénet die Besucher darauf auf-merksam.

Die Reptilien hatten kräftige Körper mit langen Beinen, einem ausgeprägten Schwanz und einem brei-ten Kopf. Sie waren mit Schuppen und Stacheln über-zogen und hatten die Farben Beige, Grün und Braun mit grauen Punkten.

»Sie haben ein interessantes Hobby, Monsieur Thénet«, meinte Lagarde.

Cleroc schwieg. Er fand diese züngelnden Echsen abscheulich.

Der Anwalt lächelte. »Ja, es macht mir sehr viel Freude. Aber Sie sind schließlich nicht gekommen, um meine Agamen anzusehen. Isabelle sagte mir am Telefon, dass Sie mit mir über eine wichtige Ange-legenheit sprechen wollen. Ich hoffe, dass unser Ge-spräch nicht allzu viel Zeit in Anspruch nehmen wird.

Ich will noch angeln gehen, bevor die Dämmerung einsetzt.« Er wies auf die bequemen Sessel. »Setzen Sie sich bitte. Darf ich Ihnen einen Mokka anbieten, oder eine Erfrischung?«

Die Kommissare lehnten dankend ab. Dann ergriff Cleroc das Wort. »Wie Sie sich sicher erinnern können, haben wir uns im Rahmen des Mordfalls Joseph Lebreton kennengelernt.«

Die Augen des Mannes blickten ihn klar und aufmerksam an. »Selbstverständlich erinnere ich mich. Das war schließlich kein Wald- und Wiesenprozess. Ursprünglich ging die Staatsanwaltschaft auf Grundlage der polizeilichen Ermittlungen von einem Raubmord aus. Charline Lebreton geriet erst in den Fokus der Nachforschungen, als Élena Marcon ihre Aussage machte. Daraufhin erhob der Staatsanwalt Anklage wegen Mordes gegen sie. Es kam zu einem Prozess, und ich wurde ihr Verteidiger.«

»Richtig«, bestätigte Cleroc.

»Nachdem Madame Marcon ihre Aussage unter Eid wiederholte, wurde die Angeklagte schließlich zu einer lebenslangen Haftstrafe verurteilt. Richterin Darrousin hat ihr geglaubt.«

»Sie nicht?«

»Nein!«

»Sie glauben, dass sie gelogen hat?«

»Ja, aber das spielt jetzt keine Rolle mehr.«

»Wissen Sie, dass Madame Lebreton vor einem halben Jahr Selbstmord begangen hat?«

»Die Gefängnisdirektorin hat mich informiert. Ich muss zugeben, dass mich die Nachricht getroffen hat. Charline war ein liebenswerter Mensch.«

»Haben Sie sie vor ihrem Tod noch einmal gesehen?«

»Ich wollte sie einige Wochen nach Antritt der Gefängnisstrafe in Cherbourg besuchen, aber sie weigerte sich, mich zu sehen, nachdem die Berufung abgelehnt worden war.« Er strich sich eine Strähne aus der Stirn. »Würden Sie mir jetzt bitte verraten, warum wir über diesen so lange zurückliegenden Fall sprechen?«

Lagarde ergriff das Wort und versuchte die Ereignisse der letzten Tage für den Rechtsanwalt, der ihm konzentriert zuhörte, straff und strukturiert zusammenzufassen. Als er fertig war, nickte der Mann. »Natürlich habe ich durch die Medien von den Anschlägen auf Commissaire Cleroc erfahren, ebenso von dem Verbrechen an Édith Darrousin. Aber bei Élena Marcon war es doch ein Verkehrsunfall?«

»Inzwischen hat sich herausgestellt, dass die Bremsanlage ihres Rollers manipuliert wurde. Es war Mord.«

Thénet wirkte irritiert. »Worauf wollen Sie hinaus, Monsieur Lagarde?«

»Ich denke, das liegt auf der Hand. Jemand ist unterwegs, um die Verurteilung und den Tod von Charline Lebreton zu rächen.«

Der Rechtsanwalt sah ihn überrascht an. »Das ist eine mögliche Schlussfolgerung, noch dazu eine sehr spekulative. Aber sie ist doch nicht zwingend. Dafür kann es die unterschiedlichsten Erklärungen geben.«

»Monsieur Thénet. Nehmen wir an, diese Hypothese ist korrekt, und versetzen wir uns in die Gedanken des Racheengels. Dann ergibt sich folgendes Bild: Cleroc hat gegen Charline ermittelt, die Richterin hat sie verurteilt, Élena Marcon hat einen Eid geleistet, der zu ihrer Verurteilung führte, und Sie haben bei ihrer Verteidigung versagt.«

Der Mann sprang empört auf. »Was fällt Ihnen ein. Das geht gegen meine Berufsehre. Ich habe nicht versagt.«

»Bitte setzen Sie sich wieder. Ich will Sie nicht provozieren. Selbstverständlich haben Sie nicht versagt. Sie haben sicher alles in Ihrer Macht stehende unternommen, um für Charline einen Freispruch zu erzielen. Die Richterin hat sie verurteilt. Aber dieses Phantom, das seit Tagen in einem mörderischen Ausnahmezustand unterwegs ist, sieht es so.«

Thénet sank in den Sessel zurück. »Ich verstehe, was Sie meinen. Aber ich bleibe dabei, dass wir uns im Bereich von Spekulationen bewegen.«

»Ich bitte Sie, seien Sie trotzdem vorsichtig.«

Der Anwalt runzelte die Stirn. »Ich bin immer vorsichtig.«

»Sie wohnen sehr einsam hier. Wollen Sie nicht für einige Tage in ein Hotel ziehen?«

»Nein, ich bleibe hier. Ich kann sehr gut auf mich selbst aufpassen.«

»Wie Sie meinen.« Lagarde stand auf, Cleroc folgte seinem Beispiel.

Zum Abschied reichte der Kommissar ihm seine Visitenkarte. »Für den Notfall.«

Thénet lächelte höflich. »Merci beaucoup!«

Auf der Rückfahrt nach Barfleur knurrte Clerocs Magen. »Wir haben den ganzen Tag noch nichts gegessen. Ich habe Hunger wie ein Wolf.«

Sein Freund stimmte ihm zu. »Ich auch. Zwanglos bei Gaston?«

»Unbedingt nach diesem Tag.«

»Okay.«

Aufgrund des stürmischen Wetters war der Quai Henri Chardon am Hafen von Barfleur wie leer gefegt. Böen zerzausten die Blätter der Bananenstauden und rüttelten an den aufgerollten Markisen. Der kleine weiße Leuchtturm jenseits der Marina war im Nebel kaum zu erkennen. Nur sein Licht durchschnitt die weiße Wand in regelmäßigen Abständen. Die Einheimischen, ebenso wie die Touristen, saßen lieber in den

Cafés und Restaurants und ließen sich kulinarisch verwöhnen. Im Bistro Au-Vent-des-Îles führte der Wirt Gaston sie nach einer herzlichen Begrüßung an den letzten freien Tisch an einem Fenster.

»Was darf ich euch bringen? Ihr seht aus, als könntet ihr einen Pastis vertragen.«

»Gute Idee«, antwortete Lagarde.

»Wollt ihr essen?«

»Ja, die Karte bitte.«

»Gerne.« Kurz darauf erschien er mit den gewünschten Getränken. Er stellte zwei einfache Gläser mit Pastis und eine Karaffe Wasser auf den Tisch. »Zum Wohl.« Dann eilte er an den Tresen zurück.

Lagarde schenkte ein, und sie stießen an. Sein Freund machte ein nachdenkliches Gesicht. »Wenn unsere Theorie mit der Vier-Personen-Rache-Liste des Phantoms zutrifft, war er inzwischen zweimal erfolgreich.«

»Ja, und das innerhalb von sechs Tagen.«

»Was hat er als Nächstes vor?«

»Schwer zu sagen.«

»Wie fandest du Thénets Reaktion auf unsere Hypothese?«

Lagarde trank einen Schluck Pastis und überlegte. »Er hat uns nicht ernst genommen.«

»Nein.«

»Wir konnten nicht mehr tun, als ihn zu warnen.«

»Sein Haus liegt wirklich sehr einsam da draußen.«

»Das stimmt.«

Gaston kam an ihren Tisch. »Wisst ihr schon, was ihr zum Dîner bestellen wollt?«

»Welches Tagesmenü bietest du an?«, erkundigte sich Lagarde.

Gaston strahlte stolz. »Anchovispaste auf Landbrot, als Hauptgang Miesmuscheln auf normannische Art und zum Dessert Windbeutelchen mit Schlagsahne. Dazu empfehle ich einen trockenen weißen Bergerac.«

»Das hört sich phantastisch an.«

Cleroc sah es genauso.

Als es dämmrig wurde, packte Benjamin Thénet seine Angelausrüstung zusammen. Er war mit seiner Ausbeute zufrieden. Im Eimer tummelten sich zwei dicke Makrelen und eine schillernde Dorade. Inzwischen überflutete die gurgelnde Brandung die winzige Sandbucht und brachte die Muschelschalen zum Klackern. Die Hochflut setzte ein. In einer halben Stunde würde der Strandabschnitt komplett überspült sein. Es war Zeit, hier zu verschwinden. Am Firmament tauchten die ersten Sterne auf und funkelten wie Diamanten. Langsam stieg er den felsigen Weg zum Zöllnerpfad hinauf, dann weiter über eine zickzackförmige Holztreppe zu seinem Haus. An der Fassade der Veranda brannte eine Lampe, die über eine Zeitschaltuhr verfügte. Die Sträucher vor seinem Haus warfen lange Schatten. Bewegte sich da etwas zwischen den Oleanderbüschen? Er erstarrte in seiner Bewegung und fixierte die Stelle. Dort war nichts, oder doch? Energisch schüttelte er den Kopf und ging weiter Richtung Außentreppe. Er würde sich von den diffusen Vermutungen der Kommissare nicht verrückt machen lassen.

Während er die Angel und den Eimer in seiner Werkstatt im Erdgeschoss abstellte, kamen Scheinwerfer wie zwei gelbe runde Augen auf ihn zu. Als das Fahrzeug sich näherte, erkannte er Isabelles Citroën. Sie parkte neben seinem Wagen und stieg aus. Dann ging sie auf ihn zu, umarmte ihn und küsste ihn leidenschaftlich auf den Mund. »Bonsoir, Benjamin. Da bin ich.«

»Bonsoir, Isabelle. Das ist schön. Ich habe mich auf dich gefreut. Komm rein, es wird kühl.«

In der Küche stellte sie eine Papiertüte auf den Tisch und packte ihre Einkäufe aus. »Sieh mal! Zum Dîner gibt es Crevetten in Knoblauchbutter, dazu einen Salat aus Rucola, Tomaten und Champignons. Baguette und Wein habe ich auch gekauft.«

Er strich ihr liebevoll eine dunkle Strähne aus dem Gesicht. »Du bist ein Schatz. Ich bin total ausgehungert. Aber erst möchte ich duschen, um den Fischgeruch wegzuspülen.«

Sie lächelte. »Ich dusche mit dir.«

Zusammen stellten sie sich unter den heißen Wasserstrahl, und jeder seifte den Körper des anderen ein. Dabei lachten sie und küssten sich. Lavendelduft erfüllte das Badezimmer. Als sie aus der Dusche gestiegen waren, trockneten sie sich gegenseitig ab. Plötzlich hielt Benjamin in der Bewegung inne. »Hast du das Geräusch gehört?«

Isabelle lauschte. »Nein.«

»Es klang wie der Motor eines Traktors.«

»Das kann schon sein. Du hast doch gesagt, dass hier häufiger landwirtschaftliche Maschinen vorbeifahren.«

»Ja, schon. Aber um diese Zeit?«

Sie lachte. »Ein Mondscheinbauer?«

»Vermutlich.« Er spitzte die Ohren. »Jetzt ist es wieder still.«

Sie umarmte ihn und schlang die Beine um seine Hüften. Er trug sie zum französischen Bett, das vom Vollmond, der durch das Fenster schien, in weiches Licht getaucht wurde. Dort versanken sie zwischen den Laken.

Nachdem sie sich leidenschaftlich geliebt hatten, gingen sie in die Küche und bereiteten zusammen das Dîner zu. Bei Tisch unterhielten sie sich über den Besuch der Kommissare. »Was wollten sie von dir?«, wollte Isabelle wissen.

Er erzählte die ganze Geschichte und nippte ab und zu an seinem Wein. Schockiert sah sie ihn an. »Sie täuschen sich, oder?«

»Aber ja, Liebes. Es ist alles in Ordnung.«

Ein Geräusch, das aus dem Salon kam, ließ sie zusammenfahren. Isabelle verspürte einen Anflug von Angst. »Was war das? Ist jemand im Haus?«

»Nein, ich habe die Eingangstür versperrt.«

»Über die Außentreppe kann jeder ungehindert auf die Veranda gelangen.«

»Siehst du dort jemanden?«

Sie spähte durch das Fenster in die Dunkelheit. »Nein, da ist nichts.«

»Na siehst du.«

Unwillkürlich schauderte sie und starrte auf die offen stehende Tür zum Salon. »Du hast doch das Terrarium verschlossen?«

»Selbstverständlich.«

»Bombenfest?«

»Bombenfest, ich schwöre.« Er wusste, welch große Furcht sie vor den Echsen empfand. Vielleicht sollte er sie doch einem Zoo schenken. So richtig entspannt war Isabelle nie bei ihm.

Er küsste sie zart auf die Stirn. »Beruhige dich, Chérie, alles ist gut. Das Essen war wunderbar. Lass uns auf der Terrasse einen Calvados trinken.«

Eng beisammen standen sie an der Brüstung und

bewunderten den nächtlichen Novemberhimmel. Unter ihnen rauschte sanft das Meer. Gerade zündete Benjamin sich ein Zigarillo an, als ein ohrenbetäubender Lärm die Stille der Nacht zerriss. Das Pärchen fuhr erschrocken zusammen. Isabelle klammerte sich instinktiv am Geländer fest, ihr Freund spähte mit zusammengekniffenen Augen in die Dunkelheit und entdeckte schließlich einen Lichtschein neben dem Chalet.

Das Phantom saß auf einem Traktor, der am Heck über eine Seilwinde verfügte. Er hatte im Schutz der Dunkelheit die Vorrichtung an der zweiten Stelze von rechts befestigt, dem absoluten Schwachpunkt der Verandakonstruktion. Jetzt schaltete er den Motor ein, und das Seil rollte sich unerbittlich auf der Winde auf. Sekunden später knickte die Stelze ein wie ein Mikadostäbchen, gleich darauf die zweite und die dritte. Dadurch brach der Holzboden der Veranda auf, die Bretter samt Geländer stürzten in die Tiefe und rissen das Pärchen mit sich. Mit entsetzten Schreien stürzten die beiden in die Rhododendronbüsche vor dem Haus, die glücklicherweise den Aufprall abmilderten. Ausgelöst durch dieses Beben und die massiven Gewichtsverschiebungen kam es im ersten Stock zu Materialspannungen, denen das Holz nicht standhielt. Die Statik wurde außer Kraft gesetzt. Ein Spalt klaffte im Boden, so dass die Konstruktion, auf der das Terrarium stand, zusammenbrach wie ein Kartenhaus. Das Refugium der Echsen kippte nach vorne, knallte auf den Boden, der gläserne Deckel zerbarst in tausend Teile, und die zu Tode erschrockenen Reptilien flohen aus ihrem Gefängnis. Da die Reste der Veranda schief an der Fassade hingen, kamen sie unweigerlich ins Rutschen und stürzten ebenfalls in den Abgrund. Eine der großen grünen schuppigen Echsen mit dem stacheligen Hals landete auf dem Bauch von Isabelle, die hysterisch zu schreien anfing, als das Tier wie ein Urzeitmonster über ihr aufragte und sie in den Oberarm biss. Benjamin befreite seinen zwischen Zweigen eingeklemmten Fuß und kam ihr zu Hilfe. Energisch packte er das Reptil und schleuderte es davon. Dann half er seiner Freundin hoch, und sie humpelten, sich gegenseitig stützend, auf den Vorplatz des Chalets. Dort sahen sie gerade noch, wie ein Traktor davonfuhr. Benjamin setzte einen Notruf ab. Isabelles Arm blutete stark. Sein Knöchel schwoll immer mehr an und begann zu pochen. Im ersten Stock, dort wo sich die Küche befand, loderte Rauch auf. Dann kam es zu einer Explosion, die die Dachschindeln wegsprengte. Hellrote Flammen schossen zwischen den Sparren empor und fraßen sich mit beängstigender Geschwindigkeit durch den Dachfirst. Die Feuersbrunst rauschte, knallte und krachte. Ein Funkenregen wirbelte durch die Luft. Panisch wichen sie zurück, als ein brennender Balken vor ihre Füße fiel, unfähig der Naturgewalt etwas entgegenzusetzen. Bald darauf hörten sie die Sirenen der Feuerwehr von Barfleur.

NEUNTER TAG
STURMFLUT

Philippe Lagarde stand frisch rasiert und geduscht vor dem Schlafzimmerschrank und wählte seine Kleidung für den bevorstehenden Tag aus. Nachdem er sich für eine schwarze Jeans und ein gestreiftes Hemd entschieden hatte, ging er pfeifend über die Treppe ins Erdgeschoss und setzte in der Küche Kaffee auf. Während er den Frühstückstisch deckte und überlegte, ob er einen Obstsalat zubereiten sollte, klingelte es an der Haustür. Als er öffnete, stand lächelnd die Gendarmin Valérie vor ihm, in der Hand eine Tüte vom Bäcker. Sie trug ihre Uniform, der Knoten der Krawatte saß perfekt zwischen den blauen Hemdkragenspitzen. Der rote Zopf fiel geflochten auf ihre Schulter, und ihre grünen Augen funkelten. »Bonjour, Philippe. Ich dachte, wir frühstücken zusammen.«

»Bonjour, Valérie. Das ist eine großartige Idee. Komm rein.«

Sie folgte ihm in die Küche, wo Cleroc am Tisch saß und sich eine Tasse Kaffee einschenkte. Er trug einen Trainingsanzug und hatte das verletzte Bein ausgestreckt. Sein Pferdeschwanz war lose zusammengefasst, der Teint blass, die Augen blickten müde. Als er die Polizistin bemerkte, erschien ein Lächeln auf seinem Gesicht, und er begrüßte sie. »Es duftet nach frischen buttrigen Croissants«, stellte er fest.

»Ja, ich habe auch Baguette und Rosinenschnecken von eurem Lieblingsbäcker mitgebracht.«

»Du bist wunderbar. Setze dich zu uns.« Er goss Kaffee für sie in einen Bol und stellte aufmerksam das Milchkännchen daneben.

Als Lagarde Rühreier mit Speck gebraten hatte, gesellte er sich zu seinen Freunden. Während er ein aufgeschnittenes Croissant mit gesalzener Butter und Brombeermarmelade bestrich, musterte er sie forschend. »Was ist los, Valérie? Gibt es Neuigkeiten?«

Sie nickte eifrig. »Ihr wart gestern bei Benjamin Thénet in seinem Stelzenhaus, nicht wahr?«

»Ja, das ist richtig. Wir haben ihm einen Besuch abgestattet. Ludovic und ich sind zu dem Schluss gekommen, dass wir ihn nach dem Mord an Élena Marcon warnen sollten. Wir glauben, dass er das nächste Opfer auf der Liste des Phantoms ist. Aber er hat unsere Bedenken bezüglich seiner Sicherheit nicht ernst genommen.«

»Er behandelte uns sogar ein wenig von oben herab«, ergänzte Cleroc.

Sie griff nach einer Rosinenschnecke, tunkte ein Stück davon in ihren Milchkaffee und genoss das süße Teilchen. »Er hätte euch besser Glauben schenken sollen.«

»Weshalb?«

»Gestern Abend ging ein Notruf von ihm ein. Jemand hat einen Anschlag auf ihn verübt. Seine Freundin Isabelle Roche war bei ihm im Chalet und wurde ebenfalls Opfer des Angriffs.«

»Was?«

»Ja. Sein Stelzenhaus wurde von einem Traktor mithilfe einer Seilwinde in alle Einzelteile zerlegt und ist eingestürzt.«

Cleroc ließ erschrocken seine Tasse sinken. »Ist den beiden etwas passiert?«

»Sie sind mit einem blauen Auge davongekommen. Der Rechtanwalt und seine Freundin sind von der Dachterrasse gestürzt, aber relativ sanft im Gebüsch vor dem Haus gelandet. Er hat sich den Fuß verstaucht. Sie wurde von einer der Bartagamen, die aus dem Terrarium entkommen konnten, in den Arm gebissen. Zum Glück sind diese Bisse nicht giftig. Darüber hinaus haben sich beide einige Kratzer und Prellungen zugezogen.«

»Wie geht es ihnen?«, wollte Lagarde wissen.

»Die Notärztin hat darauf bestanden, dass sie über Nacht zur Beobachtung im Krankenhaus von Cherbourg bleiben. Es bestand der Verdacht auf eine Gehirnerschütterung und einen Schock. Vorhin habe ich einen Anruf von einem Krankenpfleger bekommen. Sie sind heute Morgen entlassen worden. Es geht ihnen gut.«

»Wo sind sie jetzt?«

»Sie sind im Appartement von Madame Roche in Barfleur. Das Stelzenhaus ist komplett abgebrannt. Den Feuerschein konnte man bis Barfleur sehen.«

»Wir sollten sie unter Polizeischutz stellen«, überlegte Cleroc. »Die nächste Aktion des Phantoms könnte tödlich für sie enden.«

»Sie wollen Frankreich so schnell wie möglich verlassen und fliegen noch heute Abend von Paris aus für unbestimmte Zeit nach Windhuk, Namibia. Der Bruder von Thénet ist dort seit einigen Jahren in der Entwicklungszusammenarbeit tätig und will sie bei sich aufnehmen. Das Pärchen hat richtig Angst.«

»Das ist absolut nachvollziehbar. In Namibia sind sie dann aus der Schusslinie.«

»Ja, das ist gut.« Valérie trank einen Schluck Orangensaft und machte sich über die Rühreier her. »Vielleicht solltest du auch mitfliegen.«

Verblüfft sah er sie an. »Wie meinst du das?«

Aufgeregt fuchtelte sie mit der Gabel. »Du schwebst in Lebensgefahr, schon vergessen? Zwei Menschen sind tot, der dritte Gefährdete setzt sich nach Afrika ab. Das Phantom kann sich jetzt voll und ganz auf dich konzentrieren.«

»Ach was«, winkte er ab und schenkte sich Kaffee nach. »Du übertreibst. Philippe passt auf mich auf. Wir sind sehr vorsichtig.«

Sie setzte eine skeptische Miene auf. »Ich mache mir eben Sorgen.«

»Haben die beiden etwas beobachtet, das uns weiterhelfen könnte?«, fragte Lagarde.

Die Gendarmin schüttelte den Kopf. »Nicht wirklich. Nach der Zerstörung des Chalets und dem Sturz in den Garten haben sie einen Traktor wegfahren sehen, der möglicherweise grün war. Mehr konnten sie dazu nicht aussagen. Es war ihnen nicht möglich, in der Dunkelheit und dem herrschenden Chaos eine Person zu erkennen, geschweige denn sie zu beschreiben. Der Fahrer ist mit dem landwirtschaftlichen Gefährt einfach verschwunden.«

»Wir müssen den Traktor suchen.«

»Ich habe mich heute am frühen Morgen in der Umgebung der Brandstelle umgesehen. Auf einem Waldweg habe ich einen grünen Traktor entdeckt, den ein Bauer vor zwei Tagen als gestohlen gemeldet hat. Er ist mit einer Seilwinde ausgestattet.«

»Woher weiß man, dass eine Seilwinde benutzt wurde?«

»Ein Feuerwehrmann hat das anhand der Spuren

rekonstruieren können. Hätte der Traktor die Stelzen umgefahren, hätte sich ein anderes Bild der Verwüstung ergeben. Er meinte auch, eine Seilwinde sei für ein solches Vorhaben am effektivsten. Bei der Feuerwehr werden sie beispielsweise zum Bergen von abgestürzten Fahrzeugen benutzt.«

»Der Traktor muss in die Werkstatthalle der Kriminaltechnik«, sagte Cleroc. »Vielleicht finden wir Fingerabdrücke oder andere Spuren.«

»Ich habe es bereits in die Wege geleitet.«

»Danke.«

»Was ist eigentlich mit den Bartagamen?«, erkundigte sich Lagarde. »Weiß man, wo sie sind?«

»Nein, sie haben sich aus dem Staub gemacht. Niemand hat bei dem Einsatz auf sie geachtet. Feuerwehrleute sollen sie heute suchen und einfangen. Ich glaube, das wird nicht einfach. Inzwischen können sie wer weiß wo sein. Wenn man sie gefunden hat, werden sie wahrscheinlich in einem Zoo untergebracht.« Sie zog die Stirn kraus. »Ich werde Roselin fragen, ob ich bei der Suche mithelfen darf. Diese Reptilien finde ich faszinierend.«

Sie griff nach einer Serviette und sah die Kommissare nachdenklich an. »Geht ihr davon aus, dass das Phantom den Anschlag verübt hat?«

Der Kommissar nickte. »Davon bin ich fest überzeugt. Es wird höchste Zeit, dass wir ihn schnappen.«

»Ist es ein er?«

»Auf jeden Fall.«

Cleroc stimmte ihm zu. »Ich bin mir auch hundertprozentig sicher, dass es sich um denselben Täter handelt und um einen Mann.«

»Wie wollt ihr vorgehen?«

»Wir setzen im Umfeld von Charline Lebreton an«, schlug Lagarde vor. »Ihr Mann ist einem Verbrechen zum Opfer gefallen. Sie hat keine Kinder. Aber sie war vier Jahre lang in der Justizvollzugsanstalt von Cherbourg. Welche Kontakte hatte sie dort? In einem Gefängnis gibt es immer Berührungspunkte und Kommunikation, auch wenn man die meiste Zeit in einer Zelle eingesperrt ist. Hat sie Besuch bekommen? Gab es außergewöhnliche Vorfälle? Wir müssen jemanden finden, der etwas weiß.«

Die Kommissare standen vor dem riesigen Eisentor der Haftanstalt von Cherbourg, das in eine etwa vier Meter hohe Mauer eingelassen war. Als die Sonne für einen Augenblick zwischen den grauen Wolken auftauchte und ihre Strahlen auf das Gebäude warf, wirkte es dennoch düster, kalt und abschreckend. Die Polizisten waren schon einige Male hier gewesen, hatten sich aber nie an die beklemmende Atmosphäre gewöhnen können.

Ludovic drückte auf den Knopf neben der Gegensprechanlage. Kurz darauf meldete sich eine weibliche Stimme. »Was kann ich für Sie tun?«

Sie hielten ihre Ausweise vor die Kamera, die über dem Tor angebracht war. »Die Kommissare Cleroc und Lagarde aus Cherbourg«, erklärte er. »Wir haben einen Termin bei der Gefängnisdirektorin Madame Mercier.«

»Folgen Sie bitte dem Gang und melden Sie sich am Empfang.«

»Danke!«

Das Eisentor öffnete sich automatisch, und sie folgten einem umzäunten Gang. Der Tunnel aus Maschendraht und ausgerolltem Stacheldraht führte im Hof an der Außenmauer entlang bis zu einer grauen Tür, von der der Lack abblätterte. Auf einem Wachturm standen reglos zwei uniformierte Männer, die sie beobachteten. Sie traten ein und gelangten in einen kleinen kahlen Raum mit einem Empfangstresen, hinter dem eine Polizistin stand, die ihnen zunickte. Nachdem sie auf deren Anweisung hin ihre Taschen geleert, die Armbanduhren abgenommen und die Gegenstände in eine Schale gelegt hatten, mussten sie den Metalldetektor passieren. Außerdem war es Vorschrift, sich in ein Besucherbuch einzutragen. Die Kopie ihrer Ausweise wurde für die Dokumentation hinterlegt. Als das Prozedere beendet war, führte ein Vollzugsbeamter sie durch ein Labyrinth von Gängen,

Treppen, Sackgassen und Abzweigungen. Ein penetranter Geruch nach Kohl hing in der Luft. Aus den oberen Stockwerken drang Gemurmel. Am Büro der Direktorin angelangt, klopfte er an die Tür und öffnete sie, nachdem ein energischen »Herein« ertönt war. »Madame Mercier, die Kommissare sind da.«

»Sie können hereinkommen.«

»Bitte treten Sie ein«, wandte sich der Mann ihnen zu. »Ich hole Sie später wieder ab und bringe Sie zum Ausgang zurück.« Er eilte davon und verschwand um die nächste Ecke.

Die Leiterin der Haftanstalt stand auf und umrundete ihren ausladenden aufgeräumten Schreibtisch, um die Besucher zu begrüßen. Sie war groß, mit weiblichen Linien und trug ein cremefarbenes Wollkostüm über einer schwarzen Seidenbluse sowie farblich passende Pumps. Ludovic schätzte sie auf etwa fünfzig Jahre. Die blonden Haare wurden von einem schwarzen Samtband zusammengehalten, die Ohren schmückten Perlen. Ihr herzförmiges Gesicht war attraktiv mit einer geraden Nase, die Augen und der Mund dezent geschminkt. Sie duftete nach einem teuren Parfüm. Schließlich deutete sie auf einen Besprechungstisch, um den sich mit weinrotem Leder überzogene Stühle gruppierten. »Nehmen Sie bitte Platz. Mein Assistent hat Mokka und Zitronenkekse für uns bereitgestellt.«

Lagarde ließ seinen Blick durch den weitläufigen Raum schweifen. Auf dem Parkettboden lagen geknüpfte Teppiche, die Wände waren mit einer Holzvertäfelung verkleidet, an der sich einige goldgerahmte Ölgemälde mit maritimen Motiven reihten, von der Decke hing ein Kristallleuchter. Madame Mercier arbeitete hier nicht, sie residierte. Die Pracht wurde nur durch die Aussicht aus den hohen Fenstern beeinträchtigt, die den Blick auf einen Teil der Mauer und eine Ecke des Hofes frei gaben. Dort war an der Wand ein Basketballkorb befestigt, dessen Netz zerrissen war. Die Frau deutete ein kühles Lächeln an. »Ich habe eine halbe Stunde für Sie eingeplant, mehr gibt mein übervoller Terminkalender leider nicht her.«

Lagarde hielt ihrem Blick stand. »Unser Besuch hat einen gewichtigen Hintergrund. Er wird solange dauern, bis alle unsere Fragen beantwortet sind.«

»Ich verstehe, unter diesen Umständen bitte ich Sie, zügig zur Sache zu kommen.« Ihre Stimme war eisig.

»Selbstverständlich. Darf ich fragen, seit wann Sie die Leitung dieser Haftanstalt innehaben?«

»Seit beinahe elf Jahren, vorher war ich als stellvertretende Direktorin in der Haftanstalt von Marseille beschäftigt. Mich kann nichts mehr überraschen, das können Sie mir glauben.«

»Wie viele Insassen beherbergen Sie hier?«

»Wir haben insgesamt zweihundertdrei Haftplätze, siebenundzwanzig Plätze für Untersuchungshäftlinge, sechsundzwanzig für Jugendliche, dreiundvierzig für Frauen und hundertsieben für Männer. Es ist eine herausfordernde, verantwortungsvolle Aufgabe, versichere ich Ihnen.«

»Zweifellos, Madame Mercier. Hat Sie der Freitod von Charline Lebreton auch nicht überrascht?«

Sie sah ihn verblüfft an und runzelte mit einem Anflug von Ärger die Augenbrauen, dann hatte sie sich wieder im Griff. »Es kommt leider in allen Justizvollzugsanstalten Frankreichs immer wieder vor, dass ein Insasse sich das Leben nimmt. Das ist sehr bedauerlich, aber es ist aufgrund der Personalsituation für uns unmöglich, alle Häftlinge rund um die Uhr zu überwachen.«

»Kannten Sie Madame Lebreton persönlich?«

Sie trank einen Schluck Mokka und dachte nach. »Das glaube ich nicht. Ich leite diese Anstalt, die persönlichen Kontakte zu den Häftlingen hat mein Personal.«

Sie warf einen raschen Blick auf ihre Armbanduhr. »Entschuldigen Sie bitte, aber mir kommen Ihre Fragen nicht zielgerichtet vor. Sie haben am Telefon gesagt, dass Sie über Charline Lebreton reden wollen. Was genau möchten Sie von mir wissen? Welche Informationen benötigen Sie für Ihre Ermittlungsarbeit?«

Cleroc ergriff das Wort. »Wir vertreten die Hypothese, dass jemand den Tod von Charline Lebreton rächen will, weil er sie für unschuldig hält und von einem schrecklichen Justizirrtum ausgeht. Diese Person hat unserer festen Überzeugung nach zweimal versucht, mich zu töten, und die Richterin Darrousin sowie die Hauptzeugin im Prozess, Élena Marcon, ermordet. Gestern Abend wurde auf das Haus des Rechtsanwaltes Thénet ein Anschlag verübt, den er glücklicherweise überlebt hat, ebenso wie seine Freundin, die sich zufällig auch dort aufhielt. Wir möchten konkret von Ihnen wissen, welche näheren Kontakte Madame Lebreton im Gefängnis hatte, und wer sie besucht hat? Wir hoffen, dass uns diese Informationen weiterbringen werden. Sie sind sehr wichtig für uns.«

»Nachdem Sie den Termin mit mir vereinbart hatten, habe ich meinen persönlichen Assistenten gebeten, ein schnelles Dossier über die ehemalige Insassin zu erstellen. Er hat alle Daten zusammengetragen, die er in der kurzen Zeit erfassen konnte.«

Sie schlug eine dünne Mappe auf. »Charline Lebreton hat nach einigen Monaten in Haft darum gebeten, arbeiten zu dürfen. Sie sagte, sie halte es in ihrer Zelle nicht mehr aus und würde verrückt. Nach einem Gespräch mit dem Gefängnispsychologen willigte ich ein, dass sie stundenweise in der Küche beschäftigt wird. Sie hat ihre Sache durchaus gut gemacht, sie war fleißig, zuverlässig, sorgfältig. Zum Personal hielt sie gerade den Kontakt, der für ihren Einsatz im hauswirtschaftlichen Bereich erforderlich war. Sie war sehr zurückhaltend und introvertiert. Nur mit einem Hilfskoch hat sie mehr kommuniziert. Die beiden haben sich offensichtlich ganz gut verstanden. In der Mappe gibt es eine Notiz der Hauswirtschaftsleiterin, dass dieser Koch sich offenbar unsterblich in Madame Lebreton verliebt habe. Sie hegte die Befürchtung, dass er sie begünstigen könne, wofür es jedoch nie einen Beweis gab. Andernfalls hätte ich selbstverständlich eingegriffen.«

»Wie heißt er?«

»Rémy Morell.«

»Können wir mit ihm sprechen?«

»Das geht leider nicht. Er hat sich nach ihrem Selbstmord krankgemeldet und legt seitdem eine Arbeitsunfähigkeitsbescheinigung nach der anderen vor. Inzwischen bezieht er Krankengeld. Mein Assistent wird Ihnen seine Adresse mitteilen.«

»Danke.«

Lagarde setzte die Befragung fort. »Haben Sie noch mehr Informationen für uns?«

»Durchaus. Wir dokumentieren die Kontaktdaten der Besucher der Häftlinge. Die Aufzeichnungen bezüglich Madame Lebreton und etlichen weiteren Insassen sind jedoch vor drei Wochen bei einem Brand im Archiv, das sich im Keller befindet, den Flammen zum Opfer gefallen.«

»Es hat gebrannt?«, hakte er nach.

»Ja, die Rauchmelder haben nicht funktioniert, ebenso wenig die Sprinkleranlage. Mein Assistent hielt sich glücklicherweise zu diesem Zeitpunkt in dem Gewölbe auf und konnte eine Ausbreitung des Brandes mit einem Feuerlöscher verhindern.«

»Also war es Brandstiftung?«

»Der Brandschutzexperte der Feuerwehr hat den Verdacht bestätigt. Jemand hat definitiv den Brand gelegt und Benzin als Brandbeschleuniger benutzt.«

»Weiß man, wer es war?«

»Nein. Es wurden kein Spuren gefunden.«

»Es ist also nicht mehr feststellbar, welche Besucher sie empfangen hat?«

»Doch. Es gibt einen Wärter, der während ihrer gesamten Haftzeit für sie zuständig war. Die Fluktuation bei uns ist aufgrund der schwierigen Arbeitsbedingungen ziemlich hoch, aber dieser Angestellte hat über viele Jahre hier gearbeitet. Er heißt Frank Leconte und müsste Ihnen Auskunft geben können. Nach dem Tod von Madame Lebreton ist er regulär in Rente gegangen. Mein Assistent wird Ihnen seine Kontaktdaten aushändigen.«

»Sehr gut.«

»Ich habe noch etwas für Sie. Die Habseligkeiten

von Charline Lebreton, die sie in ihrer Zelle auf-
bewahrte oder die bei Haftantritt einbehalten worden
waren, wurden in einer Kiste verstaut. Man lagerte sie
im Archiv ein, falls Angehörige sie abholen wollen. Es
kam aber niemand, der sich dafür interessierte. Sie ist
etwas angekokelt, aber nicht gänzlich verbrannt. Vielleicht finden Sie aufschlussreiches Material darin.
Mein Mitarbeiter wird sie Ihnen gegen Unterschrift
aushändigen.«

»Wer weiß, vielleicht hilft uns der Inhalt weiter.«

»Ich hoffe es für Sie.« Sie schloss die Mappe. »Mehr
habe ich leider nicht.«

»Das war doch schon einiges. Wir danken Ihnen
sehr, Madame Mercier.«

»De rien. Mein Assistent hat das Büro neben mir.
Wenn Sie mich jetzt entschuldigen würden, ich muss
ein dringendes Telefonat führen.«

»Selbstverständlich.«

»Ich wünsche Ihnen viel Erfolg bei Ihren Ermittlungen.«

Cleroc erhob sich. »Merci bien.«

Auf dem Parkplatz der Polizeiwache von Cherbourg
trafen die Kommissare auf Delphine, die an der Haus-
mauer lehnte und eine Zigarette rauchte. Ihr Gesicht
hielt sie in die Sonne. Sie trug ein türkisblaues Strickkleid mit einem breiten Gürtel und kniehohe Le-

derstiefel. Als die Rechtsmedizinerin sie bemerkte, schenke sie ihnen ein Lächeln. »Bonjour! Heute Morgen hat sich in Windeseile ein Gerücht im Haus verbreitet. Es heißt, das Stelzenhaus des Rechtsanwalts Thénet sei abgebrannt. Stimmt das?«

Cleroc nickte. »Jemand hat es mithilfe eines Traktors und einer Seilwinde zum Einsturz gebracht. Dabei ist ein Brand ausgebrochen.«

»Mon Dieu. Hat er überlebt?«

»Ja, es geht ihm den Umständen entsprechend gut. Seiner Freundin, die bei ihm war, auch.«

»Du musst gut auf dich aufpassen, Ludovic. Der Täter meint es ernst.«

»Ich weiß.«

»Wo kommt ihr her?«

»Wir hatten einen Termin mit der Gefängnisdirektorin von Cherbourg«, erklärte Lagarde.

»Geht es um die Jagd nach dem Phantom?«

»Ja.«

»Kommt ihr vorwärts?«

»Ich hoffe es. Wir haben einige interessante Informationen von ihr bekommen und diese Kiste hier.« Er hielt ein blaues klappbares Kunststoffbehältnis in den Händen, an dem an einigen Stellen die Flammen geleckt hatten.

»Alles klar. Viel Glück! Wenn ihr diesen Fall gelöst habt, gehen wir essen.«

»Ganz bestimmt.«

In Clerocs Büro stellte er die Kiste auf den Besprechungstisch und zog Einmalhandschuhe über. »Jetzt bin ich neugierig. Mal sehen, was wir da haben.« Er nahm die persönlichen Gegenstände von Charline Lebreton heraus und legte sie einen nach dem anderen auf den Tisch.

»Da ist ihre Kleidung, die sie vermutlich getragen hat, als sie in Untersuchungshaft kam, und die ihr dort abgenommen wurde. Sie riecht nach Rauch.

Dann haben wir Schmuck: Ohrringe, ein Halskettchen, ein goldener Ring mit einem Korallenstein.«

»Ist er echt?«, wollte Cleroc wissen.

Er besah sich die innere Rundung. »Ja.«

»Gibt es eine Gravur?«

»Leider nein.« Er machte weiter. »Eine Haarbürste, ein kleines Radio, ein Skizzenblock und einige Stifte.« Er besah sich die Zeichnungen. »Bäume, Blumen, Vögel, Leuchttürme, Dünen, das Meer bei Ebbe und Flut, im Sommer und im Winter, Kinder, die am Strand spielen.« Er fand die Bilder anrührend. »Sie hat alles gemalt, was sie nicht mehr sehen durfte.«

Dann nahm er drei Bücher aus der Kiste und überflog die Texte auf der Rückseite. »Sie hat Liebesromane gelesen.«

Cleroc blätterte die Bücher rasch durch, indem er den Daumen über die Seiten zog. Jeweils auf der ersten Seite gab es einen Stempel: »Aus der Bücherei der Haftanstalt, gekauft für einen Euro.« Dazu ein unleserliches Kürzel. Aus dem dritten Buch, »Die Liebenden von Honfleur«, rutschte ein zusammengefaltetes Stofftaschentuch. Sorgsam schlug er es auf. Zum Vorschein kam eine Schwarz-Weiß-Fotografie, die den Oberkörper eines Mannes im Halbprofil zeigte. Das Bild war grobkörnig, leicht verwackelt und abgegriffen, die Qualität schlecht. »Was sehen wir?«, fragte er. »Einen Mann mittleren Alters, schlank, breite Schultern, der ein Hemd und einen Pullunder trägt. Eine, wie es scheint, unauffällige Nase, eine hohe Stirn, wellige kurze helle Haare.«

Lagarde betrachtete das Foto und runzelte die Stirn. »Man kann zu wenig erkennen. Das könnte praktisch jeder Mann in diesem Alter sein.«

»Sie hat es aufbewahrt und immer wieder betrachtet.«

»Dieser Mann war ihr sehr wichtig.«

»Ja, das glaube ich auch. Vielleicht hat sie ihn geliebt.«

»Das ist durchaus möglich.«

»Könnte es sich um unseren Racheengel handeln?«

Lagarde nickte. »Womöglich.«

Sein Freund schüttelte enttäuscht den Kopf. »Jetzt haben wir vielleicht eine Fotografie von ihm, die uns aber keinen Schritt weiterbringt.«

Dann warf er bedrückt einen Blick auf die wenigen armseligen Gegenstände, die Charline Lebreton in der Justizvollzugsanstalt besitzen durfte. »Ist es das, was vom Leben übrig bleibt?«

Das Haus, in dem Rémy Morell wohnte, befand sich in einer schmalen Straße in einem Randbezirk von Cherbourg. Es war einstöckig, machte einen heruntergekommenen Eindruck und lag zurückgesetzt zwischen einer Arztpraxis und einer Schreinerei. Auf dem Hof stand ein älterer Kleinwagen, es war ein dunkelgrüner Peugeot mit Schrammen am linken Kotflügel und einer Beule in der Fahrertür. Daneben glänzte ein Vintage-Motorrad mit einem schwarzen Sitz silbern in der Sonne. Ein Blick auf die beiden Namensschilder sagte den Kommissaren, dass der Hilfskoch im ersten Stock wohnte. Cleroc klingelte. Die Haustür war unverschlossen, und sie traten in den dunklen Flur, durch den der Duft von frisch gebrühtem Kaffee zog. Hinter der Wohnungstür erklang Kinderlachen. Über eine ausgetretene Holztreppe, auf deren beiden unteren Stufen sich zerfledderte Werbeprospekte neben einem vollen Aschenbecher stapelten, stiegen sie hinauf. Ein schmächtiger Mann um die vierzig mit dunkelblonden strähnigen Haaren stand im Türrahmen und musterte sie misstrauisch aus wässrig blauen Augen. Der graue Arbeitsoverall war ihm eine Nummer zu groß, die Stiefel schmutzig. Lagarde stellte sie vor, und sie wiesen sich aus. »Dürfen wir hereinkommen? Wir müssen dringend mit Ihnen reden.«

»Was wollen Sie von mir?«

»Lassen Sie uns das in Ihrer Wohnung besprechen, nicht zwischen Tür und Angel.«

»Ich habe keine Zeit.« Er machte Anstalten, die Tür zu schließen.

»Es ist wichtig. Sie dürfen uns auch gerne auf die Wache begleiten, wenn Ihnen das lieber ist.«

»Also gut.« Er drehte sich um, durchschritt einen winzigen Korridor und führte sie in ein schlicht eingerichtetes Zimmer, das mit einem Bett, einem Sofa, einem niedrigen Tisch, einem großen Flachbildschirm, einem Schrank und einem Schreibtisch in der Ecke ausgestattet war. Alles war ordentlich und aufgeräumt. Es roch ein wenig muffig. Vom Fenster aus konnte man auf den Hof schauen. Morell nahm auf dem Bett Platz, die Polizisten setzten sich auf das Sofa. Der Mann sah die Besucher beunruhigt an. »Worum geht es?«

»Wir führen eine Mordermittlung durch und durchleuchten in diesem Zusammenhang den persönlichen Hintergrund von Charline Lebreton«, erklärte Lagarde. »Deshalb wollen wir Ihnen einige Fragen stellen.«

Von einer Sekunde auf die andere drückte sein Blick tiefe Trauer aus. »Charline ist tot. Sie wollte nicht mehr weiterleben.«

»Ja, das wissen wir. Sie haben in der Gefängnisküche mit ihr zusammengearbeitet. Wie haben Sie sich verstanden? Wie war ihr Arbeitsverhältnis?«

»Gut.«

»Fanden Sie sie sympathisch?«

Er schüttelte unmerklich den Kopf und schien in Erinnerungen zu versinken. Auf einmal huschte ein Lächeln über sein unscheinbares Gesicht. »Sympathisch? Sie haben wirklich keine Ahnung, was? Ich habe sie geliebt, ich habe sie angebetet! Sie war eine wunderschöne Frau.«

»Hat sie Ihre Zuneigung erwidert?«

»Ich glaube, sie mochte mich. Wissen Sie, sie war immer so traurig und in sich gekehrt, weil sie unschuldig im Gefängnis saß. Sie hat mir ihre Geschichte erzählt, Charline hat ihren Mann nicht ermordet. Ich habe versucht, sie zu trösten, ihr hin und wieder unauffällig Leckereien zugesteckt. Aber richtig darüber gefreut hat sie sich nicht. Sie war untröstlich. Wenn wir uns außerhalb der Haftanstalt getroffen hätten, wäre sicherlich ein Paar aus uns geworden. Da bin ich mir sicher.« Nach diesem Redeschwall verstummte er erschöpft. Lagarde zeigte ihm die Fotografie aus der Archivkiste. »Wissen Sie, wer dieser Mann ist?«

Der Hilfskoch betrachtete das Bild gründlich und schüttelte schließlich den Kopf. »Nein, keine Ahnung. Die Qualität des Bildes ist schlecht.«

»Da muss ich Ihnen recht geben.«

Cleroc ging in die Offensive. »Sie haben sie geliebt, und sie haben sie verloren. Das ist Ihr Motiv für die Morde an Édith Darrousin und Élena Marcon sowie für die Anschläge auf mich und Benjamin Thénet.«

Morell sah ihn erschrocken an. »Was sagen Sie da? Ich weiß gar nicht, wovon Sie reden. Ich habe niemandem etwas getan. Das müssen Sie mir glauben.«

Lagarde ergriff das Wort. Er traute dem Hilfskoch, der seine Chancen gegenüber Charline Lebreton derart blauäugig und naiv eingeschätzt hatte, die Tat nicht zu. Er lebte in seiner Phantasiewelt, die er sich zurechtgezimmert hatte, aber er war mit Sicherheit kein eiskalter, brutaler Racheengel. Dafür fehlten ihm die Voraussetzungen. Der Kommissar wollte auf etwas anderes hinaus. »Gehört der Peugeot vor dem Haus Ihnen?«

Erleichtert über den Themawechsel nickte Morell. »Ja, das ist mein Auto.«

»Und das Vintage Motorrad?«

Seine Miene drückte nun große Freude aus. »Ich habe es mir kürzlich gekauft.« Er geriet ins Schwärmen. »Es ist eine Honda CB 1100 Bike Retro, ausgestattet mit ABS, Speichenrädern und einem Sechs-Gang-Schaltgetriebe, Erstzulassung 2013.«

»Das Bike fährt sich toll, oder?«

»Super!«

»Darf ich fragen, was es gekostet hat?«

»Achttausendvierhundert Euro! Ein absolutes Schnäppchen.«

»Nach unseren Informationen beziehen Sie zwischenzeitlich Krankengeld?«

»Ja.«

»Darf ich schätzen? Neunhundert Euro im Monat?«

»Achthundertzehn.«

»Das ist nicht viel Geld.«

»Es reicht hinten und vorne nicht.«

»Woher haben Sie die achttausendvierhundert Euro?«

Morell verschlug es die Sprache. Er starrte auf den verblichenen Teppichboden. Nach einer Weile murmelte er: »Ich habe das Geld von meiner Oma geerbt.«

»Das glaube ich Ihnen nicht. Aber wenn Sie wollen, werden wir das überprüfen. Danach kommen wir zurück. Oder Sie sagen jetzt die Wahrheit.«

Er knickte ein. »Jemand hat mir das Geld gegeben.«

»Einfach so?«

Er zuckte die Schultern, und sein Gesicht nahm einen verschlagenen Ausdruck an. »Warum nicht? Es ist nicht strafbar, Geld anzunehmen.«

»Wenn man als Gegenleistung einen Brand in einem Gefängnisarchiv legt, schon.«

»Das war ich nicht.«

»Wir werden die Kollegen von der Spurensicherung in das Gewölbe schicken. Sie werden dort jeden Stein umdrehen. Wenn Sie dort waren, finden sie das heraus. Ein Mensch hinterlässt immer Spuren: Fingerabdrücke, DNA durch Haare oder Hautschuppen, Fasern.«

Er wurde unsicher. Lagarde insistierte. »Welche Summe hat Ihnen derjenige dafür geboten, dass Sie das Archiv anzünden?«

»Zehntausend Euro.«

»Wer war es? Der Mann auf dem Foto?«

»Ich weiß nicht, wer er war. Er trug eine dunkle Sonnenbrille und eine Baseballmütze, die er tief in die Stirn gezogen hatte.«

»An was können Sie sich noch erinnern, Größe, Statur, irgendwelche Auffälligkeiten? Wie ist das Ganze abgelaufen?«

»Der Typ stand plötzlich im Hof. Er hat mir zehntausend Euro angeboten, wenn ich im Archiv einen Brand lege. Fünftausend sofort auf die Hand, den Rest, wenn der Auftrag erledigt ist.«

Er dachte nach. »Er war geschätzte fünfzig Jahre alt, mittelgroß, schlank, kräftig, schmale Lippen.« Dann fiel ihm noch etwas ein. »Eine Haarsträhne, die unter der Mütze hervorlugte, war dunkelblond.«

»Wie war seine Stimme?«

»Normal, nicht zu hoch, nicht zu tief, irgendwie angenehm. Ja, er hatte eine schöne Stimme, die überhaupt nicht zu seiner bedrohlichen Haltung passte.«

»Er hat Sie bedroht?«

»Ja. Er hat mir die fünftausend Mäuse gegeben, und plötzlich hatte er ein Messer in der Hand, das er auf mich richtete. Er sagte, wenn ich versuchen sollte, ihn auszutricksen und die Abmachung nicht einhalte, käme er zurück und würde mir eine Fingerkuppe abschneiden. Dabei veränderte sich seine Stimme. Sie wurde böse und richtig unheimlich, so dass ich eine Gänsehaut bekam. Dabei ist mir ein Akzent aufgefallen.«

»Welcher Akzent? Können Sie ihn beschreiben?«

»Er war bretonisch.«

»Woher wissen Sie das?«

»Ich habe einige Zeit in der Bretagne in einem Restaurant am Hafen von Port-Blanc als Sous-Chef in der Küche gearbeitet. Manche Gäste haben so gesprochen.«

»Wie ging es dann weiter? Haben Sie das restliche Geld von dem Mann bekommen?«

»Ja, kurz nach dem Brand hat er es vorbeigebracht. Er hat mir einen Umschlag gegeben, und weg war er.«

»Woher wusste er, dass Sie geliefert hatten?«

»Keinen Plan. In der Regionalzeitung und im Radio wurde groß über meine Aktion berichtet. Vielleicht daher.«

»Wie haben Sie sich Zugang zum Archiv verschafft? Sie hatten doch sicher nur Schlüssel für die Küchenräume?«

»Ein Wärter, mit dem ich befreundet bin, hat mir seinen Generalschlüssel ausgeliehen. Damit gelangte ich von der Rückseite her durch eine kleine Pforte auf das Gelände, dann in den Haupttrakt des Gebäudes und schließlich über eine Hintertreppe in den Keller. Dafür hat er tausend Euro verlangt.«

»Die Wachen haben Sie nicht bemerkt?«

»Insider wissen, dass die Strahler auf den Türmen nicht alle nächtlichen Schatten ausleuchten.« In einem Anflug von Stolz schwoll seine Stimme an.

»Der Brand wurde schnell gelöscht.«

»Ja, ich bin gestört worden. Gerade als ich im Schein einer Taschenlampe Akten, Kartons und Holzregale mit Benzin aus einem Kanister übergossen hatte und mit einem Streichholz entzündete, betrat plötzlich jemand das Gewölbe und schaltete das Licht ein. Als die Neonröhren aufflackerten, und die schwere Tür ins Schloss knallte, bin ich zu Tode erschrocken. Schnell habe ich mich hinter einem Regal versteckt, und als der Mann mit dem Feuerlöscher zum Brandherd rannte und versuchte, die Flammen zu löschen, bin ich abgehauen.«

»Das war es zunächst von unserer Seite. Es ist Ihnen klar, dass eine Anzeige wegen Brandstiftung auf Sie zukommen wird?«

Er nickte kleinlaut. »Ich weiß.«

»Eine Frage habe ich noch.«

»Ja?«

»Was haben Sie mit den restlichen sechshundert Euro gemacht?«

»Meine Kumpels und ich waren in einer Disco und haben Party gefeiert.«

Das Herrenhaus Manoir de Dur-Écu mit seinen düsteren Luken, verspielten Türmen und mittelalterlichen Pechnasen lag etwa zehn Kilometer westlich von Cherbourg ein wenig außerhalb des kleinen gleichnamigen Dorfes direkt am Meer. Dort, in der Nähe der Seebrücke, wohnte Frank Leconte. Das Granitsteinhäuschen mit den frisch lackierten bordeauxroten Fensterläden und dem Erntedankkranz an der Eingangstür erhob sich in einem gepflegten Garten, in dem die Hortensien und Stockrosen im Sommer gewiss prächtig blühten.

Nachdem Cleroc geklingelt hatte, wurde kurz darauf die Tür geöffnet. Vor ihnen stand ein kleiner runder Mann in Jeans und Pullover, der sie mit einem offenen Lächeln aus hellbraunen Augen anblickte. Sein runder Kopf ähnelte einer polierten Billardkugel, die

Nase war kräftig, der Teint gebräunt, wie bei jemandem, der sich viel an der frischen Luft aufhielt. Auf dem Arm trug er ein etwa zweijähriges Mädchen mit runden Puppenaugen und dunklen Locken, die ein rosa Reif mit Schleife zierte. Sie musterte die Besucher neugierig. Die Männer begrüßten sich, und die Kommissare stellten sich vor.

»Ich heiße Linchen«, trompetete die Kleine.

Lagarde lächelte sie an. »Mein Name ist Philippe.«

Sie nickte ernst. »Ich backe Kuchen mit Oma und Opa.«

»Toll.«

Leconte drückte ihr einen Kuss auf die rosige Wange und wandte sich den Polizisten zu. »Meine Enkelin heißt Laureline, genannt Linchen. Meine Frau und ich haben Babysitter-Dienst. Was führt Sie zu mir?«

»Wir ermitteln in einer Verbrechensserie und möchten Ihnen einige Fragen stellen.«

»Selbstverständlich, kommen Sie rein.« Er führte sie in die Küche und stellte ihnen seine Frau vor, die auf einem Holzbrett Äpfel für den Kuchen schnitt. »Clara, die Herren sind von der Polizei und wollen mit mir reden.«

Sie hielt in ihrer Tätigkeit inne und sah die Besucher überrascht an. »Bonjour, Messieurs!«

Leconte setzte die Kleine in den Kinderstuhl und

gab ihr einen Apfelschnitz. »Du hilfst der Oma beim Backen. Bis gleich, mein Engelchen.«

Zusammen gingen die Männer in den gemütlich eingerichteten Salon und setzten sich um den Couchtisch. »Darf ich Ihnen einen Kaffee anbieten oder eine selbst gemachte Zitronenlimonade?«

Die Kommissare lehnten dankend ab.

Leconte saß angespannt im Sessel und blickte die Kommissare erwartungsvoll an. »Worum geht es?«

Cleroc erklärte zusammenfassend, was sich bisher zugetragen hatte, und welche Theorie sie anhand der vorliegenden Fakten entwickelt hatten. Der ehemalige Justizvollzugsbeamte war schockiert. »Sie glauben also, dass diese Verbrechen mit dem Selbstmord von Charline Lebreton zusammenhängen?«

»Wir sind uns sicher. Aber wir haben keinerlei Vorstellung davon, wer diese Person sein könnte. Deshalb durchleuchten wir ihren Hintergrund und ihr Umfeld und konzentrieren uns dabei auf die Haftanstalt, in der sie vier Jahre ihres Lebens verbrachte.«

Der Mann strich sich nachdenklich über die Glatze. »Ich verstehe.«

»Sie sind aus dem Dienst ausgeschieden, nicht wahr?«

»Ja, seit etwa einem halben Jahr. Jetzt genieße ich das Rentnerdasein mit meiner Familie, das Angeln und jeden Tag ein Glas Roten in der Dorfwirtschaft.«

»Das hört sich gut an. Madame Mercier sagte uns, dass die Dokumentation der Besuche bei einem Brand vernichtet worden ist, so dass es nicht mehr nachvollziehbar sei, welche Personen Insassen besucht haben.«

Er nickte mit ernster Miene. »Ich habe von dem Feuer in der Zeitung gelesen.«

»Sie hat uns auch darüber informiert, dass Sie für Charline Lebreton zuständig waren.«

»Das ist richtig. Außer natürlich ich hatte Urlaub oder war krankgeschrieben. In diesen Fällen war eine Vertretung für sie verantwortlich.«

»Was genau waren Ihre Aufgaben?«

»Ich habe sie zu ihrer Arbeitsstelle in der Küche gebracht und wieder abgeholt. Auch habe ich ihr dreimal täglich die Mahlzeiten durch die Luke gereicht. Eine weitere Tätigkeit war, sie in den speziellen Aufenthaltsraum zu führen, wenn sie Besuch bekam, und sie anschließend in ihre Zelle zurückzubringen.«

»Welchen Eindruck hatten Sie von ihr?«

»Sie tat mir von Herzen leid, obwohl sie eine Mörderin war. Ich bin während meiner gesamten beruflichen Laufbahn selten einem so niedergeschlagenen Menschen begegnet. Sie konnte sich nicht mit ihrem Schicksal abfinden, nicht einmal ansatzweise. Andere fügen sich irgendwann den Umständen, sie nicht.«

»Haben Sie hin und wieder miteinander gesprochen?«

»Nur wenige Worte. Es ist dem Personal verboten
sich mit den Insassen zu unterhalten. Es wird nur das
Nötige gesagt.«

Lagarde lächelte ihn an. »So wie ich Sie einschätze,
haben Sie die Vorschriften etwas weiter ausgelegt?«

Er grinste. »Richtig. Ich habe versucht, tröstende
Worte für sie zu finden, um sie ein bisschen aufzurich-
ten. Außerdem habe ich mich bemüht, sie zu überreden, regelmäßig Nahrung zu sich zu nehmen.«

In Erinnerungen versunken seufzte er. »Meine un-
beholfenen Bestrebungen waren meist vergebens.
Ehrlich gesagt, es hat mich nicht besonders überrascht, dass sie sich das Leben genommen hat. Zutiefst
erschüttert ja, aber nicht überrascht. Sie konnte den
Gegebenheiten nicht standhalten.«

»Hielten Sie sie für schuldig?«

»So ein Urteil steht mir nicht zu, dafür gibt es Ge-
richte, Monsieur le Commissaire.«

»Hat sie Ihnen etwas erzählt, auch wenn es nur eine
Kleinigkeit war, eine Randbemerkung, die uns weiterhelfen könnte?«

»Sie hat nie über private Themen gesprochen. Darüber weiß ich gar nichts.«

»Aber Sie wissen, ob sie Besuch bekommen hat?«

»Selbstverständlich.«

»Wer hat sie besucht? Wie oft? Wie viele Personen waren es?«

Sein Gesicht drückte Trauer aus. »Sie bekam einmal im Monat Besuch von einem Mann. Öfter durfte er nicht kommen, die Regeln sind sehr streng. Ansonsten hat niemand sie besucht.«

Der Kommissar war erstaunt. »Niemand?«

»Nein.«

»Wie hieß der Mann?«

»Sie nannte ihn Johnny.«

»Und weiter?«

»Das weiß ich nicht.«

»War das sein richtiger Name?«

Er zuckte mit den Schultern. »Ich habe keine Ahnung. Es tut mir leid.«

»Besuchte er sie über einen längeren Zeitraum?«

»Von Beginn der Haft an bis zum Ende.«

»Können Sie das Verhältnis zwischen den beiden beschreiben?«

»Es schien mir sehr innig zu sein.« Ein zartes Lächeln huschte über sein Gesicht. »Er hat jedes Mal aus dem Automaten im Besucherbereich zwei Flaschen Orangina und eine Tafel Schokolade für sie gezogen. Nougat, die mochte sie am liebsten. Von außen durfte er ihr nichts mitbringen. Das war absolut verboten.«

»Kann es sein, dass die beiden vor ihrer Verurteilung ein Paar waren?«

Er überlegte kurz und nickte. »Der Besuch von Johnny war für Charline das Größte überhaupt. Sie hat versucht, sich für ihn schön zu machen. Während seiner Anwesenheit lächelte sie sogar manchmal, und ihre Augen blickten lebhafter. Zur Begrüßung und beim Abschied legten sie ihre Hände, durch die Scheibe getrennt, aneinander und deuteten mit den Lippen einen Kuss an. Es war irgendwie anrührend. Doch ja, es schien so, als hätten sie ein Liebesverhältnis gehabt.«

Cleroc ergriff das Wort. »Können Sie den Mann beschreiben?«

»Durchaus. Er war um die fünfzig Jahre alt, von mittlerer kräftiger Statur, hatte breite Schultern, blonde, modisch geschnittene Haare, blaue Augen, ein attraktives Gesicht. Er trug bei seinen Besuchen immer einen eleganten Anzug, Hemd, Krawatte, Lederschuhe, so als wolle er herausstellen, dass der Besuch ihm sehr wichtig war.«

»Wie war er im Umgang?«

»Der Mann war immer sehr höflich und kultiviert. Er hatte gute Manieren. Ein Gentleman!«

Der Hauptkommissar musste an den einfachen Hilfskoch Rémy denken. Charline Lebreton hatte in einer ganz anderen Liga gespielt.

»Können Sie seine Aussprache beschreiben?«

»Er hatte eine schöne maskuline Stimme und sprach ein glasklares Hochfranzösisch.«

»Kein Akzent?«

»Nein.«

Cleroc zeigte ihm die Fotografie aus der Archiv-kiste. »Ist das Johnny?«

Der ehemalige Wärter zog die Augenbrauen hoch und studierte sie genau. »Das ist schon möglich. Die Aufnahme ist nicht besonders gut gelungen.«

»Ja, bedauerlicherweise.«

»Das ist kein Problem. Ich kann Ihnen ein wesent-lich besseres Bild von ihm zeigen. Dann wissen Sie ge-nau, wie er aussieht.«

Verblüfft tauschten die Ermittler einen raschen Blick.

»Kommen Sie mit. Wir müssen nur ein paar Meter ins Dorf zum Kirchplatz laufen.«

»Einverstanden«, stimmte Lagarde zu. Sie erhoben sich.

Nachdem sich Frank Leconte von seiner Frau und Linchen verabschiedet und versichert hatte, nach einem kleinen Roten in der Bar-Tabac gleich zurück-zukommen, verließen sie das Haus. Im Garten pfiff er nach seinem Hund. Sekunden später rannte ein Rau-haardackel mit krummen Beinen und einem schicken Halsband ihn fasst um und bellte begeistert.

»Das ist Yvonne«, stellte er den Hund vor. »Ich habe sie nach der Gattin von Charles de Gaulle be-nannt. Das war eine resolute Dame, die nicht gerne

302

im Élysée-Palast wohnte und ihn als Haftanstalt bezeichnete. Es gefällt mir, dass sie kein Blatt vor den Mund nahm. Warum auch? Schließlich war sie Première Dame de L'État.«

Endlich setzte er sich in Bewegung, und sie gingen eine fast menschenleere Gasse entlang, die einen weiten Bogen vollzog. Die Dorfbevölkerung tummelte sich auf dem von Platanen umsäumten Kirchplatz, wo der Wochenmarkt stattfand. Lebhafte Worte und Begrüßungen flogen hin und her. Lachen erklang.

»Darf ich fragen, wohin Sie uns führen?«, erkundigte sich Lagarde, der sich nicht erklären konnte, was der Mann vorhatte.

»Wir sind gleich da«, versprach Leconte.

Nach wenigen Schritten standen sie vor der örtlichen Buchhandlung. Die schiefe Fassade war safrangelb, das Fachwerk von Patina überzogen, der Rahmen des Schaufensters karmesinrot. Über die Auslage waren samtene Stoffbahnen gebreitet, auf denen Alusterne glitzerten. Darauf waren etliche Exemplare desselben Buches ausgestellt. In der Mitte stand eine Staffelei, an die ein gerahmtes Plakat gelehnt war, auf dem ein Konterfei abgelichtet wurde. Lagarde war fassungslos. »Das ist Johnny?«, vergewisserte er sich. Leconte nickte. »So ist es.«

»Sind Sie sicher?«

»Aber ja.«

»Merci beaucoup, Monsieur Leconte. Sie haben uns wirklich sehr geholfen.«

»De rien. Dann mache ich mich jetzt auf den Weg in die Dorfkneipe. Komm Yvonne.« Rasch entfernten sie sich.

Lagarde drehte sich um und starrte erneut auf die Auslage. Über der Porträtfotografie prangte in dicken schwarzen Lettern: »Les Adieux, der Erfolgsroman des mit dem Literaturpreis der Bretagne ausgezeichneten Autors Sébastien Jean Gautier.« Das attraktive Gesicht des Schriftstellers lächelte ihm entgegen.

»Was ist los?«, wollte Cleroc wissen.

»Das ist der ehemalige Liebhaber und jetzige gute Freund meiner Verlobten Odette, der Schriftsteller Sébastien Gautier.«

»Wie? Gautier ist Johnny?«

»Exakt.«

Cleroc betrachtete das Plakat. »Der Mann kommt mir bekannt vor. Ich habe ihn irgendwo schon einmal gesehen.« Er zog die Stirn kraus, dann schnippte er mit den Fingern. »Er war bei der Beerdigung von Charline Lebreton. Den Burschen knöpfen wir uns vor.«

»Erst gehen wir einen Mokka trinken.«

In einem Café gegenüber der Kirche setzen sie sich an einen Tisch am Fenster. Auf der rot-weiß karierten Decke stand eine Vase mit einer Gerbera-Blüte. Bei dem Kellner orderten sie Kaffee, Wasser und zwei Croque Monsieurs. Während sie auf ihre Bestellung warteten, waren die Polizisten tief in ihre Gedanken versunken und nahmen das bunte Treiben auf dem Markt gar nicht wahr.

Als sie sich hungrig über ihren Imbiss hermachten, griff Cleroc den Faden erneut auf. »Wir müssen dringend mit Gautier reden. Nur er kann das Phantom sein.«

Lagarde trank einen Schluck Kaffee, der heiß und stark war. »Ludovic, wenn wir die Fakten betrachten, wissen wir nur, dass er Charline Lebreton regelmäßig im Gefängnis besucht hat. Wir haben keinerlei Beweise gegen ihn, keine Zeugen, keine Spuren, überhaupt nichts.«

»Wir müssen ihn aus der Reserve locken, er muss ein Geständnis ablegen. Anders kriegen wir ihn nicht. Philippe, er hat mich beinahe umgebracht!«

»Ich weiß. Lass uns nachdenken! Nehmen wir an, die beiden haben sich bereits vor Charlines Verurteilung gekannt, nehmen wir weiter an, sie waren tatsächlich ein Liebespaar. Wo haben sie sich getroffen? Im Haus von Charline und Joseph in Gatteville-le-Phare gewiss nicht. Es muss ein Platz sein, wo sie ungestört waren.«

»Ein Hotel? Eine Pension?«

»Möglich. Aber vielleicht gab es ein intimeres Plätzchen, ein Liebesnest. Womöglich finden wir dort etwas, das uns weiterhilft.« Er griff nach seinem Mobiltelefon und suchte nach einer Nummer, wählte und schaltete den Lautsprecher an. Gleich darauf meldete sich die Nachbarin der Lebretons in Gatteville-le-Phare.

»Bonjour, Anette Morin am Apparat.«

»Bonjour, Madame Morin. Hier ist Commissaire Philippe Lagarde.«

»Oh, was für eine Freude! Kann ich etwas für Sie tut?«

»Ja, wissen Sie, ob das Ehepaar Lebreton ein Strandhäuschen oder Ähnliches besaß?«

»Lassen Sie mich einen Moment nachdenken. Da war irgendetwas. Genau, mein Gedächtnis funktioniert noch wie ein Uhrwerk. Charline hat von ihrer Großmutter eine Fischerkate geerbt.«

»Wo befindet sich diese Kate?«

»Sie hat mir mal davon erzählt. Sie ist in Réville in der Nähe des Schlosses. Straße und Hausnummer weiß ich leider nicht.«

»Kein Problem, das bekommen wir heraus. Danke schön für Ihre Hilfe.«

»Sehr gerne.«

Nach einem Telefonat mit dem Grundbuchamt hatten sie die Adresse.

Als die Ermittler Réville erreichten, war es bereits dunkel. Der Mond war als elfenbeinfarbene Sichel am Novemberhimmel zu sehen. Das Häuschen, das Charline geerbt hatte, stand in der Stichstraße zum Strand. Zwischen der weißen Fassade mit den geschlossenen Läden und dem Zaun rankten Gestrüpp und Rosenbüsche. Die Kommissare parkten am Straßenrand und gingen durch ein offen stehendes Tor in den weitläufigen Park. Dort befand sich die tannengrün lackierte Eingangstür der Fischerkate. Hinter der verschmutzten Fensterscheibe hing eine Gardine. Auf dem Vorplatz stand ein massiver Holztisch, den zwei Bänke flankierten, an der Wand lehnte ein gelber Kinderstuhl. Der Sonnenschirm war zugeklappt, der Stoff zerschlissen. Schräg gegenüber, ungefähr zwanzig Meter entfernt, erhob sich ein Herrenhaus zwischen Libanonzedern und Eichen mit einer imposanten mittigen Außentreppe, die zu einem Portal führte. Das obere Stockwerk war hell erleuchtet. Hinter einem der Fenster bewegte sich eine Silhouette. Der Platz wurde von einigen Lampen spärlich erhellt.

Mit einem Einbruchwerkzeug öffnete Lagarde problemlos das einfache, angerostete Schloss, und sie gelangten direkt in die Küche. Cleroc drückte auf den Lichtschalter. Nichts, vermutlich war der Strom abgestellt. Er schaltete seine Taschenlampe ein, deren Lichtkegel über die in die Jahre gekommene Küchenzeile wanderte: ein Kühlschrank, ein Gasherd, eine Spüle mit Unterschrank, in dem sich Reinigungsmittel und Mülltüten befanden. Im himmelblauen Geschirrschrank, der bis zur Decke reichte, stapelte sich eine verstaubte Basisausstattung an Töpfen, Pfannen, Tellern, Gläsern und Besteck. Auf einer der Ablagen reihten sich eine Kaffeedose, ein Glas Marmelade und ein Kunststoffbehälter mit Zucker sowie verschiedene Gewürze. Das Badezimmer verfügte über eine altertümliche, winzige Dusche. Der Duschkopf war von Grünspan verfärbt und in den Ecken breitete sich Schimmel aus. Cleroc fiel auf, dass der Plastikbehälter des Abfalleimers schief in der Halterung saß. Er zog ihn heraus und fand eine leere Rasierschaumtube.

Lagarde nahm sich den kleinen Salon vor. Die Lehnen der Sessel und des Sofas waren mit gehäkelten Deckchen verziert. Der Fernseher war ein altes Gerät mit Bildröhre, der Plattenspieler ein Fall für den Trödelmarkt. Er suchte im Schein der Taschenlampe nach Auffälligkeiten, konnte jedoch nichts finden, was seine Aufmerksamkeit erregte. Außer, dass die Scheibe des Wohnzimmerfensters eingeschlagen war. Die Scherben lagen verstreut auf dem Teppich. Er leuchtete die Stelle aus und tastete die Fläche mit den Fingerkuppen ab. Sie war feucht, aber keineswegs von Schimmel oder Schmutz überzogen. Auch Blätter waren nicht hereingeweht worden.

Gegenüber der Küchenzeile befand sich der schmale Essplatz. Auf dem Tisch war eine Plastikdecke ausgebreitet, auf der sich Margeriten rankten. Über der Eckbank, an der orange gestrichenen Wand, war eine bunt gestaltete, holzgerahmte Landkarte des Cotentin mit der Abteikirche von Lessay als Mittelpunkt angebracht. An einem Garderobenhaken hingen ein ausgefranster Strohhut und eine Gärtnerschürze.

Hintereinander stiegen die Freunde die Holztreppe hinauf und untersuchten die beiden Schlafzimmer unter der Dachschräge. Durch die mit Laub bedeckten Fenster drang kein Lichtschein. Vom Kabel der Deckenleuchte hingen Spinnweben. Im Schrank fanden sie einige Kleidungsstücke einer Frau: Unterwäsche, Socken, Jeans, Pullover, T-Shirts, Röcke, Badekleidung. Unter dem französischen Bett entdeckte Lagarde zwischen Wollmäusen etwas Rotes und zog es hervor. Es war ein spitzenbesetzter Body aus Seide.

Wieder zurück im Erdgeschoss setzten sie sich an den Esstisch und zogen ein Resümee ihrer Suche. »Jemand hat kürzlich das Fenster zum Salon eingeschlagen und ist in das Haus eingestiegen«, folgerte Lagarde. »Offenbar hat er alle Gegenstände und Kleidungsstücke verschwinden lassen, die auf die Anwesenheit eines Mannes hinweisen. Das Dessous und die Tube hat er übersehen.«

»Alles deutet darauf hin, dass Gautier Charline hier besuchte. Sie waren ein Liebespaar«, bemerkte Cleroc.

»Es sieht so aus. Oder sie hatte noch einen anderen Mann als Verehrer.«

»Das glaube ich nicht. Gautier hat auch dafür gesorgt, dass Morell das Archiv in Brand steckt. Alle Spuren, die auf ihn hindeuten, sollten beseitigt werden.«

Lagarde nickte und spürte plötzlich bei einer Bewegung eine Unebenheit im Holzboden unter seinen Schuhsohlen. Er schob den Tisch zur Seite und ging in die Hocke. Als er den Boden untersuchte, stellte er fest, dass eine Diele locker saß. Er entfernte sie und stieß auf einen steinernen Hohlraum, der etwa fünfzig mal fünfzig Zentimeter groß und ebenso tief war. Daraufhin klemmte er die Taschenlampe zwischen die Lippen, holte Einmalhandschuhe aus seiner Hosentasche, zog sie über und holte die verborgenen Gegenstände vorsichtig aus dem Versteck. Seinen Fund legte er auf den Tisch. In einem durchsichtigen Plastikbeutel erkannten die Kommissare einen Hammer, an dessen Kopf Blut und Haare klebten, ein Brecheisen und Schmuck. Dabei handelte es sich um eine Halskette und ein Armband aus Gold mit einem gefassten Korallenstein, passend zu dem Ring aus der Archivkiste.

Cleroc staunte. »Wenn es sich tatsächlich um die Mordwaffe, das Einbruchwerkzeug und die Schmuckstücke aus Charline Lebretons Haus handelt, die angeblich gestohlen wurden, dann deutet alles darauf hin, dass sie den Einbruch tatsächlich vorgetäuscht hat.«

Nun öffnete Lagarde die Kassette aus Ebenholz mit filigranen Schnitzereien, die sich ebenfalls in dem Versteck befunden hatte. Auf einem gefalteten Blatt Briefpapier lag eine besonders schöne zartrosa Muschel, deren Höhlung mit schimmerndem Perlmutt ausgekleidet war. Er nahm sie heraus, entfaltete das Papier und las den in schwungvoller Handschrift mit blauer Tinte geschriebenen Text vor:

Lieber Johnny,

ich habe meinen Ehemann Joseph mit dem Hammer erschlagen, weil ich frei für dich sein wollte. Er hätte mich nie gehen lassen.
Du bist meine große Liebe, noch nie habe ich jemanden so sehr geliebt und begehrt wie dich.
Ich bete, dass unsere Geschichte gut ausgeht, und wir zusammen ein glückliches Leben führen werden. Wir werden Kinder haben und uns nie trennen bis zum Tod.
Die Muschel habe ich am Strand gefunden. Sie soll ein Symbol unserer Liebe sein.
Ich hoffe, du findest diese an dich gerichteten Zeilen irgendwann.
Deine Charline

Erschüttert starrte Lagarde auf den Brief. Diese tiefe Liebe hatte sich zu einer Tragödie entwickelt und in einer Katastrophe geendet. Für einen Moment fehlten ihm die Worte. Seinem Freund ging es genauso. Dann packte er die Sachen für das Polizeilabor zusammen. »Gehen wir, Ludovic. Hier gibt es nichts mehr für uns zu tun.«

Er versperrte die Haustür, und sie liefen über den Hof auf das Tor zu. In diesem Moment wurde die Pforte des Herrenhauses aufgerissen, der Park erstrahlte in hellem Licht, und eine schlanke Frau in Jeans und T-Shirt stieg über die Treppe nach unten. Langsam, Schritt für Schritt, näherte sie sich den Männern und richtete entschlossen ein Jagdgewehr auf sie. Ihr junges schönes Gesicht zeigte Wut und gleichzeitig Wachsamkeit. Eine helle Haarsträhne, die sich aus ihrem Dutt gelöst hatte, fiel ihr über die Wange. »Hände hoch, sonst schieße ich«, rief sie mit heller klarer Stimme.

Die Kommissare kamen der Aufforderung nach. Cleroc setzte zu einer Erklärung an, wurde jedoch von ihr unterbrochen.

»Was haben Sie im Haus von Charline zu suchen? Ist das Diebesgut in Ihrer Hand? Sie sind Einbrecher! Ich werde die Polizei rufen.«

»Wir sind die Polizei«, erklärte Lagarde. »Die Kommissare Cleroc und Lagarde von der Kriminalpolizei

Cherbourg. Das ist kein Diebesgut, es handelt sich um Indizien.«

»Was machen Sie hier?«

»Wir ermitteln in einer Mordserie.«

»Haben Sie einen Durchsuchungsbeschluss?«

»Sie sind nicht die Eigentümerin der Fischerkate. Deshalb brauchen wir uns Ihnen gegenüber nicht zu legitimieren.«

»Aber das hier ist mein Park. Ich kann Sie wegen Hausfriedensbruch anzeigen.«

»Wir können Ihnen gerne unsere Dienstausweise zeigen.«

Sie überlegte. »Bitte! Tun Sie das.«

Sie zückten ihre Papiere und hielten sie hoch. Vorsichtig kam sie näher, die Waffe im Anschlag, und warf einen Blick darauf. Dann musterte sie Lagarde nachdenklich. »Ich kenne Sie aus der Zeitung. Haben Sie nicht diesen Mord an dem Rentner im Saire-Tal aufgeklärt?«

»Ja, das ist richtig.«

Sie ließ das Gewehr sinken, ein Hauch von Traurigkeit huschte über ihr Gesicht. »Charline ist tot.«

»Genau darum geht es, Madame. Wir suchen nach einer Person, die offenbar ihren Tod sühnen will. Zwei Menschen mussten deshalb schon sterben.«

Sie sah ihm fest in die Augen. »Also gut. Ich habe Charline sehr gemocht. Wie kann ich Ihnen helfen?«

Er zog sein Handy aus der Jackentasche und zeigte ihr das Foto von Sébastien Gautier aus der Schaufensterauslage, das er abfotografiert hatte. »Kennen Sie diesen Mann? War er schon einmal hier und hat Charline vor ihrem Haftantritt besucht?«

Sie betrachtete es. »Ja, er war hier.«

»Wie oft?«

»Ich schätze zwei- bis dreimal im Monat. Ich habe ihn manchmal vom Fenster aus gesehen.«

»Über welchen Zeitraum?«

»Etwa drei Jahre lang.«

»Hatten Sie den Eindruck, dass sie ein Liebespaar waren?«

»Auf jeden Fall. Sie haben sich bei der Begrüßung an der Tür leidenschaftlich geküsst. Das habe ich mit eigenen Augen gesehen.«

»Waren Sie in der Fischerkate?«

»Als Charline ins Gefängnis musste, habe ich verderbliche Sachen aus dem Häuschen geholt. Ich besitze einen Zweitschlüssel. Danach habe ich es nicht mehr betreten.«

»Niemand scheint sich darum zu kümmern.«

»Nein.«

»Wir machen uns wieder auf den Weg. Danke für Ihre Hilfe.«

Der Leuchtturm von Gatteville ragte in den wolkenverhangenen schwarzgrauen Himmel, über den ein
Blitz zuckte. Die Glaskuppel seines kleinen Bruders
war hell erleuchtet. Sébastien Gautier war offenbar zu
Hause. Die Brandung donnerte grollend gegen den
Schutzwall aus Quadersteinen und brachte den Geruch von Tang und Fisch mit. In etwa drei Stunden
war Hochflut.

Die Kommissare stellten ihr Fahrzeug auf dem
Parkplatz ab, der außer einer schwarzen Mercedes-Li-
mousine verlassen war, und überquerten den Damm,
an dem schäumende Wellen leckten. Über der schweren Eisentür brannte ein Nachtlicht. Sie war unverschlossen, und sie traten ein. Dann stiegen sie die
Wendeltreppe hinauf. An den weiß verputzten Wänden waren Lämpchen montiert, die einen roten Lichtschein verbreiteten. Er verlieh dem Inneren des Turmes eine gespenstische Atmosphäre. Auf ihrem Weg
hinauf passierten sie mehrere schlichte Holztüren und
Bullaugenfenster. Jetzt war klassische Musik aus Ver-
dis Oper *Rigoletto* zu vernehmen, die von oben kam.
Schließlich erreichten sie eine Plattform, von der aus
mehrere Stufen auf die höchste Ebene des maritimen Bauwerks führten. Vor ihnen tat sich ein runder
Raum auf, über den sich die Kuppel wölbte. Sie gab
einen spektakulären Ausblick auf den Nachthimmel
und den blassen Mond frei. Hin und wieder blitzte

ein Stern auf. Es war überwältigend. Das Zimmer war mit hellgrauem Teppichboden ausgelegt. In der Mitte gruppierte sich eine Sitzlandschaft aus taubenblauem Leder um einen Tisch. Vor der gläsernen Wand saß Gautier in Jeans und weißem Hemd am Schreibtisch und arbeitete an seinem Laptop, neben dem ein Glas Rotwein stand. Er war vollkommen in sein Tun vertieft. Als Lagarde ihn begrüßte, erschrak er. Dann sammelte er sich und ein Lächeln erschien auf seinem Gesicht. »Philippe, was für eine schöne Überraschung. Ich habe dich und deinen Begleiter gar nicht kommen hören. Das Manuskript meines neuen Romans fordert meine ganze Aufmerksamkeit. Ich freue mich über deinen Besuch.« Fragend musterte er Cleroc.

Lagarde stellte ihn vor. »Das ist Commissaire Ludovic Cleroc von der Kriminalpolizei Cherbourg.«

Gautier schüttelte ihm die Hand. »Herzlich willkommen.« Dann wies er auf die Sitzecke. »Nehmt doch Platz. Darf ich euch ein Glas Rotwein anbieten? Es ist ein edler Tropfen aus dem Burgund.«

»Sehr gerne«, antwortete Lagarde.

Cleroc nickte zustimmend.

Der Autor bediente seine Gäste und setzte sich zu ihnen. »Ist mein Elfenbeinturm nicht wunderschön geworden?«

»Er ist großartig«, meinte Lagarde.

»Jetzt wollt ihr also sehen, wie ein Schriftsteller so arbeitet?«

»Nicht ganz«, erwiderte Cleroc. »Wir sind in einer bestimmten Angelegenheit hier.«

»Ach, wie interessant!« Sein Lächeln wirkte aufgesetzt. »Worum geht es?«

»Es geht um Charline Lebreton.«

Gautier sah ihn aufmerksam an, sagte aber nichts.

»Sie nahm sich vor einem halben Jahr in der Justizvollzugsanstalt Cherbourg das Leben. Kannten Sie sie?«

Der Mann zögerte. »Oberflächlich.«

»Sie haben sich also mit einer Frau, die Sie nur oberflächlich kannten, drei Jahre lang in einer Fischerkate in Réville getroffen, um ein Liebesverhältnis mit ihr zu pflegen. Anschließend haben Sie sie vier Jahre lang regelmäßig in der Haftanstalt besucht.«

Er wirkte irritiert. »Wie kommen Sie darauf?«

»Das haben glaubwürdige Zeugen bestätigt.«

»Nun ja, das ist schon richtig«, räumte er ein. »Wir hatten ein Verhältnis. Nach ihrer Verurteilung habe ich sie hin und wieder im Gefängnis besucht. Der Grund war reine Nächstenliebe. Irgendjemand musste sich doch um sie kümmern. Sie war schließlich ganz alleine.«

Cleroc war überrascht über seine Argumentation. Bisher zog Gautier sich geschickt aus der Affäre. Er wählte einen anderen Ansatz. »Es gibt jemanden, der ihren Tod rächen will, und der Menschen jagt, die er dafür verantwortlich macht.«

»Das ist eine faszinierende Hypothese! Darf ich sie mir notieren? Womöglich kann ich die Idee zukünftig in einem Roman verarbeiten, natürlich in einem Psychothriller.«

»Das ist keine Hypothese, Monsieur Gautier. Édith Darrousin und Élena Marcon wurden brutal ermordet, auf Benjamin Thénet und mich wurden hinterhältige Anschläge verübt.«

Gautier zeigte ein liebenswürdiges Lächeln, das seine Augen nicht mehr erreichte. »Diese Vorfälle sind sehr bedauerlich. Aber was hat das mit mir zu tun, Monsieur le Commissaire? Ich kenne diese Leute überhaupt nicht. Sie habe ich eben erst kennengelernt.«

»Darrousin war die Richterin, die Charline verurteilt hat. Marcon war die Hauptzeugin, Thénet ihr Anwalt und ich der zuständige Ermittler. Das wissen Sie genau.«

Gautier schwenkte den Wein in seinem Glas und bewunderte die Farbe. »Ich verstehe nicht, worauf Sie hinauswollen.«

Lagarde hatte genug von seinen Spielchen und griff ihn direkt an. »Wir halten dich für diese Person, Sébastien. Du bist von Charlines Unschuld überzeugt und hast beschlossen, allen scheinbar für ihren Freitod verantwortlichen Menschen ebenfalls das Leben zu nehmen.«

Der Autor sah ihn mit verblüffter Miene an. »Lieber Philippe, ich bitte dich! Das ist Unsinn! Ich bin ein friedfertiger Schriftsteller, kein blutrünstiger Mörder! Wenn ihr solche haarsträubenden Behauptungen aufstellt, müsst ihr sie auch beweisen können.« Fassungslos schüttelte er den Kopf. »Ich bin sehr enttäuscht, weil ich dachte, das sei ein freundschaftlicher Besuch. Jetzt greifst du mich in einer Sache an, mit der ich nichts zu tun habe. Was Odette wohl dazu sagen wird?«

»Lass meine Verlobte aus dem Spiel«, herrschte Lagarde ihn an.

Gautier hob beschwichtigend die Hände. »Entschuldige bitte! Ich wollte dir nicht zu nahetreten. Das ist alles ein großes Missverständnis.« Er erhob sich. »Bitte habt Verständnis, dass ich weiterarbeiten muss.«

»Setz dich bitte wieder hin, wir sind noch nicht fertig.«

Gautier sank in den Sessel zurück, trank einen Schluck Wein und seufzte. »Was ist denn noch?«

»Wir haben den Beweis gefunden, dass Charline ihren Mann Joseph getötet hat.«

Gautier erstarrte wie vom Blitz getroffen. »Das ist nicht wahr.«

»Doch.«

»Nein«, widersprach er mit heiserer Stimme. Dann starrte er stumm in die Nacht. Ein gewaltiger Donner zerriss die Stille, schwarze Wolkengebirge stürmten über den Himmel, ein Regenguss prasselte auf die Glaskuppel hernieder. Besorgt warf Lagarde einen Blick hinaus in das Wetterleuchten. Eine Sturmflut schien sich anzukündigen. Das hatte noch gefehlt. Dann konzentrierte er sich wieder auf die Befragung, während der sie Zeugen wurden, wie sich Gautier von einem liebenswürdigen, sympathischen Mann in ein Monster verwandelte. Da er Sébastien die Originalausgabe von Charlines Brief nicht in die Hand geben wollte, hatte er ihn mit seinem Handy abfotografiert. Er zog es aus seiner Hemdtasche, drückte Buttons und zeigte ihm schließlich das Schreiben. Der Autor las es und wurde kalkweiß im Gesicht.

»Ist das ihre Schrift? Ist das ihre Unterschrift? Erkennst du sie wieder?«

Gautier nickte fassungslos. »Sie hat mich angelogen«, brüllte er unvermittelt mit einem starken bretonischen Akzent. »Sie hat mir all die Zeit etwas vorgemacht. Alles war vergebens! Alles!«

»Du bist der Täter, Sébastien, nicht wahr? Du wolltest ihren Tod rächen.«

»Ja, verdammt. Ich habe sie geliebt. Ich habe ihr geglaubt. Sie war meine Göttin.« Seine Stimme brach. Er sackte in sich zusammen. Doch plötzlich sprang er auf, stürzte aus dem Kuppelraum und rannte die Treppe hinunter.

»Bleib hier, Sébastien. Das hat doch keinen Zweck.« Er reagierte nicht, und die Ermittler nahmen die Verfolgung auf. Stufe für Stufe hasteten sie ihm hinterher. Der Abstand verringerte sich. Lagarde nahm zwei Stufen auf einmal und holte weiter auf. Als sie an die Eingangstür gelangten, war er verschwunden. Lagarde riss sie auf. Keine Spur von Gautier. Brecher überfluteten den Damm, es würde nicht mehr lange dauern, bis er unpassierbar wäre. Er sah sich suchend um. Eine steile schneckenhausförmige Treppe, gestützt von Eisenstreben, verschwand in der Tiefe. Er folgte ihr, Cleroc dicht hinter ihm. Schließlich erreichten sie eine Tür, die verschlossen war. Anscheinend hatte Gautier sie von der anderen Seite versperrt. Er nahm Anlauf und warf sich dagegen. Nichts geschah. Sie versuchten es zusammen, und mit einem knirschenden Geräusch sprang die Tür auf. Dahinter lag ein unterirdischer Tunnel, der vermutlich unter dem Damm zum Festland führte. Lagarde entdeckte Gautier etliche Meter vor sich und rannte ihm nach. Doch das Vorwärtskommen gestaltete sich schwierig. Der Boden war steinig, uneben und glitschig von Moos und Flechten. Wieder holte Lagarde auf. Als er zwei Meter hinter Gautier war, brach die Tunnelwand mit lautem Getöse. Ein Spalt klaffte im Mauerwerk, durch den Wasser eindrang. Schnell, eiskalt, gurgelnd und zischend. Der Pegel stieg beängstigend schnell. Lagarde war entsetzt.

»Komm zurück, Sébastien«, brüllte er. »Du kannst hier nicht weiter. Wir werden alle ertrinken, jämmerlich ersaufen wie die Ratten.« Gautier reagierte nicht und kämpfte sich mühsam weiter. Lagarde rannte, so schnell er konnte, durch das tobende Wasser, das ihm inzwischen bis zu den Knien reichte, dann hechtete er nach vorne und packte ihn an den Schultern. »Du kommst jetzt mit mir.« Unter Aufbietung all seiner Kraft zerrte er den um sich schlagenden Mann zurück, der tobte, brüllte und kaum zu bändigen war. Endlich erreichten sie den unterirdischen Eingang des Leuchtturms. Cleroc half ihm, den Autor ins Innere zu ziehen, und knallte die Tür hinter ihnen zu. Er hoffte, dass sie den Fluten standhalten würde. Gemeinsam zerrten sie Gautier hinauf bis in die Kuppel. Dort stieß Lagarde ihn in einen Sessel und fesselte ihn mit Handschellen an die Lehne. Erschöpft wischte er sich das Wasser aus dem Gesicht. Das war knapp gewesen. Mon Dieu!

Im Lauf der stürmischen Nacht erzählte Gautier, der nicht länger wütend war, sondern apathisch wirkte, ihnen die Geschichte seiner großen Liebe zu Charline. Sie hatten sich bei einer Lesung in Saint-

Lô kennengelernt, und sich bereits an diesem Abend unsterblich ineinander verliebt. Sie strahlte eine Faszination aus, der er sich nicht entziehen konnte. Ihre Sinnlichkeit zog ihn in den Bann. Ihre kindliche Fröhlichkeit machte ihn glücklich. Regelmäßig trafen sie sich im Strandhäuschen in Réville und verbrachten dort eine zauberhafte Zeit. Sie mussten vorsichtig sein, da Joseph extrem eifersüchtig war. Gautier drängte sie, sich scheiden zu lassen, doch sie zögerte aus Angst vor dem unbeherrschten Zorn ihres Mannes. Gautier und Charline träumten davon, gemeinsam an einem anderen Ort ein neues Leben zu beginnen. Nach ihrer Verurteilung hatte er mithilfe eines weiteren Anwalts zu erreichen versucht, dass das Verfahren erneut aufgenommen wurde. Dieser Plan war jedoch gescheitert. So blieb ihm nur, sie im Gefängnis zu besuchen. Traurig fuhr er fort: »Nach ihrem Tod habe ich den Leuchtturm gekauft, um in der Nähe ihres Grabes zu sein, und hier unsere Geschichte aufzuschreiben. Das Buch wäre ein Bestseller geworden. Es hätte alle Leser berührt. Doch dann wurde der Hass auf die Schuldigen unbezwingbar, und ich wollte nur noch grausame Rache für meine schöne einzigartige Göttin.«

Nachdem Gautier seine Geschichte erzählt hatte, schlief er schließlich ein. Kurz darauf Cleroc. Lagarde versuchte, wach zu bleiben, doch irgendwann fielen auch ihm die Augen zu. Er wehrte sich nicht länger gegen den Schlaf. Gautier war schließlich gefesselt. Als er aufwachte, ging gerade die Sonne auf. Der Himmel war in Rosa- und Blautönen gefärbt. Kein Windhauch regte sich, das Unwetter hatte sich verzogen. Niedrigwasser hatte eingesetzt. Entsetzt stellte Lagarde fest, dass Sébastien nicht mehr in seinem Sessel saß. Die Lehne war herausgerissen. Die Tür zur äußeren Plattform knallte zu. Als Lagarde hinausstürzte, kletterte der Schriftsteller gerade über die Brüstung und drohte, in etwa dreißig Meter Höhe über dem Meer und dem Felsgestein den Halt zu verlieren. »Ich werde springen«, rief er mit Verzweiflung in der Stimme. Dann ließ er das Geländer los. Lagarde erwischte ihn gerade noch am Arm und versuchte, ihn zurückzuziehen. Gautier war schwer wie Blei und wehrte sich massiv. »Ich will sterben. Lass mich los.«

Sein Arm begann ihm zu entgleiten. Entschlossen griff er nach und packte mit der anderen Hand Gautiers Hosenbund. Cleroc, aufgeschreckt durch den Lärm, hastete auf die Außenplattform, und zu zweit gelang es ihnen, Gautier auf den schmalen Balkon zurückzuholen. Dabei knallten sie auf den kalten Steinbelag. Die Kommissare keuchten vor Anstrengung. Gautier brach zusammen und leistete keinen Widerstand mehr. Mit einem Blick in die Tiefe stellte Lagarde fest, dass der Damm wieder begehbar war. Er half dem Schriftsteller auf die Beine. »Ich verhafte dich wegen der Morde an Édith Darrousin, Élena Marcon und der versuchten Morde an Ludovic Cleroc und Benjamin Thénet. Wir werden dich jetzt auf die Wache von Cherbourg bringen. Dort wirst du dem Haftrichter vorgeführt. Er wird entscheiden, ob du sofort in Untersuchungshaft kommst.« Gautier schwieg.

»Eine Frage habe ich noch. Wo ist der grüne Peugeot?«

»Er steht in einer gemieteten Garage in Barfleur.«

ZEHNTER TAG
LES ADIEUX

Am frühen Abend machte Lagarde sich auf den Weg zu Odette. Der Parkplatz war leer, das *Mirabelle* hatte Ruhetag. Regentropfen prasselten auf die Kastanienbäume und ließen im Schein der Laternen die Blätter glänzen. Da sie auf sein Klingeln und Klopfen nicht reagierte, trat er durch die unverschlossene Haustür ein. Er fand sie in der Küche, wo sie Édith Piafs *Milord*, das aus dem Radio tönte, mitträllerte und auf einem Holzbrett Früchte schnitt. Über der ausgewaschenen Jeans trug sie ein kariertes Hemd von ihm.

»Bonjour, Chérie.«

Sie blickte auf und strahlte ihn an. »Philippe! Was für eine schöne Überraschung!« Sie umarmten und küssten sich.

»Irgendwann wird dich jemand klauen, weil du nie abschließt.«

»Nachts schon«, meinte sie unbekümmert. »Setz dich doch. Ich bereite gerade einen Obstsalat nach einem neuen Rezept zu, das ich mir ausgedacht habe. Magst du probieren?«

»Später vielleicht.«

»Wie wäre es mit einem Mokka?«

»Gerne.«

Sie kam mit zwei Tassen an den Tisch und setzte sich zu ihm. »Ich würde dich gerne zum Dîner einladen, aber ich bin später mit Sébastien verabredet. Weißt du was? Wir verschieben es auf morgen.« Ihre Augen glänzten wie Onyx. »Ich habe Trüffel gekauft. Das wird ein wahres Festessen.«

Als er nicht antwortete und Zucker in seinen Kaffee rührte, sah sie ihn forschend an. »Stimmt was nicht?«

Ihr Verlobter gab sich einen Ruck. »Mit der Verabredung wird es nichts. Ludovic und ich haben Sébastien Gautier heute Morgen verhaftet.«

»Was?«

»Er ist derjenige, den wir gesucht haben. Er hat auf Ludovic und den Rechtsanwalt einen Anschlag verübt und die Richterin sowie eine junge Frau getötet.«

»Das ist nicht wahr.«

»Leider doch. Er hat bereits ein Geständnis abgelegt.«

Sie blickte ihn ungläubig an. Ihre Augen füllten sich mit Tränen. Lagarde erzählte ihr die ganze Geschichte und was im Leuchtturm geschehen war.

Odette war entsetzt. »Wie konnte es nur soweit kommen? Er ist doch so ein lieber Mensch.«

Lagarde ergriff ihre Hand und streichelte sie. »Er wollte seine und Charlines Liebesgeschichte aufschreiben. Es sollte ein großartiger Roman werden. Aber diese Tragödie hat ihn so aufgewühlt, dass er nach und nach abgedreht ist und während des Schreibens psychopatische Züge entwickelt hat. Statt an seinem Manuskript zu arbeiten, hat er einen Rachefeldzug geplant.«

Sie nickte. »Manche Menschen müssen mehr Schicksalsschläge hinnehmen als andere. Erst hat ihn seine Frau verlassen, dann ist sein Sohn ertrunken. Den Verlust von Charline konnte er nicht mehr verkraften. Aber dass er zum Mörder werden musste?«

Einige Tage später deckte Lagarde in Odettes Küche den Frühstückstisch. Der Duft von Kaffee und gebratenen Eiern mit Speck zog durch den Raum. Er hatte Crêpes für sie gebacken und richtete die süßen Teilchen mit Brombeeren und Puderzucker auf einem Teller an. Auf dem Rand platzierte er ein kleines Päckchen. Neben die Serviette legte er einen Umschlag.

Als sie kam, küssten sie sich lange und innig. Nachdem sie sich voneinander gelöst und sie sich gesetzt hatten, schenkte er Kaffee ein. Sie trank einen Schluck, dann entdeckte sie das winzige Behältnis. »Was ist das?«

»Mach es auf.«

Sie entfernte das glänzende Papier mit dem Schleifchen und klappte die Schachtel auf. In einem Samtkissen steckte ein Platinring mit einem schillernden Diamanten. »Für mich?«, hauchte sie.

»Ja. Steck ihn an.«

Sie kam seiner Bitte nach und bewunderte das Schmuckstück an ihrer Hand. »Er ist wunderschön.«

»So wie du! Ich wünsche mir, dass wir heiraten, Odette. Willst du meine Frau werden?«

Sie sah ihn zärtlich an. »Ja, Philippe.«

Seine saphirblauen Augen leuchteten vor Glück. »Wir könnten im Frühsommer auf den Chausey-Inseln in der kleinen Kapelle heiraten und anschließend im Hotel und am Strand mit unseren Freunden feiern. Was hältst du davon?«

»Das ist eine wunderbare Idee.« Ihr Blick fiel auf den Umschlag. »Und was ist das?«

»Schau nach.«

Sie zog zwei Flugtickets und einen Voucher für ein Hotel heraus. »Saint-Martin?«

»Ja. Ich dachte wir machen eine vorgezogene Hochzeitsreise, wenn nächste Woche dein Speisesaal renoviert wird. Saint-Martin in der Karibik, eine der Inseln über dem Wind. Wir können wandern, schwimmen, die karibische Küche genießen.«

Odette war überwältigt. »Das hört sich fantastisch

an.« Sie küsste ihn stürmisch. »Ich könnte einen Tauchkurs machen und Fische beobachten.«

Er lächelte. »Warum nicht?«

Maria Dries
Das Grab im Médoc
Bordeaux-Krimi
352 Seiten. Broschur
ISBN 978-3-7466-3688-7
Auch als E-Book lieferbar

Bienvenue,
Madame le Commissaire!

In der Region Bordeaux häufen sich Einbrüche in bekannte Weingüter. Trotz höchster Sicherheitsstandards hinterlassen die Täter keine Spuren. Nach einem weiteren Einbruch wird der Winzer Armand tot in einem Brunnen gefunden. Pauline Castelot soll den Fall nun übernehmen. War Armand einfach zur falschen Zeit am falschen Ort? Doch wenige Tage später wird in einem Weinberg eine tote Frau gefunden, in ihrer Tasche die Einladung zu einer Weinverkostung – sie stammt von dem ermordeten Armand. Gibt es einen Zusammenhang zwischen den beiden Opfern?

Der Auftakt einer neuen Krimireihe voller französischem Flair

atb aufbau taschenbuch

Maria Dries
Der Fluch von Blaye
Bordeaux-Krimi
357 Seiten. Broschur
ISBN 978-3-7466-3695-5
Auch als E-Book lieferbar

Ça va, Madame le Commissaire?

Jedes Jahr im August reist Pierre mit zwei Freunden nach Blaye, wo am Ufer der Gironde ein Theaterfestival stattfindet. Doch schon kurz nach der Ankunft kommt er unter mysteriösen Umständen ums Leben. War es tatsächlich ein Unfall? Madame le Commissaire Pauline Castelot soll die Ermittlungen übernehmen und findet rasch heraus: Jemand hat Pierre getötet. Pauline ahnt schon bald, dass sie in der Vergangenheit der drei Freunde nach Spuren suchen muss. Was zieht die Männer auch nach so vielen Jahren noch nach Blaye? Pauline bleibt nicht viel Zeit, denn auch sie gerät ins Visier eines Attentäters …
Ein Kriminalroman voller Spannung und echt französischem Flair

Regelmäßige Informationen erhalten Sie über unseren Newsletter.
Jetzt anmelden unter: www.aufbau-verlage.de/newsletter

aufbau taschenbuch